이세계 최강인 아내 입니다만, 밤의 전투는 내가 더 강한 모양입니다

1

알겠습니다. 알베르트 님. 아직 제 쪽이 횟수가 적다고 생각하니 힘내 주세요!

리셸

알베르트, 잘 결심해 주었다. 나는 기쁘게 생각한다.
그렇다면 한 시합 더 하도록 하지 않겠나.
리셸도 준비하거라!

마리다 폰 에르윈

알베르트 폰 에르윈

라토르 폰 에르윈

아버지! 나도 귀인족 남자야.
싸움에 관해서는 뒤처지지 않는다고! 부탁이니까──

브레스트 폰 에르윈

안 된다. 알베르트를 호위해라!
당주가 너한테 배정한 임무다.
제멋대로 고집을 부릴 거라면 전장의 관례를 따라
네 머리를 날려 버리지 않으면 안 된다!

리제 폰 아르코

이레나

다들, 고개를 들라.

크라이스트 폰 슈게모리

신교 가쿠
온

이세계 최강인 아내입니다만,
밤의 전투는 내가 더 강한 모양입니다

~지략을 살려 출세하는 하렘전기~

1

에란시아 제국 남부 영역과 알렉사 왕국의 도시 위치도

에란시아 제국령

에란시아 제도 ★
덱트릴리스

베저강

베저 자유도시 동맹

산의 민족 ⋀

———	가도
▬▬▬	하천

Contents

서장 ♥ 닫힌 길과 새로운 미래

나는 일본인 '나기리 코타로'로서 보냈던 32년의 생애를 불의의 사고로 끝냈다.

지금은 워스룬 세계에 있는 알렉사 왕국에서 '예지(叡智)의 지보'라 불리는 신관 '알베르트'로서 보내는 인생 15년째를 맞이하고 있었다.

'나기리 코타로'로서의 생을 끝내고 다음으로 정신이 들었을 때는 알렉사 왕국에 있는 예지의 신전에 병설된 고아원 앞에 갓난아기로서 이전 생의 의식을 가진 채 버려져 있었던 것이다.

그런 나는 예지의 신전이 운영하는 고아원에서 말할 수 있게 될 때까지 성장하고는 간단한 계산 지식을 피로하여 신동이라는 평가를 얻는 데 성공했다.

덕분에 병설된 예지의 신전 대도서관에서 면학하는 것을 신전으로부터 허락받아, 현대 일본에서 얻었던 지식과 끊임없는 노력으로 얻은 이 세계의 지식에 의해 최연소의 나이로 예지의 신전 신관에 임명되었다.

신관이 되고 나서부터는 국정 난제 해결에 조언함으로써 왕의 총애가 두터워져, 관료라고도 할 수 있는 궁정 귀족에 임관되는 것도 목전이라는 말을 듣고 있다.

참고로 예지의 신전 신관으로 임명된 12살 때 능력이 발현되었는데, 아무래도 나한테는 '상대의 재능 한계치를 간파할 수 있다'

라는 치트 능력이 생긴 모양이다.

보이는 숫자가 재능 한계치임을 알아차린 건 힘을 받고 나서 3년간 줄곧 지켜보던 많은 사람의 수치가 일절 변화하지 않았기 때문이다.

전생한 이 세계는 마법도 없고 아인은 존재하기는 하지만, 스킬과 같은 치트 능력 소지자의 존재는 확인되지 않았기에 줄곧 치트는 존재하지 않는다고 생각하고 있었다.

그것이 신경 쓰였기에 자신에게 깃든 힘을 예지의 신전에 있는 대도서관에서 조사해 봤다.

그랬더니, 전생자라 생각되는 이웃 나라 과거 위인의 에피소드를 기술한 서적에도 불가사의한 힘을 받았다고 기록되어 있다는 사실에 이르렀다.

그렇기에 자신에게 생긴 힘은 전생자로서의 힘이리라 추측했다.

이 힘은 사용한 상대의 재능 한계치라고도 할 수 있는 스테이터스를 보여준다.

무용, 통솔, 지력, 내정, 매력과 같은 게임에서 많이 보아 익숙해진 스테이터스가 숫자와 함께 떠오르는 것이다.

덧붙여서 여성의 경우에는 쓰리 사이즈까지 표시해 주는 고마운 사양이라는 것도 확인되었다.

단지, 힘을 사용하려면 상당히 가까운 거리에서 상대를 응시할 필요가 있었다.

'예지의 지보'로서 왕에게서 얻은 신뢰와 받은 치트 능력을 사용하여 출셋길을 달리기 위해 각 방면의 재능이 있고 출세할 가망이 있는 사람과의 연줄을 늘렸고, 이를 통해 전생한 곳에서의 생활은 순풍에 돛 단 배일거라 생각했다.

하지만 그런 생활이 예상되었던 두 번째 인생도 아무래도 여기서 끝인 모양이다.

호출을 받아 불려 나간 내 앞에는 상사나 선배 신관들이 늘어서서 시뻘건 얼굴로 나를 욕하고 있으니 말이다.

"우수함을 보여줬던 너는 바보가 아니라고 생각했다만, 아무래도 그건 이쪽의 착각이었던 모양이다. 어린애라도 알 법한 바보 같은 짓을 저지를 줄이야!"

"왕족분께 불쾌한 기분이 들게 만들다니, 신관으로서 있어서는 안 될 일이다!"

"그것도 왕가가 주최한 주연(酒宴)의 자리에서 왕족분의 행동에 대해 국왕 폐하께 몰래 조언하는 어리석은 짓을 하다니!"

"네 녀석 때문에 오르그스 전하께서 국왕 폐하께 예지의 신전 신관에 대한 평가를 다시 고려해달라 고하면 신관들이 왕국 관료로서 임관되지 못하게 될 텐데 어떻게 할 테냐! 책임질 수 있는 거냐!"

어렸을 때부터 이 나라는 썩었다고는 생각했었지만, 내 상상을 뛰어넘을 정도로 썩어 있었던 모양이다.

본래 신관은 신에게 봉사하는 자이지만, 이 알렉사 왕국에서는 지식 계급인 신관을 왕국을 운영하는 관료로서 채용하고 있다.

그 때문에 본가를 이을 수 없는 귀족 가문 삼남 이하나 상인 가문의 삼남 이하가 신전에 모여 궁정 귀족이라 불리는 관료를 목표로 하고 있는 것이다.

나도 고아로 전생한 이 이세계에서 안전하게 살아남으려면 뛰어난 재능을 내보여서 궁정 귀족으로서 알렉사 왕국에 봉공할 수밖에 없다고 생각하여 이제야 겨우 관료가 될 수 있다고 생각한 차에 이 소동이었다.

소동의 원인이 된 사건은 반년 정도 전에 왕도 노상에서 구한 무연고 여성에 관한 이야기다.

젊고 아름다운 여성이 질 나쁜 녀석들 눈에 찍혀서 끌려갈 뻔하던 것을 구해줬다.

이쪽에 흑심이 없었다고는 말할 수 없지만, 자신의 힘으로 본 그녀가 가진 재능에 반하여 구해야 한다고 판단하고 구한 것이다.

뭐, 여기서 끝났다면 아무 문제 없었다.

문제를 악화시킨 것은 질 나쁜 녀석들을 조종하고 있었던 것이 최근 제1 왕자 오르그스가 중용하는 측근들이었다는 점이다.

오르그스의 측근들은 섬기는 나라를 몇 번이나 바꾸고 악랄한 짓을 해서 자기 배를 채우는 국경 영주로 알려진 즈라, 자이잔, 베니아 영주의 아들들이다.

뭐, 그런 녀석들이 왕위계승 제1위인 오르그스의 측근인 것 자체가 이상한 이야기지만.

조금 신경 쓰였기에 조사해 봤더니 악덕 영주의 아들들은 왕도에서 외모가 아름다운 젊은 여성을 찾게 한 뒤 유괴나 다름없이 창관으로 끌고 가 거액의 이익을 얻고, 그 돈을 오르그스한테 건네고 있었다는 사실이 판명되었다.

돈을 조달해 오는 측근들의 장사를 오르그스 자신도 알고 있어서, 위병의 검사에 걸리지 않도록 하거나 그들의 본가가 행하는 부정을 뭉개버리는 편의 등을 봐주고 있었다.

역시 왕국 백성들한테 '바보 왕자'라 불리며 멸시받을 만하다.

왕이 주최한 주연에서 인사했을 때 힘을 사용해 본 결과는 이랬다.

이름 : 오르그스 다이달로스
연령 : 28 성별 : 남 종족 : 인족
무용 : 12 통솔 : 14 지력 : 21 내정 : 5 매력 : 3
지위 : 알렉사 왕국 왕위계승권 제1위 왕자

힘을 사용하여 표시된 수치는 재능의 최대치임은 이미 확인이 끝난 사항.

즉, 노력해서 성장해도 능력 한도가 제한된, 평판대로의 바보 왕자다.

그렇다고는 해도 장래에는 자신이 섬기게 될 주군.

암군은 괜찮지만, 폭군이면 매우 곤란하다고 생각했다.

그렇기에 국왕이 주최하는 주연에 불려갔을 때 사람이 없는 장소에서 왕에게 제1왕자인 오르그스가 측근들의 악랄한 장사를 지원하는 것이나, 그들 본가의 악행을 뭉개버리는 데 편의를 봐주고 있다는 것을 전하고, 그를 훈계하도록 진언했다.

그랬더니 곧바로 발신원인 나를 찾아내서는 이 소동이다.

확실히 오르그스는 이쪽 예상을 크게 웃도는 바보를 넘은 터무니없는 얼간이 왕자였다.

"죄송…… 합니다. 왕족분을 배려하지 않고 폐하께 성급한 조언을 드린 것은 저의 실수였습니다."

상대가 권력을 가진 자라면 이쪽이 결백한 사람이어도 죄인이 되고 마는 건 현대 일본과 마찬가지다.

일본이라면 사회적 지위를 잃고 끝나는 것으로 그치지만, 이쪽 세계에서 권력자 눈 밖에 나면 쉽게 목숨을 잃는다.

권력을 가진 측과 문제를 일으킨 이상, 숙이고 싶지도 않은 머리를 숙이고 권력자의 기분이 변하지 않도록 숨을 죽이고 생활할 수밖에 없다.

그렇게 생각하니 이 두 번째 인생은 끝난 것이나 마찬가지였다.

"오르그스 전하로부터는 이번 건에 관해 신전은 어떠한 처분을 내릴 것이냐는 질문이 와 있다. 상대가 왕족인 이상 엄한 처분이 기다릴 거라고 생각해 둬라!"

신전의 수장인 신전장은 시뻘게진 얼굴로 입에서 거품을 튀기며 소리쳤다.

바보 왕자의 비위를 맞추기 위해 내 입신출세의 길은 닫혀 버린 듯하군…….

귀족이나 왕족한테서 미움받은 신관의 말로는 벽지에서의 포교 근무나 신전의 잡일 담당, 두 가지 선택지밖에 없다.

궁정 귀족인 관료로 채용되는 건 꿈도 꾸지 못할 이야기가 되고 말았다.

출세해서 귀족이 되어 알렉사 왕국 내에서 흔들리지 않는 인맥을 쌓아 일부다처가 허용되는 이 세계에서 아내를 잔뜩 두고, 놀면서도 먹고 살 걱정 없는 생활을 보낸다는 꿈은 나 자신의 실책 하나로 덧없이 흩어졌다.

　"알겠습니다. 신전에서의 처분이 정해질 때까지 자택에서 근신토록 하겠습니다."

　"아아, 그렇게 해라! 고아인 너에게 기대를 걸고 신관까지 끌어올려 준 은혜를 잊고 이러한 성가신 일을 일으키다니!"

　"면목 없습니다."

　나는 신전장과 상사 신관들에게 머리를 숙이고는 곧바로 왕도 교외에 있는 신전을 떠나, 신관이 되었을 때 왕도 한구석에 빌린 자택으로 돌아가기로 했다.

　자택에 돌아가니 갈색 눈과 갈색 단발에 몸매가 아주 훌륭한 젊은 여성이 부리나케 집안일을 하고 있었다.

　그녀의 이름은 리셸. 능력은 이하와 같다.

이름 : 리셸
연령 : 17 성별 : 여 종족 : 인족
무용 : 22 통솔 : 18 지력 : 69 내정 : 23 매력 : 74
쓰리 사이즈 : B94(H컵) W56 H88
지위 : 알렉사 왕국의 평민

　오르그스의 측근들이 경영하는 창관에 끌려갈 뻔했던 상황에서 구한 아이다.

아름다운 외모뿐만이 아니라 그녀의 재능에 반해, 가사를 부탁하면서 다른 일도 맡기고 있다.

"알베르트 님, 어서 오십시오. 오늘은 늦어질 예정이 아니셨는지?"

"리셀, 사태는 내 예상을 넘어 알렉스 왕국에서의 입신출세는 무리가 된 모양이야. 내일부터 처분이 결정될 때까지 근신이다."

"그런…… 가요."

내 말을 들어도 리셀은 동요한 기색은 보이지 않고, 익숙한 손놀림으로 차를 달이기 시작했다.

"그래서, 어떻게 하실 생각이신가요?"

"어떻게 하면 좋다고 생각해?"

"질문에 질문으로 받아치지 말라고 언제나 알베르트 님이 말씀하셨던 느낌이 듭니다만? 알렉스 왕국에서 출세를 바랄 수 없게 된 현 상황이라면, 제2 계획을 실행하는 것이지요?"

리셀은 표정도 바꾸지 않고 뜨거운 차가 든 컵을 이쪽에 내밀었다.

나는 리셀이 내민 차를 한 모금 마시고는 15년 살았던 알렉사 왕국에 대한 미련을 끊어냈다.

여러 부분에서 토대가 썩은 나라다 보니 후계자인 터무니없는 얼간이 왕자에 의해 내부 붕괴를 일으켜 국가째 사라질 가능성이 높기 때문이다.

그런 나라에서 입신출세해 봤자, 나라가 없어져 버리면 귀족도 평범한 사람이 된다.

가능하면 관료로서 출세하고 왕국의 신뢰를 얻어 터무니없는 얼간이 후계자를 제어하면서, 썩은 나라를 개혁하여 타국에 멸망당하지 않도록 만들고 싶었다.

물론 내 생활의 평안을 위해서이고 결코 국가를 위한 것은 아니었지만.

하지만 그 길이 닫힘으로써 은밀히 마음속에 두고 있던 제2 계획을 실행해야만 하는 상황이다.

얼간이여도 괜찮지만, 이쪽 이야기를 들어줄 사람을 주군으로 삼지 않으면 내 지식이나 능력은 살릴 수 없으니까.

"그래, 맞아. 왕에게 은밀히 진언한 내용이 어디선가 새어나가서 오르그스의 눈에 찍히고 말아서야, 이 나라에서의 출세는 불가능해. 그러니, 제2 계획을 실행하겠어."

"알겠습니다. 알베르트 님이 책정하셨던 행동 계획에 따라 제2 계획을 실행하도록 상회원들에게도 전달하겠습니다."

가사 이외에 리셸에게 맡긴 또 하나의 일은 관료가 되었을 때 쓸 예정이었던 정보 수집 조직의 관리자다.

내가 실질적인 오너를 맡고 있는 곡물 거래 상회로, 지력과 매력에 재능을 나타낸 그녀에게 상회원이 모아 온 알렉사 왕국의 여러 정보를 관리하게끔 하고 있다.

"아아, 그렇게 해 줘. 그리고, 리셸한테는 미안하지만 아름다운 여성을 매우 좋아한다는 소문이 있는 에르윈 용병단의 마리다한테 나를 잘 이야기해 주고 왔으면 해. 알렉사 왕국의 예지의 지보라 불렸던 나를 군사(軍師)로 맞아들이면 추방당한 본가에 복귀도 할 수 있고, 무엇보다도 마음껏 싸울 수 있는 체제를 만들어 낼 수가 있다고 말이야."

그녀한테서 보고받은 정보 중에 에란시아 제국의 전 여남작 마리다 폰 에르윈이 자국에서 무언가 문제를 일으켜 추방당해 알렉사 왕국에서 용병단을 이끌고 유랑하고 있다는 이야기가 있었다.

'선혈귀(鮮血鬼)' 마리다.

젊은 여성임에도 불구하고 아인 국가인 에란시아 제국 최강의 무인이자 전투에 나서면 시체의 산을 만들어 낸다고 하며 그 이름이 근린 국가들에도 알려진 여장군이다.

게다가 그녀가 이끄는 병사는 자신과 같은 일족인 '귀인족'.

귀인족 병사 한 명이 잡병 100명을 쓰러뜨렸다든가, 멀리 있던 적장을 강궁으로 쏴서 꿰뚫었다든가, 일대일 싸움을 일합(一合)으로 끝냈다든가, 대 개인 전투가 되면 워스룬 세계 최강 레벨의 종족이다.

그 최강 종족 여장군과 병사의 전투 집단이 '에르윈 용병단'이며, 알렉사 왕국도 영내에서 약탈 행위를 하는 그들을 토벌하지 못하여 몹시 곤란해하고 있다고 들었다.

"확인하겠습니다만, 알베르트 님은 정말로 마리다 폰 에르윈 님을 섬길 생각입니까?"

"그래, 그녀를 내 주군으로서 에란시아 제국에 복귀시키고 나도 출세할 생각이야. 나는 내 의견을 받아들여 줄 가능성이 있는 주군을 모시고 싶거든."

리셸 정도의 미모를 지닌 여성이 사자로서 방문하면 적어도 마리다가 이쪽 이야기를 무시할 일은 없을 터다.

게다가 적국에서의 유랑 생활도 2년 가까이 되어 여러 가지로 문제를 안고 있다는 이야기도 들려온다.

그러니 이쪽의 예측이 빗나가지 않았다면 그녀는 내 지혜를 원할 것이다.

"알겠습니다. 생명의 은인인 알베르트 님의 대망을 위해 이 몸을 바치도록 하겠습니다."

촉촉하게 젖은 눈동자로 나를 바라보는 리셸의 어깨에 손을 올려놓았다.

"내 목숨은 리셸한테 맡기도록 하겠어."

"곧바로 마리다 님이 있는 곳으로 가서 반드시 알베르트 님의 지혜를 원하게 되도록 잘 이야기하고 오겠습니다!"

"그래, 부탁할게."

리셸은 서둘러 준비를 갖추고는 마리다를 비롯한 에르윈 용병단이 점거했다고 여겨지는 마을로 향했다.

리셸이 마리다가 있는 곳으로 출발하고 나서 열흘 뒤, 신전에서의 처분이 결정되었다며 나를 호출하는 사자가 자택에 찾아왔다.

나는 단정히 갖추어 입고 사자와 함께 신전에 출두했다.

제1장 ♥ 선혈귀 마리다

"예지의 신전은 신관 알베르트가 오르그스 왕자에게 심히 무례한 행동을 저지른 것을 인정한다. 그 처분으로 견습 신관으로의 강등, 즈라 교구에서의 순회 신관으로서 포교에 종사할 것을 명한다!"

신전장이 기다리는 성당에 도착하자마자 강등과 추방에 가까운 변경에서의 순회 포교 업무를 선고 받았다.

"예지의 신전은 좋은 판단을 했군. 지혜로운 자라며 추켜세워져서, 착각해서 주제넘게 나댔던 신관이 어떻게 되는지 이걸로 다들 알게 되겠지."

분노로 얼굴이 일그러진 신전장 옆에는 히죽히죽하는 얼굴로 이쪽을 보는 오르그스와 측근들이 있었다.

"이번에 신관 알베르트가 행한 무례에 관해서는 모쪼록 노염을 거두어 주십사 하고."

"예지의 신전 신관은 관료 채용이 가장 많은 신전. 그 신전의 교육에 문제가 있으면 왕족으로서 폐하께 보고해야만 하는 몸이지만——."

나를 내려다보는 오르그스의 얼굴이 음식물 쓰레기라도 보는 것만 같이 일그러져 갔다.

"왕족분께 무례를 저지르지 않도록 교육은 철저히 하도록 하겠습니다. 그리고, 이것은 이번 일에 대한 사과의 물건이옵니다."

신전장이 눈짓하자 상사 신관들이 나무 상자를 가지고 나타났다.

힐끔 보인 나무 상자 내용물은 금색으로 반짝이는 금괴였다.

예지의 신전이 왕족의 비위를 맞춰 자신들의 지위가 줄지 않도록 움직인 결과가 나에 대한 재빠른 처분과 눈앞의 뇌물이다.

"뭐, 괜찮겠지. 이번 건은 신전장의 얼굴을 봐서 내 선에서 멈춰 두겠다. 그 음식물 쓰레기를 얼른 내 시야에서 치워라!"

오르그스는 금괴를 측근에게 받게 한 뒤 개를 내쫓듯이 나를 시야에서 치우려 했다.

터무니없는 얼간이 왕자와 한없이 썩은 신전인가……. 다시 일으켜 세우려고 생각했던 내가 멍청이였던 모양이다.

미련 없이 단념하기에는 마침 좋은 기회였을지도 모른다.

이미 나라를 버릴 각오는 되어 있기에 신전장의 처분 내용이나 눈앞에서 이루어진 뇌물 수수 현장을 봐도 동요는 일절 없었다.

"신관 알베르트, 지금 당장 출발해라! 지금 본 것을 발설하면 목숨은 없을 거라고 생각해라!"

"알겠습니다. **알렉사 왕국**에서 사는 동안에는 저도 죽고 싶지 않기에 함구하겠습니다. 그리고 남은 인생은 벽지에서의 포교 활동에 몸을 바치겠습니다."

이번 건으로 신전도 크게 썩었다는 것을 알았기에 이후 포교 활동에 시간을 할애할 생각은 일절 없다.

처분이 선고되고 신전에서 나가라는 말을 들었는데, 슬슬 계속 기다렸던 마중이 와 줄 시간──.

신전장의 언도나 오르그스가 하는 말을 건성으로 들으면서 주위 상황을 살피고 있자, 바람을 타고 사람이 외치는 목소리가 들려왔다.

"저, 적습!"

"응전해라! 도적이다! 도적이 침입했다!"

"어, 어이! 저 깃발! 에르윈 용병단 녀석들이다! 도망쳐! 죽을 거라고!"

　경비 중이던 신전 기사들이 외치는 소리를 들은 신관과 오르그스 및 측근들은 얼굴이 새파래지더니 우왕좌왕하기 시작했다.

　보내 뒀던 리셀에 의한 마리다의 설득은 성공한 모양이다.

　예정대로 왕도 교외에 있는 예지의 신전까지 에르윈 용병단을 이끌고 나를 마중하러 와 준 듯하다.

　성당 대문이 기세 좋게 파괴되자 안에 있던 신관과 오르그스 및 측근들은 일제히 도망치기 시작했다.

"네가 리셀의 주인인 알베르트라는 애송이인가. 흠, 얼굴은 괜찮군. 체격도 그럭저럭 좋아. 평범한 신관으로서 변경에 두기에는 아깝군."

　목소리의 주인은 속이 비칠 듯한 하얀 피부와 빛을 반사하는 은발 사이로 난 뿔을 지닌 아름다운 귀인족 여성이었다.

　그 여성은 군살 없는 탄탄한 몸매에 어울리지 않는 커다란 가슴을 좌우로 흔들면서, 빨간 눈동자로 이쪽을 노려보며 가까이 다가왔다.

　나는 능력을 마리다에게 사용했다.

이름 : 마리다 폰 에르윈

연령 : 18 성별 : 여 종족 : 귀인족

무용 : 100 통솔 : 62 지력 : 3 내정 : 2 매력 : 92

쓰리 사이즈 : B99(G컵) W65 H95

지위 : 에르윈 용병단 대장

이쪽의 예상을 뛰어넘는 뛰어난 인재였다.

지력이나 내정이 낮은 건 내가 보좌할 수 있으니 문제없다.

압도적 무용과 카리스마성을 가진 자, 이쪽이 고삐를 제대로 쥐면 전과를 올려 출세시킬 가능성이 높은 인재다.

"기다리고 있었습니다. 마리다 폰 에르윈 님."

가까이 다가온 마리다에 의해 벽쿵&턱 들어 올리기를 당하고 있는데, 주위에서는 신전을 경호하는 신전 기사들이 귀인족에 의해 잇따라 죽거나 사로잡혀 속절없이 당하고 있다.

"나한테 사자로 찾아온 리셀한테서 흥미로운 이야기를 들었다. 숙려를 거듭한 결과 알렉사 왕국의 예지의 지보라 불리는 그대를 나의 군사로 맞아들이고자 정하여 병사를 이끌고 마중하러 온 것이다."

"그건 매우 감사한 말씀입니다. 하지만 지금의 제 신분은 알렉사 왕국의 신관이기에 마리다 님을 섬길 수는――."

"알베르트, 내 군사로서 따라올 생각은 없다고 말하는 것이냐?"

"없다고 하면 어떻게 됩니까?"

"납치해 갈 뿐이다. 에르윈 가문의 가훈은 '원하는 것은 빼앗아서라도 손에 넣어라'이니라."

"알겠습니다. 그럼, 납치해 주신다면 고맙겠습니다. 자발적으로 모시면 범죄자가 되고 말기에, 마리다 님이 저를 납치하여서 '어쩔 수 없이' 모시는 형태가 가장 문제없이 끝나는 방책입니다."

"그럼, 납치해 가겠느니라! 녀석들아! 목표물은 손에 넣었다! 왕국군이 오기 전에 물러나는 거다!"

노출도가 높은 칠흑 레더 아머를 입은 마리다가 나를 어깨에 둘러업고는 주위 병사에게 퇴각을 명령했다.

마리다의 지시를 들은 병사들은 싸움을 곧바로 멈추고 탈출로를 확보해 나갔다.

역시나 상승무패(常勝無敗)의 '에르윈 용병단'이다.

알렉사 왕국군과는 숙련도가 너무 다르다.

훌륭히 탈출로를 확보한 마리다의 '에르윈 용병단'은 신전 측 추격대를 따돌리고 아지트로 삼고 있는 마을까지 단숨에 도망치는 데 성공했다.

마을에 도착하자 나는 그대로 마리다의 방으로 안내받았다.

안내받은 방에는 기장이 짧은 스커트와 노출이 많은 메이드복을 입은 리셸의 모습이 있었다.

"리셸, 그 모습은 어떻게 된 거야?"

창피함 때문인지 리셸은 가슴과 허벅지를 손으로 가리고 새빨개진 얼굴로 대답했다.

"잘 어울리나요?"

"그래, 무척 잘 어울려서 훌륭한 복장이라고 생각해."

"알베르트 님의 목숨을 구하기 위해 저는 최선을 다했습니다."

"과연, 그런가. 그래서 그 모습을 하고 있는 건가."

리셸은 자신의 미모도 무기로 삼아 아름다운 여성을 매우 좋아하는 마리다를 설득해 냈다는 것이리라.

그건 그렇고, 리셸한테 이런 메이드복을 입히는 마리다와는 아무래도 취미도 맞을 것 같다.

부끄러워하는 리셸의 메이드복 모습을 뇌리에 남기고자 바라보고 있었더니, 뒤에서 마리다가 말을 걸었다.

"리셸의 메이드복 모습은 참으로 잘 어울리지?"

몃을 다 감은 뒤 하얀 가운을 입은 마리다는 리셸 옆에 서더니 그녀의 커다란 가슴을 한 손으로 마구 주무르며 만족하여 기뻐한 표정을 지었다.

리셸은 몸부림치면서도 마리다의 애무를 묵묵히 받아들였다.

"그런 것 같군요. 리셸한테 잘 어울린다고 생각합니다."

소문대로 마리다는 아름다운 여성을 매우 좋아하는 모양이라, 리셸을 상당히 마음에 들어 하는 기색이었다.

"귀여운 리셸을 사자로 파견해 준 알베르트한테는 감사해야만 하겠군."

소파에 앉은 마리다는 리셸을 무릎 위에 앉히더니 목덜미와 가슴을 혀로 핥아 나갔다.

"리셸은 그 미모뿐만이 아니라 제 심복이라는 점은 이해해 주십시오."

여자를 좋아하는 마리다를 낚기 위한 미끼로 쓰고 버릴 생각은 없다고 리셀한테 전해지도록 선언했다.

나의 제2 계획에는 리셀도 마리다도 필요하다.

"그 이야기는 리셀한테서도 들었으니 알고 있다. 뭐, 서서 이야기하는 것도 뭣하니 알베르트, 그대도 여기에 앉아라."

마리다는 자기가 앉은 소파 옆을 두드리며 앉도록 재촉했다.

"옙! 그러면 실례하여 앉도록 하겠습니다."

나는 마리다의 말대로 그녀 옆에 앉았다.

"나는 본래라면 리셀처럼 외모가 뛰어난 여인을 좋아한다. 하지만 그대에 관해서는 나쁘게는 생각하지 있지 않아. 내가 오라버님 이외에 처음으로 흥미를 가진 남자다. 자랑스러워해도 좋다."

"그렇습니까. 그렇게 말씀해 주시니 감사합니다."

마리다는 나를 호의적으로 생각해 주고 있는 듯하다. 기본적으로 여자를 좋아하는 것 같지만.

일단 군사로서 의견이 채용되지 않는다는 사태는 피할 수 있을 것 같았다.

"리셀이 알렉사 왕국의 예지의 지보라 불리는 그대를 매우 괜찮은 남자라고 말했다만, 솔직히 나는 반신반의였다. 신전에서 대면하기 전까지는 내가 처한 어려운 상황을 벗어날 지혜만 빌릴 생각이었다. 나는 남자한테는 높은 이상을 가지고 있으니까 말이지."

마리다는 이쪽의 값을 매기는 것처럼 시선으로 온몸을 빈틈없이 훑어 나갔다.

"하지만 이렇게 실물을 봤더니 용모는 내 취향에 딱 꽂혔고, 체격도 말투도 나이에 비해 착실하게 갖추어져 있는 모양이군. 좋아, 정했다. 나는 지금부터 알베르트를 맛보겠다. 반론은 용납하지 않는다!"

"하, 하아? 저를 맛본다니?"

"맛보기란 몸의 상성을 확인해 보는 것이 당연하지 않으냐. 안심해라. 나는 여인은 잔뜩 맛을 봐 왔지만, 남자를 맛보는 건 알베르트가 처음이니라. 아프게 할 생각은 없으니까 안심하고 내게 맡겨라. 리셀, 그쪽도 맛보기에 참가하도록 해라! 알베르트를 좋아하는 것이지?"

리셀이 촉촉하게 젖은 눈동자로 이쪽을 쳐다봤다.

반년 전에 구했을 때부터 줄곧 생명의 은인이라는 말을 듣고 있었기에 신변상의 잡일을 돌봐 주었던 리셀한테 지금까지 손을 대지 않았지만, 설마 이 상황에서 마리다로부터 그런 이야기가 나올 거라고는 생각지 않았다.

"네! 알겠습니다. 알베르트 님, 마리아 님이 그렇게 말씀하셨으니 어쩔 수 없네요? 그렇죠?"

"마리다 님은 리셀이 참가해도 문제없다는 말씀인지?"

"없다, 오히려 참가시키고 싶다."

"리셀도 문제없어?"

"네! 저는 이 몸을 알베르트 님께 바쳤습니다."

"……알겠습니다. 제게도 이의는 없습니다."

미녀 두 명과 문제없이 즐길 수 있다면 바라던 바다.

"마리다 폰 에르윈, 지금부터 알베르트를 맛보겠노라!"

마리다는 자신이 입고 있던 하얀 가운을 벗어 던지고 알몸이 되더니 눈이 요사스럽게 빛나고 반지르르한 입술을 혀로 핥으며 내 몸을 소파에 밀어 넘어뜨렸다.

"알베르트는 좋은 냄새가 나는군. 내가 좋아하는 냄새다."

내 몸 위에 올라탄 마리다가 목덜미와 가슴에 얼굴을 가까이 대고 냄새를 맡았다.

마리다가 내 냄새를 맡을 때마다 그녀의 머리카락이 몸에 닿아 간지러웠지만, 멈춰 달라고 할 수도 없는 노릇이었다.

"마리다 님도 그렇게 생각하시나요? 역시 알베르트 님에겐 좋은 냄새가 나지요?"

내 머리를 자기 무릎 위에 얹은 리셸도 메이드복에서 가슴을 드러내며 마리다와 마찬가지로 내 냄새를 맡아 댔다.

리셸의 몸이 가까워질 때마다 그녀의 가슴이 얼굴을 압박했다.

"게다가 알베르트의 냄새를 맡으면 몸이 달아오르느니라."

"이해해요. 저도 몸이 달아올라서 몇 번이나 혼자서—."

리셸이 밤마다 자위하고 있었던 건 한 지붕 아래서 살았기에 알고 있었다.

나를 반찬으로 삼고 있었던 것도 알고 있었다.

그건 그렇고 두 사람 다 같은 말을 하는 걸 보면 내 몸에서 뭔가 이상한 물질이라도 분비되고 있는 것일까?

"하아~, 좋은 냄새군! 버릇될 것 같다!"

내 가슴에 얼굴을 파묻고 킁카킁카 냄새를 맡는 마리다의 몸은 도저히 대륙 최강의 무인이라고 생각되지 않을 정도의 부드러움이 있다.

　게다가 살짝 땀이 나기 시작해서 그녀들한테서도 녹아내릴 듯
한 달콤한 냄새가 나기 시작했다.

　미녀 두 명이 자신에게 모여드는 이 상황, 남자로서는 최고로
기분이 좋다.

　그렇긴 해도 상대한테 시키기만 하고 자기는 아무것도 하지 않
아서야 면목이 없다.

　지금은 15살 남자지만, 이전 생에서 나름대로 경험도 지식도
있었다.

　게다가 예지의 신전에는 아이 만들기를 상담하러 오는 사람도
있으니까 거기서 공부한 나한테는 성 지식도 집적되어 있다.

　지금이 그 지식을 마음껏 발휘할 때.

　마리다도 리셸도 만족할 수 있도록 하는 것이 지금의 내 최우
선 과제이리라.

　"마리다 님께 그저 맛보여지는 것도 면목 없으니 이쪽도 최선
을 다해 접대하도록 하지요. 물론 리셸한테도 목숨을 구해 준 답
례를 해야만 하겠네."

　비어 있는 손으로 두 사람의 가슴 끝부분을 아프지 않도록 가
볍게 쥐어짰다.

　"흐아아아앙! 저릿저릿하다! 알베르트, 거기는 안 된다!"

　"그, 그래요. 알베르트 님, 갑자기 당하면── 으응!"

　두 사람은 몸을 움찔움찔 떨며 숨을 삼켰다.

　잠시 후, 거친 숨으로 호흡을 재개했다.

"둘 다 갈 때의 얼굴도 귀엽네."

살결에서 전해지는 두 사람의 열량이 늘어난 느낌이 들었다.

두 사람 다 부끄러웠는지 말없이 내 가슴을 때렸다.

"아야야! 때리는 건 없기로 부탁합니다."

두 사람은 부끄러움을 감추고 싶은 모양이라, 마리다는 내 옷을 벗기더니 아랫배에 키스 폭풍을 퍼부었고 리셀은 목덜미에 키스를 계속해 나갔다.

그렇게 되면 나도 남자이기에 여러 가지로 끓어올라 우뚝 솟아버리는 것이 있는 노릇이라.

그 우뚝 선 것을 재빠르게 발견한 마리다가 히죽히죽하며 이쪽을 봤다.

"알베르트는 젊은데도 흉악한 걸 가지고 있군. 움찔움찔하고 있는데, 기분 좋은 거냐?"

"예에, 뭐어, 저도 남자고, 미녀 두 명한테 봉사 받으면 기분 좋은 겁니다."

"이걸 맛봐야만 하겠군. 리셀도 나중에 나눠 줄 테니 조금 기다리거라."

"네, 네에. 기다리고 있겠습니다."

우뚝 선 것은 마리다에 의해 들어가야 할 장소에 들어가기 시작했다.

서로 처음이기는 하지만 나는 이전 생의 경험과 지식이 있었기에 마리다에 비해 여유는 있었다.

아픔 때문에 얼굴을 찡그린 마리다의 고통을 누그러뜨리기 위해, 조금 전에 절묘한 반응을 보여줬던 가슴 끝부분을 다시 쥐어짰다.

"바, 바보가! 지금 그런 걸 당하면――! 햐아앙, 안 돼, 머리가 망가진다!"

지금의 마리다는 아픔과 쾌락이 뒤섞여 뇌가 아픔을 쾌락이라고 잘못 인식하는 것을 반복하고 있는 모양이다.

"그만하는 거다, 이 이상 당하면―― 나는―― 망가져 버려――."

마리다는 자기 몸을 컨트롤할 수 없게 된 모양이라, 거친 호흡을 반복하며 몸을 계속 움찔움찔 떨었다.

"이만큼 격렬한 반응을 보여주면 좀 더 해보고 싶어지는군요."

"바, 바보가! 나를 망가뜨릴 셈이냐! 이런 걸 계속 당했다가는―― 으으응!"

마리다의 몸이 또다시 경직되었다.

"리셸, 마리다 님은 분명 귀라든가 뿔을 핥아 드리면 몹시 기뻐하실 거야. 해 줘."

가까이서 보고 있는 리셸한테 마리다의 약점이리라 생각되는 부분을 공략하도록 지시를 내렸다.

"네, 넵. 마리다 님, 알베르트 님의 지시이기에 죄송합니다."

리셸은 사과하면서도 호흡을 가다듬고자 필사적인 마리다의 귀를 핥아 나갔다.

"아으으으으! 그만두어라! 거기는 오싹오싹해져 버린단 말이다! 안 돼, 아으, 그만해라, 부탁……."

역시 귀는 약한 모양이다. 가슴 끝부분과 같은 정도로 좋은 반응을 보여준다.

"마리다 님, 그렇게 반응해 주시니 무척 귀여워요. 좀 더 해볼게요."

"리셸, 기다려라! 내가 망가져 버린다! 거긴, 안 돼, 부탁이다!"

리셸의 혀가 마리다의 이마에 난 작은 뿔에 닿자 지금까지 중가장 크게 몸을 떨며 절규했다.

"안 대애애애애애앳! 거긴 민감하단 말이다아아아앗!"

이건 상정했던 범위 밖이었다.

생각했던 예상보다 10배의 반응을 보여주고 있다.

귀인족은 뿔이 최대의 약점인 듯하다. 이건 대도서관에 있었던 자료에도 없는 새로운 발견이다.

"마리다 님, 기절해 버리셨나요?"

"그런 것 같아. 잠깐 쉬면 부활할 거라고 생각하지만, 상당히 기분이 좋은 모양이네."

"하지만, 밤은 아직 길죠?"

리셸은 기대를 담은 눈으로 이쪽을 봤다.

그녀도 또한 내게 처음을 바치고 싶다고 생각하고 있는 기색이었다.

"그러게. 밤은 길어. 단지, 여기서 하는 것도 지칠 거라고 생각하는데."

"그러면 마리다 님의 침실로 가도록 하죠. 그쪽 침대는 푹신푹신하니까요."

"알았어. 그럼 리셸의 제안을 받아들여서 침실로 가도록 하지."

내 가슴 위에 쓰러진 마리다를 안아 올리고, 리셸을 데리고 침실로 이동하기로 했다.

—몇 시간 뒤—

마리다가 침실로 사용하는 침대 위에서 나는 둘과 나란히 자고 있었다.

바깥은 어렴풋이 밝아지기 시작해서, 밤새 이루어진 미녀 두 명과의 전투는 끝을 고하고 있다.

"알베르트는 어린 주제에 여인의 몸을 숙지하고 있었다. 음란한 녀석이군."

시트 한 장만 걸치고 옆에 누워 있던 마리다로부터 질투가 담긴 말이 귀에 전해졌다.

"저는 예지의 신 에게레아의 신관입니다. 지식을 가진 자로서 여성의 신체에 관한 것을 숙지하고 있는 건 당연한 일입니다."

"알베르트, 나는 그대가 마음에 들었다. 얼굴도 취향이고 몸의 상성도 발군, 그리고 지혜로운 자인 모양이다. 내 남편으로서 나를 뒷받침하거라. 남편이 되면 아내인 내 몸은 자유롭게 다뤄도 괜찮다고. 어떠냐, 밝히는 그대한테는 무척 매력적인 제안이겠지?"

내 귓가에서 속삭인 마리다의 부풀어 오른 가슴이 말랑, 하고 팔에 닿았다.

마리다에 의한 내 맛보기 결과는 대만족이었던 듯하여, 나눠받은 리셸도 마찬가지로 대만족이었던 모양이다.

물론 나도 대만족이다.

그렇기에 마리다의 제안은 매력적이고, 에르윈 가문을 섬기기에는 무척 좋은 조건이었다.

가신으로서 마리다를 모시는 것과 데릴사위로 마리다를 모시는 건 대우에 상당한 차이가 나올 거라고 생각된다.

당초 계획보다도 초기 지위가 높게 시작할 수 있을 것 같았다.

"제가 남편이 되어도 정말로 괜찮은 겁니까?"

"흠, 내 남편은 알베르트가 좋다. 다만 딱 하나 받아들여 주었으면 하는 조건을 내밀고 싶군."

"받아들였으면 하는 조건 말입니까? 그건 대체?"

"내가 애인을 만드는 것을 용인해 주었으면 한다!"

"하?! 아니, 저기, 그건 무슨 의미입니까?"

애인을 만드는 것을 용인해 주었으면 한다는 말을 들은 느낌이 든다만.

즉 바람피우겠다는 의미일까?

마리다가 한 발언의 의미를 이해하지 못했기에 질문으로 응수했다.

"나는 여인을 좋아한다고 말하지 않았나. 남자는 알베르트밖에 받아들일 수 없는 몸이 되어 버렸다만, 아름다운 여인은 가까이에 잔뜩 거느리고 싶은 것이다. 그러니 여인 애인을 만드는 것을 허락해 주었으면 한다!"

"하, 하아?"

"물론 애인이 인정하면 부부가 같이 공유하는 것도 가능하다고. 아름다운 여인을 남편과 함께 어여삐 여기고 싶으니까 말이지."

마리다의 애인(여성)이 인정하면 같이 공유해도 되는 남편이라니…….

그런 통 큰 아내가 있을 줄이야…….

"지금 이야기를 듣건대, 제가 인정하면 알베르트 님과 마리다 님한테 공유되는 애인이 된다는 이야기가 되는 걸까요?"

반대쪽에 있던 리셀이 자신의 커다란 가슴을 나한테 바짝 눌렀다.

"그런 이야기가 되고 있네. 믿기지 않지만."

"나는 거짓말은 하지 않는다. 알베르트가 남편이 되어 준다면 내 애인을 같이 어여삐 여길 권리를 주겠노라. 어떠냐, 남편이 되지 않겠나?"

파격적인 조건이군. 게다가 마리다의 남편이 되면 용병단에서의 권한도 어느 정도 인정받을 수 있을 터.

거절할 이유는 하나도 없다.

"기꺼이 남편이 되도록 하겠습니다! 이 알베르트, 마리다 님의 도움이 되어 보이겠습니다!"

"알베르트, 잘 결심해 주었다. 나는 기쁘게 생각한다. 그렇다면 **한 시합** 더 하도록 하지 않겠나. 리셀도 준비하거라!"

남편이 되는 걸 승낙했더니 시트를 벗어 던진 마리다가 내 위에 승마 자세로 올라탔다.

"알겠습니다. 알베르트 님, 아직 제 쪽이 횟수가 적다고 생각하니 힘내 주세요!"

리셀도 재차 요염한 눈을 하고는 혀로 입술을 핥더니 나를 덮

쳤다.

"마리다 님?! 리셀, 또 말입니까? 힘내 보겠습니다만, 저도 한계가 있습니다."

말없이 이쪽을 보는 마리다와 리셀의 몸에 매달린 매력적인 가슴이 폭력적일 정도로 흔들려 이쪽을 유혹했다.

남편으로서의 첫 업무는 아내와 아내의 애인을 만족시키는 일이 될 것 같았다.

두 사람의 상대를 하며 만족시켜 주고 있었더니 해가 높아졌다.

셋이서 멱을 감은 뒤 방으로 돌아온 뒤 아침 겸 점심을 먹으면서 이제부터의 일에 관해 대화를 나누기로 했다.

"알렉사 왕국군이 에르윈 용병단을 찾아다니는 낌새는 없는 모양이네요."

"예지의 신전이 습격당해서 나름 피해가 나왔는데도 왕국군은 예상대로 에르윈 용병단을 방치한 것 같네. 제아무리 오르그스도 에르윈 용병단과 싸울 생각은 없는 것 같아."

"나로서는 알렉스 왕국군과 싸우고 싶었다만…… 유감이군."

"그건 여러 가지로 곤란하니 참아 주시고, 마리다 님이 납치해 주신 덕분에 저는 마지못해 따르고 있는 모양새를 유지하고 있습니다. 덕분에 아직 상회원들도 움직일 수 있는 것 같고 말입니다."

"그러네요. 알베르트 님의 지명 수배는 되어 있지 않다고 왕도 상회원한테서 연락이 왔습니다."

리셀한테는 계속해서 정보 조직 관리를 맡기고 있어서, 알렉사 국내의 정보 수집을 부탁하고 있다.

"한동안은 이 마을에서 관심이 식는 걸 기다릴 생각인가? 그럴 생각이라면 느긋하게 즐기는 것도 괜찮겠군. 성당에 있었던 금괴가 든 상자는 확실하게 가져 왔다."

습격한 마리다가 혼란 속에서 방치되었던 뇌물 금괴를 확실하게 빼앗아 주었다.

분명 금괴를 손에 넣지 못한 오르그스는 분해하고 있겠군.

뭐, 퇴직금으로 조금 많지만, 받아도 벌은 받지 않을 터다.

"그 금괴는 제 결혼 지참금으로 마리다 님이 받아주십시오."

"그건 고맙군. 그러면 나도 답례를 해야만 하겠어."

자리에서 일어선 마리다가 압도적인 크기를 자랑하는 가슴을 내 얼굴에 눌러 댔다.

"나는 이러한 파렴치한 짓은 알베르트한테만 해주니까 말이다. 자, 이렇게 해줬으면 하는 것이지? 자아, 자아."

부드러운 감촉이 내 얼굴을 감싸고 달콤한 향기가 콧속에 닿았다.

잠시 후 호흡이 힘들어져서 떼어 놓으려고 애썼지만, 힘은 마리다 쪽이 세서 부드러운 감촉에 계속 압도당했다.

죽는다! 극락인 감촉 속에서 빠져 죽는다! 아직 죽고 싶지 않아!

필사적으로 버둥거리며 어찌어찌 마리다의 가슴에서 얼굴을 꺼내자 겨우 호흡할 수 있었다.

"하아, 하아, 질식할 뻔했습니다!"

"미안하다! 끌어안은 알베르트의 냄새를 맡고 있었더니 넋을 잃어버리고 말았구나!"

코앞까지 가까워진 마리다의 적안이 글썽글썽 젖어 있다.

아니 잠깐, 그 시선은 너무 귀여워서 두근두근했다. 아직도 그녀가 내 아내가 되었다는 사실이 믿기지 않지만…….

다시금 내 아내가 된 마리다를 물끄러미 관찰했다.

"알베르트는 나만으로는 불만인 건가? 리셀, 알베르트를 가슴으로 힐링해주는 걸 돕는 거다."

"잠깐, 예? 마리다 님?!"

마리다가 리셀의 메이드복 끈을 풀자 커다란 가슴이 흘러넘쳤다.

"자, 리셀도 가슴으로 알베르트의 얼굴을 감싸는 거다. 자아, 자아."

"알베르트 님, 실례하겠습니다."

리셀의 가슴도 중력에 거스르는 탄력을 지니고 있지만, 만지니 부드러움이 느껴진다.

리셀의 피부는 마치 손에 착 달라붙는 것처럼 매끄러워서 언제까지고 만지고 싶은 기분이 들게 해주는 피부였다.

하아~, 진정되는군. 앗, 이게 아니지. 아니지.

이대로 또 조금씩 섹스하는 흐름으로 흘러갈 것 같았기에 이야기를 되돌리기로 했다.

"그, 그런 게 아니라 말입니다. 확실히 저는 마리다 님의 남편이 되었고, 두 사람의 마음을 다한 힐링 서비스도 고맙긴 합니다만……. 원래는 마리다 님이 끌어안고 있는 여러 문제를 해결하기 위해 저의 지혜를 원하셨을 터입니다."

"그랬었지! 알베르트가 나한테 너무나도 야한 짓을 하기에 완전히 잊고 있었다!"

마리다가 적국인 알렉사 왕국에 있는 이유는 어떠한 실수를 저질러 귀족 신분을 박탈당하고 추방당했기 때문이었을 터다.

"그래서, 제 지혜가 필요한 가장 큰 문제는 에란시아 제국에 복귀하는 것으로 틀림없습니까?"

내가 마리다의 눈동자를 물끄러미 쳐다보며 되묻자, 그녀가 조금 곤란한 듯한 표정을 지으며 말꼬리를 흐렸다.

"으, 응. 뭐어, 그게, 저기. 그렇군. 제국에 복귀하는 문제를 해결해 주었으면 좋겠다고는 생각하고 있다."

뭔가 숨기고 있는 낌새인 걸 눈치채고 추궁하는 듯한 시선을 마리다한테 보냈다.

"우으으, 그런 눈으로 보지 말아라. 나는 장난을 좀 많이 쳐서 본가에서 쫓겨났다고 말하기 어렵지 않으냐!"

내가 상정했던 하나의 가능성으로서 최강의 무인인 마리다를 추방한 것처럼 내보이고, 알렉사 왕국 내부에서 날뛰게 하여 국력을 깎고 있는 건가도 싶었지만, 아무래도 아닌 모양이다.

"화내지 않을 테니까 에란시아 제국의 여장군인 마리다 님이 왜 이 나라에서 용병단을 이끌고 있는지만 들려주십시오."

윽, 하고 말이 막힌 마리다가 이야기하는 걸 망설이는 기색을 잠깐 보였다.

"정말로 화내지 않을 거냐?"

"예, 화내지 않습니다."

"정말로, 정말로 화내지 않는 건가?"

"예, 절대로 화내지 않습니다."

"그럼 이야기해 주도록 하지. 내가 알렉사 왕국에서 용병단을 이끌게 된 건 마왕 폐하한테서 추천받은 대머리 뚱뚱보 약혼자를 반쯤 죽여 버리고 본가로 되돌려 보낸 것으로 인해 친족이었던 숙부님이 격노해서 당주 자리에서 쫓겨나고 본가에서 추방당하고 만 것이다."

그, 글렀어! 이 사람, 너무 글러 먹었어. 마왕 폐하란 건 제국 황제라는 거고, 그 사람이 추천한 약혼자를 반쯤 죽여 놓으면 그야 숙부님도 길길이 날뛰겠지!

"하아아아아아아아아."

"뭐, 뭐냐. 그 깊디깊은 한숨은. 나를 바보라든가 생각하고 있는 것이지! 하지만 말이다, 나는 생리적으로 대머리 뚱뚱보는 받아들일 수가 없다. 대머리 뚱뚱보가 나한테 닿으면 반사적으로 주먹이 나가서, 정신을 차리고 보니 상대가 피투성이가 되어서 나뒹굴고 있었던 거다. 내 탓이 아니다. 불가항력인 거다."

옆에 선 마리다가 내 어깨를 도닥도닥 가볍게 때렸다.

그 모습은 도저히 연상의 여성이라고는 생각되지 않을 정도로 유치하지만……. 유치하기는 하지만, 부끄러워하며 쑥스러워하는 마리다가 무척 귀엽다고 느끼고 말았다.

단지 마리다가 마왕 폐하가 추천한 약혼을 파기한 행위는 일반적이라면 참수당하고 가문을 말소당해도 이상하지 않을 정도의 중대사일 것이다.

하지만 마리다는 추방당하긴 했어도 에르윈 가문 자체가 말소되었다는 소문은 듣지 못했다.

"마, 마리다 님. 그런 짓을 하고서 용케 목이 날아가지 않았군요."

"이래 보여도 나와 마왕 폐하는 젖형제다. 어릴 때부터 친여동생처럼 귀여워해 주셨지. 약혼도 내가 적령기를 넘겨서 결혼하지 않는 걸 걱정한 오라버니가 배려해 주신 것이다만……. 오라버니는 내 취향을 모르는 게지……. 오라버니와 숙부님이 뭔가 이야기를 나눠서 원인을 만든 나를 에란시아 제국에서 추방하는 걸로 이야기는 수습된 걸로 되어 있다."

젖형제……. 마왕 폐하와……. 그렇다면 마리다가 참수당하지 않았던 것에도 납득이 간다.

처형을 면한 마리다는 마왕 폐하에게는 특별한 존재라는 것이리라.

"그런 것이었습니까……."

"용병단 병사들은 본가에서 쫓겨난 나를 걱정한 에르윈 가문의 가신들이다. 따라온 가신들을 먹여 살릴 돈을 벌고자 알렉사 왕국에서 용병단을 결성하여 지금에 이른 것이지."

마리다가 테이블에 동그라미를 그리며 침울해했다.

마리다가 유랑하고 있는 경위를 들은 내 뇌세포가 급속히 움직이기 시작했다.

그녀가 이끄는 에르윈 용병단의 전투력은 매우 뛰어나서, 병사의 수는 적지만 변경에 있는 시골 성 정도는 손쉽게 함락시킬 수 있는 실력을 갖추고 있는 것은 분명하다.

게다가 마왕 폐하와의 특별한 연줄이 있다고 한다면 본가에 돌아갈 수 있는 가능성은 높을 터다.

알렉사 왕국에서 살아가는 길은 이미 버렸기에, 아내인 마리다한테 공훈을 세우게 해서 마왕 폐하의 용서를 받아 어떻게 해서든 본가에 복귀시킬 수밖에 없다.

"마리다 님! 제게 전부 맡겨 주십시오!"

나는 테이블에 동그라미를 그리고 있던 마리다의 어깨를 안았다.

"햐앗! 뭐냐, 알베르트! 갑자기 큰 목소리를 내고선!"

마리다가 깜짝 놀란 표정으로 이쪽을 봤지만, 꼭 끌어안은 뒤 본가에 돌아가기 위한 계책을 귓가에서 속삭였다.

커다란 가슴이 끊임없이 내 몸에 닿아 유혹해 왔지만, 중요한 이야기이기에 꾹 참았다.

모든 이야기를 다 끝내자 마리다가 눈을 반짝이며 이쪽을 봤다.

"알베르트, 그 계책을 채용하겠다. 곧바로 착수하자!"

"알겠습니다. 그러면 서한은 제가 준비하겠으니 누군가 신뢰할 수 있는 제국 귀족분께 전달을 부탁하도록 하지요. 누구 믿을 만한 사람은 있습니까?"

"변경백을 맡고 있는 스테판은 언니 라이아의 배우자로 내 형부이니라. 그 스테판한테 오라버니에게 전해 달라고 부탁하지. 알베르트는 최고로 지혜로운 자야. 으응, 응, 응. 그대의 지혜는 내 것이다."

마리다가 내 얼굴에 키스의 비를 퍼부었다. 미인 아내의 열렬한 키스는 무척 기분이 편안했다.

이리하여, 지식의 집적지인 예지의 신전에서 지리 병서, 궁정 의례를 배우고 온갖 지식에 통달하여 알렉사 왕국의 예지의 지보라 불리며 신관직을 목표로 했었을 터인 나의 두 번째 인생은 다양한 경위를 거쳐 '선혈귀' 마리다 폰 에르윈의 배우자 겸 군사로서 이 세계를 살아가는 길을 선택하게 되었다.

제2장 ♥ 노려라! 에란시아 제국 복귀!

―일주일 뒤―

우리는 추격대로부터 몸을 숨긴 마을에 계속 체류하고 있다.

옆에는 침대에서 생글생글 웃는 표정인 마리다.

요 며칠, 복귀 사전 준비를 하면서 마리다의 밤 상대도 하고 있었기에 그녀의 피부가 윤기로 반들반들하다.

좀 지나치게 힘쓴 나머지 허리를 다칠 뻔한 사태도 있었지만, 전생하고 15년째인 젊은 몸은 아직 더 힘낼 수 있을 것 같았다.

아내와의 밤일에도 힘쓰는 나의 용병단에서의 지위는 대장 마리다의 마음에 든 존재로서 어찌어찌 군사로 인정받고 있다.

지금은 대장인 마리다의 힘으로 내 지휘에 따르고 있지만, 군사로서의 힘을 보이지 않으면 부하들이 이른 단계에서 불만을 품을 거라고 생각됐다.

내가 '알베르트'로서 두 번째 인생을 살고 있는 세계는 현대 일본과는 달리 '힘'이야말로 모든 것을 정하는 세계.

국가에 의한 통치도, 정해진 규칙과 법률도, 모두에게 그걸 지키게 하려면 '힘'이 필요한 세계인 것이다.

'힘'이 있으면 무엇이든 할 수 있는 세계.

재력, 권력, 군사력, 온갖 '힘'을 가진 자가 모든 규칙을 정하는 세계.

그것이 이 워스룬의 암묵적인 규정인 것이다.

"마리다 님, 알베르트 님, 기상 시간이라고 생각됩니다."

먼저 기상하여 몸단장을 끝냈던 리셸이 침대에서 꿈실거리고 있는 마리다와 나한테 말을 걸었다.

"리셸. 나는 알베르트와 한 시합 더 하고 싶다. 계속 지기만 하는 건 싫단 말이다. 나는 알베르트한테 이기고 싶어."

"외람된 말씀이지만 지금의 마리다 님과 저로는 알베르트 님한 테 이길 수 있다는 생각이 들지 않습니다만……."

미녀 두 명이 나와 한 번 더 섹스할 궁리를 하고 있는 게 들린다.

심복인 리셸한테는 계속해서 정보 수집 조직의 관리자 일을 시키고, 새롭게 마리다의 시중을 드는 시녀라는 역할도 맡겼다.

그녀는 아내가 된 마리다를 애인으로서도 섬기고, 아내와 공유하는 애인이라는 입장으로 내 밤 시중도 함께 들게 하여 두 사람모두 만족시키는 데 성공했다는 것이 현재 상황이다.

"둘 다 너무 분발한다니까……. 이 정도로 해 두죠. 마리다 님, 이제 일어납시다. 리셸, 준비를 부탁해."

"싫다, 나는 한 시합 더 할 거다!"

"안 됩니다. 리셸, 시트를 벗기고 몸단장을 해드려."

"알겠습니다."

리셸이 마리다의 몸에 걸쳐져 있던 시트를 벗겨 내자 알몸 미녀의 풍만한 과실 두 개가 눈에 들어왔다.

으음~, 이건 좋은 가슴이다. 내 아내는 오늘도 귀엽군.

"내 알몸은 알베르트한테만 보여주는 거다. 자아, 불끈불끈하지? 한 번 더 어떠냐?"

아내가 된 마리다는 기본적으로 여자를 좋아하고, 내가 그녀의 애인인 여성을 안아도 질투하는 일 없이 오히려 적극적으로 가세하는 성격의 소유자였다.

그녀는 자기가 좋다고 느낀 사람끼리라면 섹스를 해도 질투심은 일어나지 않는 모양이다.

그런 마리다의 성격 덕분에 애인이 된 리셸의 몸도 같이 즐기고 있다.

내 아내는 최고냐고! 라고 무심코 주먹을 꽉 쥔 채 으쌰! 하는 포즈를 취한 건 비밀로 해 두겠다.

"마리다 님, 지금 하게 되면 오늘 밤의 분량이 없어집니다만 괜찮겠습니까?"

"그건, 곤란하다! 어쩔 수 없군. 리셸, 몸단장을 부탁한다! 알베르트의 몸단장은 아내인 내가 할 테니 기다리고 있거라."

시트가 벗겨진 알몸 미녀는 한 번 더 하는 것을 포기한 모양이라, 리셸한테 몸단장을 부탁했다.

마리다의 몸단장이 끝나자 그녀는 리셸과 함께 내 몸단장을 시작했다.

"내가 이렇게까지 하는 건 알베르트뿐이다. 리셸, 이건 이렇게 하면 되는 건가?"

"거꾸로네요. 이쪽이 올바르다고 생각합니다."

마리다의 처음을 빼앗은 이후로 그녀는 여러 가지로 내 시중을 들고 싶다는 말을 꺼내고 있었다.

그쪽 방면의 재능은 빈말로도 있다고는 할 수 없지만, 열심히 하는 모습은 그건 그것대로 귀엽다.

"그건 그렇고 알베르트는 야한 남자군. 둘이서 상대해도 쉽게 공략당하지 않는다. 나는 알베르트한테 '졌다'고 말하게 만들고 싶단 말이다."

"무리예요. 알베르트 님은 예지의 신전에서 동서고금의 성에 관한 지식을 수양한 분이고, 게다가 몸도 나이에 비해서 의외로 강건한 것 같고요. 마리다 님이 알베르트 님께 도전해서 참패를 계속하고 있었던 건 제 기억이 잘못되었던 것일까요?"

"그러려나~. 리셸도 알베르트한테 상당히 가 버렸던 느낌이 든다만~."

"귀여운 아내와 예쁜 시녀가 몸단장을 도와줘서 저는 무척 감사하고 있습니다. 응응! 하지만 해가 뜬 시간에 할 화제는 아니군요."

몸단장 중인 두 사람이 어젯밤부터의 밤 이야기를 하며 생글생글 웃고 있는데, 헛기침하며 화제를 바꾸기로 했다.

"몸단장도 끝났고, 슬슬 아침을 먹어야겠네요."

"흠, 알베르트가 그렇게 말한다면 어쩔 수 없군. 몸단장도 끝났으니 아침을 먹기로 할까."

"이미 아래층 식당에 식사 준비는 끝내 놓았습니다. 저는 먼저 내려가 있겠습니다."

내 헛기침을 들은 리셸은 문을 열고 먼저 아래층 식당으로 향했다.

몸단장을 끝내고 아침을 먹으러 아래층 술집으로 발을 옮겼다.

마리다가 나를 데리고 온 마을은 가도(街道)에서 벗어난 장소에 있는 쇠퇴한 마을이다.

이미 에르윈 용병단이 압도적 무력으로 촌장을 항복시키고 음식물과 은신처를 제공하는 것을 조건으로 주민을 전부 죽이는 것을 면제했다고 들었다.

촌장으로부터 마을에서 가장 큰 술집 겸 여관을 은신처로 제공받아, 용병단은 그곳에서 기거하고 있었다.

아인종이 적은 알렉사 왕국이기에 귀인족은 눈에 띄지만, 점거한 마을 입구에는 항상 교대로 보초를 세우고 있다.

그 때문에 알렉사 왕국군의 정찰 부대가 오면 쏜살같이 줄행랑칠 준비는 되어 있었다.

뭐, 신전 습격 때 보여준 에르윈 용병단의 전투력이라면 정찰 부대 정도는 싸워도 여유롭게 이길 수 있다.

하지만 미처 죽이지 못하고 놓친 정찰 부대원이 원군을 끌고 오면 중과부적이 되기에 싸우지 않고 도망치는 것을 철저하게 부탁해 두었다.

"어라, 마리다 님과 알베르트 공이 내려오신 모양이다. 어제도 즐기셨던 모양이구만. 리셸 쨩도 섞여서 쿵떡쿵떡 부러울 따름인데."

장년 귀인족 남자가 계단을 내려온 우리를 발견하고 히죽히죽 웃고 있다.

"아~, 들렸습니까~. 죄송하군요~. 마리다 님이 저를 놓아주지 않아서. 아, 그렇지, 리셸도 밤에는 은근히 육식계인 거 알고 있습니까?"

"알베르트 님! 그건 비밀이라고 말씀드렸지요!"

내가 남자한테 능청 떠는 대답을 돌려주자, 술집에 모여 있던 귀인족 남자들한테서 와하하 하고 웃음소리가 일어났다.

"알베르트 공다운 대답이다. 평범한 약골 남자가 그런 대답을 했다면 바로 때려죽였겠지만, 뭐라 하건 알베르트 공은 싸움의 여신이라 불리는 우리 공주님을 목숨을 잃지 않고 길들인 첫 남자니까 말이지. 같은 남자로서는 존경한다고!"

장년 귀인족 남자가 엄지를 척 세우며 웃고 있다.

마리다는 에르윈 가문의 영애이며 마왕 폐하의 젖형제이지만, 소중히 키워져 온 영애는 아닌 모양이다.

항상 이 너저분한 아저씨 가신단과 아버지 손에 이끌려 전장에서 자란 아이였다.

침대에서 쉬고 있을 때 들은 이야기로는 놀이 도구는 자기 키만 한 대검이며, 놀이 상대는 우는 아이도 울음을 그친다는 말을 들었던 귀인족 전사.

전장을 달리고, 야외에서 일상생활을 보내며 피를 뒤집어쓰면서 자란 야생아가 마리다인 것이다.

그런 마리다를 마왕 폐하도 몹시 귀여워하고 있는 듯하다.

물론 여자로서가 아니라 집안의 말괄량이 여동생으로서지만.

"다들, 나를 바보 취급하고 있는 거야. 아니, 확실히 알베르트는 야한 남자지만 우리와는 달라서 머리가 비상한 남자이기도 하다고."

"예이, 예이. 잘 먹었슴다. 우는 아이도 울음을 그치는 그 '선혈귀'라 불렸던 공주님이 남자한테 홀딱 반할 줄이야. 세상일은 어떻게 굴러갈지 알 수가 없구만."

장년 귀인족 남자가 카하하, 하고 큰 목소리로 웃자 술집에 있던 남자들도 그에 이끌린 것처럼 웃음소리를 냈다.

거기에 경멸하는 기색은 없다.

에르윈 가문의 가신들은 어릴 적부터 함께 지내 왔던 친척 여자아이의 애인 자랑을 듣고 흐뭇함을 느끼고 있는 모양이다.

마리다는 가신한테서도 사랑받고 있는 것 같군.

에르윈 용병단의 굳은 결속은 범상치 않을 정도라고 세간에 널리 알려져 있는데, 마리다 본인이 지닌 인간적인 매력에 끌려 쌓이게 된 결속이리라.

"그렇지! 이번 계책이 성공하면 공주님은 에르윈 가문에 복귀할 수 있다고 들었다만, 그건 정말이냐?"

"예, 마리다 님의 본가에 복귀하는 것을 조건으로 이번 계책을 세웠습니다."

"복귀하지 못했을 때는 어떻게 할 생각이지?"

웃고 있던 장년 귀인족의 눈이 예리해지고 위압하는 듯한 시선으로 변화했다.

"제 목이 떨어질 뿐인 이야기입니다."

"각오는 되어 있다는 건가."

현재로서 마리다만이 나를 신뢰해 주고 있기에 결과를 내지 못하면 군사 지위에 앉아 있는 건 인정받을 수 없다고 스스로도 생각한다.

"알베르트는 내 소중한 군사이자 남편이다! 괴롭히는 건 용서하지 않겠느니라!"

남자의 말을 들은 마리다가 내 앞으로 나서서 가신들 앞에 가로막고 섰다.

그 모습을 보고 있던 남자들이 크크큭 하고 입을 다문 채 웃기 시작했다.

"그리고, 하나만 더 질문이 있다. 공주님의 남편이 된 것에 후회는 없냐?"

"전혀 없어. 전쟁광이라 불리는 귀인족의 데릴사위로서는 나는 조금 빈약하다고 생각하지만, 받아들여 준다면 고맙겠군."

"뭐냐? 모두는 알베르트가 내 남편이 되는 것에 반대인 거냐!"

초조한 표정을 지은 마리다의 모습을 보고 귀인족들은 웃음을 참더니 천천히 술이 든 술잔을 꺼냈다.

"그런가, 알베르트 공의 각오는 똑똑히 보았다! 그렇다면 부부의 인연을 맺은 것을 축하하는 주연을 준비해야겠지. 다들, 술잔을 들고 새롭게 우리 공주님과 약혼하여 혈족이 된 알베르트 공을 축하하자! 예이——!"

"""오오! 새로운 혈족의 탄생을 술로 축하하자! 예이——!"""

술집에 모여 있던 마리다 휘하의 근육 뇌 전사들이 술잔과 함께 함성을 질렀다.

분위기가 완전히 체육 동아리 같은 느낌이다.

현대 일본에서 학생 생활을 보냈을 때 실내 활동 계열 동아리

였던 나한테는 숨 막힐 것 같은 분위기였지만, 이건 이것대로 진심으로 다가오는 느낌이 들어서 살짝 기분이 좋아졌다.

"다들 심술궂다! 나를 바보 취급하고선. 열 받아──!"

"마리다 님, 술잔을 알베르트 님께 건네드리지 않아도 괜찮으신가요? 제가 건네드려 버릴 거예요."

리셸이 살며시 마리다한테 술잔을 내밀고 있는 게 보였다.

"안 된다. 알베르트한테 술잔을 건네는 건 내가 하겠다!"

카운터에 앉은 나한테 마리다가 살짝 몸을 붙이고 술을 따라 주었다.

오늘도 노출도가 높은 선정적인 의상을 입고 있어서, 매번 눈을 둘 곳을 찾지 못해 곤란해지고 만다.

색기가 넘치는 야생아이며 근육 뇌 전사들 사이에서 자란 마리다에겐 두뇌파인 내가 신선하고 믿음직하게 느껴지는 듯하다.

그 기대에 부응하기 위해서라도 나는 아내가 된 마리다를 어떻게 해서든 에란시아 제국 내에서 출세시킨다.

물론 나 자신도 그녀의 출세에 따라 좋은 생활을 보낼 생각이다.

그걸 위해서는 실행 중인 계책이 잘 풀려야 한다.

"마리다 님의 기대에 부응할 수 있도록 전력으로 지략을 쥐어짜내기로 하겠습니다."

"기대하고 있겠다. 서방님, 그게 아니면 주인님이 좋은가? 내 호칭은 알베르트가 좋아하는 쪽으로 해도 괜찮다고."

수줍어하는 것처럼 웃은 마리다의 매력적인 미소에 쑥스러움과 기쁨, 그리고 기분 좋음이 뒤섞여 머리가 과열될 것 같았다.

역시 내 아내는 세계에서 최고로 귀여울지도 모르겠다.

"마, 마리다 님으로 괜찮습니다. 저를 부를 때는 지금까지와 마찬가지로 알베르트라고 불러 주셔도 괜찮고요."

"그, 그런가. 알베르트가 그렇게 말한다면……."

내 팔에 매달려 얼굴이 달아오르는 마리다는 최고로 귀여웠다.

"이렇게 빨리 금실이 좋아지다니. 보고 있는 이쪽이 부끄러워서 기절할 것 같습니다!"

큰 접시에 부은 술을 끼얹는 것처럼 마시고 있던 귀인족 남자들이 나와 마리다의 사이를 보고는 눈시울이 젖었다.

조금 귀찮은 체육계 동아리 분위기인 전사들이기는 하지만 아군이라고 생각하면 그들만큼 믿음직한 존재는 없다.

마리다가 본가에 복귀하기 위해서는 많은 문제가 앞을 가로막겠지만, 그것도 아내와의 충실한 생활을 보내기 위해서라고 생각하면 힘낼 수 있다.

"마리다 님의 입신출세의 지휘는 저한테 맡겨 주십시오."

"내 입신출세는 알베르트의 지휘에 맡기겠다. 나는 그저 검을 휘두르는 것밖에 못 하니까 말이지."

명백한 근육 뇌 선언을 한 마리다였지만, 어설프게 머리가 돌아가 이것저것 참견하는 것보다는 전부 맡겨 주는 편이 자유롭게 할 수 있어서 좋다고 생각한다.

"알베르트 님, 이쪽도 드셔봐 주세요."

나는 리셸이 내민 껍질을 벗긴 과일을 입에 넣고는, 마리다가 따라 준 술을 단숨에 마셨다.

이전 생의 지식과 이쪽 세계에서 모은 지식으로 군사로서 마리다의 본가인 에르윈 가문에 공헌하고, 에란시아 제국에서 출세한다.

가능하면 아름다운 여성과 많은 자손한테 둘러싸여 편안히 죽고 싶기에 그걸 위한 노력은 아끼지 않는다.

목숨을 소중히 하며 이 이세계 난세를 살아남아 보이겠다.

나는 다시 술이 가득 찬 잔을 입에 대고, 술을 몸에 흘려 넣었다.

하아, 허리가 부들부들 떨리는군. 마리다도 리셸도 너무 힘낸단 말이지.

마리다의 가신들이 열어 준 약혼 축하 주연도 한창때가 되자 두 사람을 데리고 별실로 이동하여 밤의 임무를 했다.

귀인족인 마리다의 체력은 굉장했고, 같이 침대에 들어간 리셸도 적극적이었기에 결국 어젯밤도 또 자지 않고 보내고 말았다.

나도 젊으니까 어떻게든 되었지만, 매일 밤 밤을 새우는 건 조금 힘들다.

이건 슬슬 영양제라든가 필요할지도 모르겠군.

굳은 몸을 크게 펴며 베란다에 나가 아침 안개가 펼쳐진 바깥 공기를 들이마셨다.

'선혈귀' 마리다를 에란시아 제국에 복귀시키기 위해 여러모로 움직이고 있는데, 어제 도착할 예정인 사자가 아직 돌아오지 않은 것이다.

사자를 보낸 곳은 마리다의 형부로, 알렉사 왕국과 국경을 접한 영지의 변경백을 맡고 있는 스테판 경에게다.

마리다의 복귀를 주선하는 부탁을 하기 위해 서한과 함께 이쪽이 준비한 선물을 들려 보냈지만, 마왕 폐하와의 교섭이 난항을 겪고 있는 것일지도 모른다.

에란시아 제국에서 출세하려면 마왕 폐하의 용서를 얻어 복귀하고 원래의 작위인 여남작으로 돌아가지 않으면 이야기가 진전되지 않는다.

마왕 폐하의 젖형제라고는 해도 상급 귀족인 약혼자를 반쯤 죽여 놓은 마리다가 에란시아 제국에 복귀하려면 알렉사 왕국 국경 영주의 머리가 몇 개는 필요할 거라고 어림짐작하고 있다.

에란시아 제국은 워스룬 세계에서 유일하게 아인종이 지배층을 형성하는 국가로, 주변부가 인족 국가에 둘러싸여 항상 전쟁을 떠안고 있다.

우리가 있는 알렉사 왕국도 교전국 중 하나다.

그렇기에 항상 국경 지대에서는 양국의 작은 충돌이 발생하고 있다.

그리고 작은 충돌이 일어날 때마다 국경 지대의 영주들은 그때그때에 따라 우세한 쪽으로 섬기는 나라를 바꾸기에, 양국으로부터 골칫거리 취급을 받는 자도 많다.

그런 골칫거리인 국경 영주 중에는 전투 중의 혼잡한 틈을 타서 다른 영지를 약탈하거나 인간 사냥을 하여 사욕을 채우는 악랄한 영주도 있다.

예지의 신전에서 수업(修業)을 하고 있을 때나 구축한 정보망에서도 그러한 악덕 영주 이야기가 드문드문 전해지고 있었다.

이번에는 악행을 저지르는 국경 악덕 영주 중에서 3명 정도 목록을 짜서 복귀 선물로 성과 함께 헌상할 예정이다.

국경 지대의 쓰레기 영주라면 우리가 짓뭉개도 어느 나라에서도 원한을 살 일은 없다. 오히려 양국 주민한테서 감사받으리라.

마왕 폐하가 그 조건으로 복귀를 인정해 준다면 나머지는 마리다와 용병단의 실력 나름…….

뭐, 우는 아이도 그치는 에르윈 용병단이고 신전을 지키는 신전 기사들을 구축할 정도의 실력이니까 농민군 정도로는 상대할 수 없을 것 같지만.

마리다한테서 이미 에르윈 용병단의 상세한 정보도 알아냈다.

고참 가신이 많고, 전투에 숙련된 자들뿐이며, 추방당해 작위를 잃은 마리다를 뒤따르는 이상할 정도로 충성심이 높은 녀석들이다.

단원들은 모두 일기당천의 전사라고 마리다가 말했었다.

그녀 자신도 뼛속까지 전사다.

단지, 침대 안에서는 무척 귀여울 뿐.

전투에 숙련된 근육 뇌 전사단 100명. 그것이 마리다가 가진 모든 전력이었다.

아침 안개가 펼쳐진 베란다에서 기지개를 피던 내 시선에, 기다리던 사자가 귀환하는 모습이 들어왔다.

"자, 이걸로 바빠지겠어."

나는 침대에서 막 잠든 마리다와 리셸을 깨우고는 몸단장을 갖추고 아래층 식당으로 내려갔다.

식당에 가니 귀인족들은 이미 모여 있었다. 나는 사자가 가지고 돌아온 서한을 받아들고는 내용을 훑어봤다.

본래는 대장인 마리다가 읽어야 할 서한이지만, 마리다가 개봉하지 않고 그대로 내게 건넸기에 읽고 있는 것이다.

「오케이, 너희들이 하고 싶은 말은 이해했다. 마왕 폐하한테는 처제 마리다가 그 사건의 사죄로 성가신 국경 영주 세 명 정도를 처리하고 온다고 하니 도와줘도 되지? 라고 물었더니 오케이 사인이 나왔다. 물론 귀족으로 복귀하는 것도 인정해 주겠다더군.」

형님에게서 온 서한을 요약하면 이런 내용이다.

이쪽 세계의 글자는 전생하고 나서 고아원과 신전에서 필사적으로 공부해서 읽을 수 있고, 쓸 수 있게 되었다.

이래 보여도 관료를 목표로 노력했으니 글자는 깔끔하게 쓸 수 있다.

다만, 관료로서 성공하는 길은 터무니없는 얼간이 왕족과 썩은 나라 때문에 끊겼지만.

그 덕분에, 라기엔 이상하지만, 귀여운 아내를 위해 군사로서 살아가게 되었다.

이건 이것대로 나쁘지 않은 인생이라고 생각한다.

여하간 밤의 임무도 힘낼 수 있고, 아내 공인으로 아름다운 미녀를 잔뜩 옆에 둘 수 있는 것 같으니까 말이다.

덕분에 허리가 쉴 틈이 없다……. 아니, 속된 이야기는 제쳐두고.

마왕 폐하의 허락을 얻어내는 데 성공했으니까 국경 영주를 토벌해야겠다.

서한을 다 읽자 마리다가 이쪽을 봤다.

"어떻지?"

"마왕 폐하와의 교섭은 성공했습니다. 이제부터 에란시아와 알렉사의 국경 지대에 있는 즈라, 자이잔, 베니아의 세 영주를 토벌하고 그 목과 영지를 선물로 삼아 마리다 님의 에란시아 제국 복귀를 달성하게 됩니다."

참고로 마리다의 복귀를 위해 선물로 삼을 국경 영주는 알렉사 왕국에서의 출셋길을 막아 준 오르그스 측근들의 본가다.

썩어 있었다고는 해도 전생하고 15년을 지낸 고향 나라이니, 권력자한테 달라붙는 쓰레기들을 청소하여 조금이라도 정상적인 나라로서 재생할 수 있는 계기를 만들고 난 뒤 에란시아 제국에 가도록 하겠어.

"알겠다. 다들, 전투 준비를 해라!"

귀인족 부하들은 어젯밤 주연에서 술을 고주망태가 되도록 마셨지만, 마리다가 전투 준비라고 구령을 내리자 불과 몇 분 만에 의복을 갖추고 정렬을 끝냈다.

정렬한 용병단 남자들은 이미 전투 모드로 들어가 있어서, 전투가 벌어질 거라는 말을 해도 목소리 하나 내지 않고 안색이 바뀌는 자도 없었다.

"즈라, 자이잔, 베니아의 영주는 국경 영주라는 걸 좋은 구실 삼아 전쟁의 혼란을 틈타 주변에서 약탈하거나 사람을 사냥했다는 모양이다. 물론, 영내에도 무거운 세금을 부과한다는 덤이 붙은 악덕 영주라고 들었느니라. 게다가 양국의 군이 접근하면 곧바로 항복하고 소속을 바꾸는 녀석이니까 말이지."

마리다도 추방되기 전에는 에르윈 가문의 당주로서 국경에서의 충돌에 동원되고 있었기에 국경 영주들의 사정에 어느 정도 지식을 가지고 있는 모양이다.

"그렇습니다. 그러니 마왕 폐하는 제국군을 이끌고 이들 영주를 토벌할 수는 없습니다. 제국군이 그들을 토벌한다면 국경 영주들이 일시에 우르르 적국 측으로 돌아설 것이기 때문입니다. 하지만 지금의 마리다 님은 재야의 용병단 대장에 지나지 않습니다. 재야의 용병단에 습격당해 영주군이 괴멸하면 공백이 된 성을 제국군이 손에 넣어도 아무도 불평하지는 않을 겁니다. 영주의 머리 세 개와 성 셋을 선물로 지참한 복귀라면 마왕 폐하도 다른 귀족을 납득시킬 수 있다고 판단하셨다는 것입니다."

"음, 국경 영주라면 우리 용병단의 적수가 아니지. 겨우 그 정도로 내 복귀가 허락된다면 누워서 떡 먹기다! 곧바로 착수하는 거다!"

"멋진 계획이군. 역시나 알베르트 공. 녀석들아, 공주님이 에란시아 제국에 복귀할 가망이 선 모양이다. 얼른 그 쓰레기 영주들을 쳐부수자고!"

"""오우!"""

그때까지 말없이 내 이야기를 진지한 표정으로 듣고 있던 가신들이었으나, 마리다가 국경 영주들 토벌을 개시한다는 것을 전하자 단숨에 열기를 띤 함성을 질렀다.

이 모습을 보건대, 분명 싸우는 게 기쁜 것뿐이잖냐. 너희들…….
이러니까 뇌가 근육으로 된 녀석들은…….

마리다의 지시가 내려지자 가신들은 마을에서 나갈 준비를 곧
바로 시작하고, 한 시간 뒤에는 국경 지대에 있는 목적지인 영지
를 향해 행군하기 시작했다.

체류하던 마을에서 도보로 이틀 정도 걸어 첫 공략 지점인 베
니아에 도착했다.

알렉사 왕국 내에서의 활동 거점을 정리하고, 모든 물자를 지
참하여 치르는 전투다.

유감스럽게도 나한테는 승마의 재능은 주어지지 않아서, 리셸
과 함께 흔들리는 짐마차의 짐칸에 몸을 맡기고 있었다.

"도착한 모양이군요. 자, 이제부터는 마리다 님과 에르윈 용병
단의 실력을 보도록 하겠습니다. 사전 정찰에 의하면 베니아 영
주는 영지에 있고, 경비 태세는 느슨하다는 것 같습니다. 단숨에
영주의 머리를 따내면 조직적인 저항은 없어지겠지요."

"오우, 맡기거라. 시골의 작은 성 정도는 이 '선혈귀' 마리다가
때려 부숴 주겠다!"

잠깐, 마리다 씨, 마왕 폐하께 드릴 소중한 헌상품이라고. 때려
부수면 곤란하다니까!

짐마차 옆에서 새까만 말에 탄 마리다가 득의양양하게 애용하
는 무기인 대검을 휘둘렀다.

"마리다 님, 세 성은 마왕 폐하께 드릴 헌상품이라고 말씀드렸을 터입니다만. 부서진 성을 받고 마왕 폐하께서 기뻐하시리라고 생각하십니까?"

"으음, 부서진 물건을 받아도 기쁘지 않지. 그럼, 주민도 전부 죽이지 않는 편이 좋으냐?"

네, 근육 뇌다운 폭력적인 면모가 대량으로 발산되었습니다.

마리다의 가치관은 전장에서 길러졌기에 나오는 발상이 상당히 다른 모양이다.

"전부 죽여 버리면 겁을 먹은 주변 영주가 에르윈 용병단을 쳐부수고자 쇄도할 겁니다. 반대로 영주와 그 측근만 토벌하면 적은 자연히 붕괴하겠지요. 아니, 그보다 제가 붕괴시킬 테니까 말입니다. 다음에 또 전부 죽인다는 발언을 하면 밤일 서비스는 안 해드릴 겁니다!"

"그건 싫다. 알베르트와의 밤일을 낙으로 삼고 있는 내 입장에서 그건 나를 말려 죽이는 짓이나 다름없느니라. 알았다, 절대로 전부 죽이지는 않으마. 그리고 더 조심해야 할 건 있느냐?"

밤일 서비스 정지가 먹혔는지, 마리다는 그 밖의 주의사항을 스스로 물어봤다.

하는 김에 주위 근육 뇌 전사들도 주의사항을 지키도록 최상위자인 마리다한테 잘 말해 놓았다.

"알겠습니다. 주의점은 세 가지. 하나, 저항하지 않는 주민은 베지 않는다. 둘, 재보는 제멋대로 약탈하지 않고 전부 모아서 분배한다. 셋, 여성에게 난폭한 짓을 하지 않는다. 이것들을 지키지 못하는 자는 마리다 님의 검으로 베어 주십시오. 어떤 충신이더라도입니다."

"너무 엄격하다. 약탈과 폭행은 전쟁의 소야——."

"이것들이 지켜지지 않으면 에란시아 제국에 복귀하는 건 어려우리라고 생각합니다."

"그건 곤란하다! 허나, 알베르트가 말한 것을 부하들한테 지키게 하는 건 무리다."

마리다는 곤란한 표정을 보이며 이쪽이 제안한 세 가지 주의점을 지키게 하는 건 불가능하다고 말했다.

여기서 마리다의 의견을 받아들여 버리면 나의 군사로서의 지위는 공허한 것이 된다.

어떻게든 해서라도 이쪽이 제안한 주의점을 지키게 함으로써 마리다의 복귀를 확실한 것으로 만들고, 군사로서의 실적을 쌓아야만 했다.

"그럼, 세 가지 주의점을 어째서 지키게 해야만 하는지 설명토록 하겠습니다. 마을 주민들은 영주 토벌 후에 에란시아 제국의 주민이 될 사람들입니다. 저항을 나타내지 않는데도 베어 죽이거나 재화를 약탈하거나 여성에게 폭행을 저지르면 불필요한 원한을 사서 그 후에 통치하기가 어려워집니다. 그런 영지를 헌상받은 마왕 폐하는 어떻게 생각하시겠습니까?"

"성가신 걸 떠넘겼다고 생각할지도 모르겠군."

"마리다 님의 말씀대로입니다. 그런 통치하기 어려운 영지를 떠넘겨 받은 마왕 폐하는 마리다 님의 복귀를 없던 일로 할지도 모릅니다."

"마, 말도 안 된다! 오라버니가 그러한 짓을 할 리가!"

"아무리 젖형제라고는 해도 모든 일에는 한도라는 것이 있습니다. 실제로 지금, 마리다 님은 국외 추방을 당한 상태입니다!"

"헉! 그, 그랬지! 우리가 세 가지 주의점을 지키지 않으면 오라버니가 약속을 없던 일로 할 확률은 어느 정도냐! 말하거라!"

"열에 아홉 정도가 아닐까 합니다."

마리다를 확실하게 설득하기 위해 숫자는 제법 과장해 봤다.

내가 나타낸 숫자를 들은 마리다가 덜덜 떨기 시작했고, 신음하는 것처럼 부하들한테 선언했다.

"다들! 지금 알베르트가 말한 세 가지 주의점을 지키지 않은 자는 내가 베어 버릴 테니까 말이다! 목숨을 걸고 지켜라! 알았느냐!"

""""자, 잘 알았습니다!""""

체육계 조직의 편한 점은 상명하복(上命下服) 정신이 박혀 있는 점이다.

이런 조직은 위에서 하라고 하면 밑의 대답은 '예', '알겠습니다', 'YES', '잘 알았습니다'밖에 없다.

모든 이가 전부 같다고는 하지 않겠다.

하지만 변태급 충성심을 가진 근육 뇌 전사들은 무리의 최상위자인 마리다의 의사를 헤아려 내가 부과한 세 가지 주의점을 개처럼 순종적으로 지킬 것이다.

그래도 못된 짓을 하는 자가 있으면 유감이지만 죽일 수밖에 없다.

규칙의 테가 헐거워지면 군이나 조직의 강함 같은 건 느슨해진다.

전생하여 병서를 닥치는 대로 읽어 얻은 지식과 이전 생에서 경영 컨설턴트로서 기업 내부 사정을 보고 길렀던 경험이 내게 그렇게 속삭였다.

가능하면 소중한 아군은 죽이고 싶지 않지만, 내가 살아 있는 이 세계는 그런 낙천적인 환상이 통하는 세계가 아님을 알고 있다.

죽여야 할 자를 죽이지 않으면 다음 순간에는 자기 목숨이 끝날 가능성도 있는 것이다.

"좋습니다. 그러면 저는 여러분의 분투를 보고 있겠습니다. 에르윈 용병단의 무훈을 떨쳐 주십시오."

"우리 에르윈 용병단의 힘, 실컷 보여주자꾸나!"

""""오오!""""

근육 뇌 전사들의 얼굴이 전쟁광의 그것으로 변화했다.

싸우는 것을 최고의 기쁨으로 여기는 전쟁광들.

이때의 나는 아직 그들의 진심이 얼마나 굉장한지를 알지 못했다.

△ △ △

※마리다 시점

성에 가까이 다가가자 이쪽 깃발을 발견한 적은 곧바로 성문을 닫고 농성할 기색을 보였다.

말에 탄 채 닫힌 성문 앞으로 나서, 성벽 위에 있는 병사를 향해 말을 걸었다.

"나는 에르윈 용병단의 대장, 마리다이니라! 이 성은 지금부터 내가 접수하겠다!"

"너희들 도적 집단한테 성을 넘길 리가 없지 않으냐! 죽고 싶지 않다면 이곳에서 떠나라!"

"시끄럽도다, 내게 훈계해도 되는 건 알베르트와 오라버니뿐이니라!"

시끄러운 수비병 대장을 침묵시키기 위해 말에서 내려, 지면에 있는 돌을 주워서 수비병 대장 대장의 얼굴을 향해 던졌다.

"대, 대장님! 말도 안 돼! 머리가 없어졌어?!"

내가 던진 돌을 얼굴에 맞은 대장은 머리를 잃고 몸이 성벽에서 지면으로 떨어졌다.

"저런 데서 던진 돌에 죽었——."

성벽 위의 다른 병사도 가신이 던진 돌에 절명하여 성벽에서 지면으로 추락했다.

"히익! 괴물이다! 에르윈의 귀인족들은 소문대로 괴물 집단이라고! 죽고 싶지 않아!"

공황이 온 수비병들이 가신이 던지는 돌에서 몸을 숨기고자 성벽에서 도망치기 시작했다.

"시시하군. 준비 운동도 되지 않아. 일단 성문을 베어 버리기로 할까."

적 수비병이 사라진 성문에 다가가, 등에 짊어진 대검을 뽑고 호흡을 가다듬었다.

"흐읍!"

끝까지 휘두른 대검이 철 틀로 보강된 성문을 횡으로 양단했다.

"공주님, 실력이 녹슬었군요. 이 정도 문을 베는 데 그렇게 힘을 주시다니."

"으으, 한동안 날뛰지 않았으니까 말이다! 오랜만이라서 힘 조절을 잘못한 거다."

성문이 자기 무게로 무너져 내렸고, 옆에 있는 성벽에 커다란 흠집이 퍼져나갔다.

저질러 버렸다. 알베르트한테서 가능한 한 흠집을 내지 말라는 말을 들었는데.

곤란하군, 다른 걸로 만회해야만 하겠어.

"다들! 지금부터 성안에 돌입한다. 조금 전에 알베르트가 말한 세 가지 주의점은 반드시 지켜라! 우선은 무기를 버리도록 요구해라! 두 번 경고해도 버리지 않는 자는 베어도 좋다!"

""""알겠습니다!""""

"돌격한다!"

""""오우!""""

파괴된 성문을 빠져나가 가신들이 마을 안으로 흩어졌다.

마을 주민들은 성문이 무너지는 소리를 듣고 비명을 지르며 집 안으로 사라지는 모습이 보였다.

"누구, 대장의 목을 노리는 강자는 없느냐! 나는 일대일 승부를 소망한다!"

전장에서 단련된 큰 목소리를 내서 적 수비병의 주목을 나에게 모았다.

"얕보다니! 여자 주제에!"

"의욕이 있어서 좋군! 허나, 그대의 역량으로는 내 상대가 되지 않는다."

수비병이 내지른 창을 손으로 쳐서 부러뜨리고, 창날을 상대의 가슴에 도로 꽂았다.

"역시, 변경에 강자는 없는가……."

"대장만 죽이면 적은 도망칠 거다! 여럿이서 덮쳐라!"

흥분한 병사들을 찔러 죽이고 있었더니 영주의 저택 앞을 경비하던 수비대장이 병사를 이끌고 내 앞에 모습을 나타냈다.

얼추 봐서 30명인가. 전부 농민군 출신들이라서 약해 보이는군.

"한꺼번에 덤비거라."

적 병사를 도발하는 것처럼 손짓했다.

흥분한 수비병들이 각자의 무기를 들고 달려왔기에 대검을 횡으로 후리듯이 한 번 휘둘렀다.

다음 순간, 주위를 둘러싸려던 수비병들의 몸통과 하반신이 따로따로 지면에 떨어졌다.

"히이익! 괴, 괴물이다! 주, 죽을———."

허릿심이 빠져 뒷걸음질 치며 도망치려던 대장의 머리도 확실하게 몸과 분리해 줬다.

"시시하구나! 정말로 시시해! 몸풀기도 되지 않는다!"

"공주님, 성내 제압은 완료된 모양입니다. 남은 건 저택에 틀어박혀 농성하는 영주 일족뿐."

옆에서 대기하던 장년 가신이 성내에서 저항하는 수비병 배제가 완료되었음을 전했다.

"그런가, 난폭한 짓이나 행패는 일어나지 않았겠지?"

"예, 공주님의 명령대로 주민에게도, 재화에도 손을 대지 않았습니다. 저항하지 않는 수비병은 구속하여 광장에 모아 뒀습니다."

"음, 그거면 됐다. 포로 처리는 알베르트한테 맡겨라. 나는 마지막 마무리를 하고 오마."

"옙!"

옆을 떠난 가신을 지켜본 뒤 저택 문을 깨부수고 남은 병사와 돌입했다.

"나는 마리다! 이 성을 접수하겠다! 목숨이 아깝다면 항복하라!"

저택 안에 있던 수비병은 문이 깨부숴졌을 때 무기를 손에서 놓고 양손을 든 채 주저앉았다.

"영주는 어디냐! 안내해라! 숨기면 목숨은 없을 거라고 생각해라!"

항복한 병사들에게 피로 젖은 대검을 들이밀고는 영주가 있다고 생각되는 건물로 안내시켰다.

항복한 병사가 손가락으로 가리킨 방의 문을 베어 날리자 방 안쪽에 뒤룩뒤룩 살찐 남자와 몇 명의 여성, 그리고 젊은 남자가 두명 있었다.

"하, 항복하겠다! 목숨만은 살려다오! 부탁이다! 돈이라면 주마!"

뒤룩뒤룩 살찐 남자는 납죽 엎으려 목숨을 구걸했다.

남자가 자기 다리에 매달린 순간, 오싹한 느낌이 들어 반사적으로 주먹이 나갔다.

"쿠엑!"

"나는 대머리와 뚱뚱이한테는 조건반사로 주먹이 나간다! 용서해라! 그리고, 머리는 받아 가겠다! 다른 자는 포박해라!"

정신을 잃은 영주의 목을 베어 머리를 떨어뜨린 뒤 같이 온 가신들에게 영주 일족이라 생각되는 자들을 포박시켰다.

"좋아, 이걸로 점거 완료다! 다들, 함성을 질러라!"

""오오!""

자신들의 일을 끝내 저택에 집결해 있던 가신들이 승리를 알리는 굵은 소리를 질렀다.

△ △ △

※알베르트 시점

밧줄로 묶인 포로가 나뒹구는 광장에 있었더니 마을 북쪽에 있는 저택에서 일어난 굵은 함성에, 마리다가 이끄는 근육 뇌 전사들이 악덕 영주의 머리를 확보했음을 알아차렸다.

"끝났군."

"그런 것 같네요. 역시나 마리다 님이라고 해야 하겠어요."

"자, 그럼 이제부터는 내 차례군."

"알베르트 님의 활약을 기대하고 있겠습니다."

영주들의 전투가 끝나고 잠시 지나자, 광장에는 재보가 높게 쌓이고 포로가 된 영주 관계자가 염주처럼 줄줄 묶여 늘어섰다.

그리고 광장 주위에는 에르윈 용병단에 의해 집에서 나오라는 말을 들은 주민들이 겁먹은 얼굴로 모여 있다.

"준비는 만전입니다. 그러면 마리다 님. 조금 전에 가르쳐 드린 대로 선언해 주시겠습니까?"

"허나, 이건 아무리 그래도…… 너무 지나친 것 아닌가?"

"호오, 용명(勇名)이 널리 알려진 '선혈귀' 마리다 님이 망설이시는 것을 제가 선언해도 괜찮습니다만, 그 경우엔 에란시아 제국에 복귀하는 것은 멀어질 겁니다."

"아, 알았다. 말하지. 곧바로 말하마."

터덜터덜한 발걸음으로 연단 위에 선 마리다가 무겁게 선언했다.

"이번 영주 토벌은 주민에게 불의와 부정을 저지르고 사재를 축적하는 것에 분노를 느껴, 에르윈 용병단이 의로써 영주를 토벌한 것이다. 영주 일족 및 그 측근은 노예로 팔아넘기고, 이곳에 있는 재화는 공평하게 주민한테 포상으로 분배할 생각이다. 또한, 이 땅은 지금부터 에란시아 제국 직할령이 되어 마왕 폐하께서 다스리는 땅이 된다. 주민에게 주는 이 포상은 마왕 폐하께서 결정하신 것임을 모두에게 말해 둔다."

전장에서 멀리까지 들릴 정도로 큰 목소리를 가진 마리다가 말한 선언에 주민들이 술렁였다.

자기들을 괴롭히던 악덕 영주가 토벌되었을 뿐만 아니라 그가 쌓아 두고 있던 재화를 자기들한테 나눠주겠다고 말하고 있는 것이다.

여기서, 나는 주민들의 마음을 에란시아 제국에 기울도록 선동하기로 했다.

"에란시아 제국, 만세! 마왕 폐하, 만세!"

한 마디, 그렇게 외쳤다.

내 말에 반응하는 것처럼 주민들한테서는 "에란시아 제국, 만세! 마왕 폐하, 만세!" 제창이 시작되었다.

주민들은 자신들을 압제에서 해방하였을 뿐만 아니라 시혜까지 받을 수 있다는 것을 이해하고, 친 에란시아 제국파로 한순간에 태세를 바꿨다.

이렇게 해 두면 이후의 통치는 편하다.

세를 관대하게 거두면 이전의 가혹함과 대비되어 제멋대로 선정 보정이 되는 것이다.

마리다가 하려던 몰살부터 폭행 약탈까지 해 버리면 이렇게는 되지 않는다.

황폐해진 주민들의 원한을 산 세 곳의 성을 헌상해 봤자 치안이 악화하여 도리어 쓸데없는 비용이 들고, 마왕 폐하에게 부담을 주게 된다.

게다가 이번 방법이라면 우리가 수중에 지닌 자금을 내지 않고 그친다.

아니, 그렇다기보다 실은 광장에 쌓은 재보 일부를 먼저 짐마차에 쌓아 뒀다.

충성심이 높다고는 해도 근육 뇌 전사들도 봉급을 받지 않으면 해나갈 수 없기에, 필요하다고 생각되는 몫을 먼저 취하고, 남은 몫을 광장에 쌓아 주민들한테 나눠줬다.

주민 입장에서 보면 포기했던 물건이 다소 돌아오는 것만으로도 충분히 고마울 터다.

표면상으로는 손해를 보고 뒤에서 이득을 취하는 것이 나의 기본 방침.

뭐, 손해조차 보지 않았지만 말이다.

그건 그렇고, 마리다가 이끄는 에르윈 용병단의 실력을 과소평가하고 있었다.

에르윈 용병단의 소문은 과장된 것이려나 싶었는데, 정말로 괴물급 근육 뇌 치트 전사들이었다.

특히 마리다는 소문 쪽이 실물보다 이야기가 생략되어 있다.

대검으로 성문을 베어 쓰러뜨리다니 마치 괴물 같잖아. 뒤에서 보고 있다가 허릿심이 빠질 뻔했다.

뭐, 그런 이유로 그 후에 즈라, 자이잔의 영주도 마리다를 비롯한 근육 뇌 파워의 제물이 되어 베니아와 마찬가지로 해방되고, 국경의 악덕 영주 세 명은 말하지 않는 머리가 되었다.

세 성이 함락되고 일주일 뒤, 기다리고 기다리던 에란시아 제국군이 도착했다.

군을 이끄는 장군은 마리다의 형부인 스테판 폰 베일리아라는 듯하다.

베니아 마을에서 주류하던 우리 앞에 온 스테판은 머리카락 색깔과 같은 옅은 갈색 귀와 아홉 개의 꼬리를 지닌 구미족으로, 실눈과 넓은 이마가 특징이었다.

근육 뇌 일직선인 마리다와는 달리, 지적이고 인상이 좋아 보이는 얼굴 생김새다.

신전에 있던 서적으로 인상학도 조금 배웠으니까, 인물평은 그다지 빗나가지는 않았을 거라고 생각한다.

신경 쓰였기에 그의 능력도 간파해 보기로 했다.

이름 : 스테판 폰 베일리아
연령 : 28 성별 : 남 종족 : 구미족
무용 : 65 통솔 : 88 지력 : 85 내정 : 77 매력 : 69
지위 : 에란시아 제국 변경백

뭐든 해내는 만능 타입의 존재인가……. 마리다의 형부고, 사이좋게는 지내 두는 편이 좋을 것 같다.

힘을 사용하여 능력 확인을 끝냈다.

"마리다, 여전히 전장에서 장난을 치고 있구나. 하지만 아내인 라이아도 네 복귀를 기뻐하고 있다. 그건 그렇고 이번 건은 뇌가 근육으로 된 네가 꾸민 짓은 아니겠지. 서한의 글자도 몹시 깔끔했고 말이다. 어디서 지혜가 뛰어난 자라도 건졌느냐?"

뒤따르는 병사들을 데리고 온 스테판의 시선이 마리다 옆에 있던 내게 쏟아졌다.

"형부, 이 녀석이 내 남편이야. 알베르트라고 하지. 좋은 남자지?"

"남편? 설마 이 사람이 말이냐? 그만큼 결혼 따위 하지 않겠다고 말하면서 마왕 폐하께서 추천한 약혼자를 반쯤 죽여 놓은 마리다의 남편이라고? 이 젊은이가?"

"그래, 내 남편이고 군사야. 형부님께는 주지 않을 거라고."

"이 젊고 깡마른 남자가 군사라고? 마리다, 제정신이냐?"

스테판은 인상 좋은 얼굴에 실눈이기는 하지만, 바닥을 알 수 없는 무서움을 느끼게 하는 시선으로 이쪽을 쳐다봤다.

"확실히 형부가 말하는 것처럼 약간 마르긴 했지만, 밤에는 굉장하다고. 게다가 이번 복귀 선물을 생각하고 내게 준비시킨 건 이 알베르트다. 해방한 세 성은 영주가 쌓아 놓은 재보를 기초로 마왕 폐하가 주민에게 주신 포상으로 삼음으로써 직할령이 되는 것을 매우 기뻐하고 있고, 치안도 안정되어 있지. 형부의 부대가 나쁜 짓을 하지 않는다면 당장이라도 제국의 안정된 영토가 되는 거다! 굉장하지 않아?"

마리다가 내 활약을 칭찬했다.

스테판이 그 이야기를 믿기지 않는다고 말하고 싶은 듯한 얼굴로 듣고 있었다.

뭐, 믿을 수 없으리라고는 생각한다. 적국에서 빼앗은 성이 일주일로 안정되는 일 같은 건 보통은 일어나지 않고 말이다.

"마리다의 남편은 지혜로운 자인 모양이군. 서한을 읽기는 했다만······. 나도 거기까지는 생각이 미치지 않았다. 과연, 그렇다면 여기까지 오는 도중에 느꼈던 주민들의 시선이 납득이 간다. 이건 훌륭한 계책이야. 마왕 폐하께는 알베르트에 대해 잘 전해두마. 너희는 마왕 폐하께서 보내는 답변이 있을 때까지 이 마을에서 쉬도록 해라."

스테판은 가도에 있는 민중의 모습을 본 것만으로도 내 계책이 얼마나 훌륭한지를 꿰뚫어 본 모양이다.

근육 뇌인 마리다와는 다르게 스테판은 지혜가 있고 상식에 얽매이지 않는 발상을 받아들이는 도량이 있는 것 같았다.

하지만 가신으로서 섬기게 되면 근육 뇌에 귀여운 아내인 마리다보다 까다로울 것 같다.

머리가 좋은 녀석은 쓸만한 부하를 한계까지 부려 먹어 자기가 편해지려고 한다.

이 세계에 전생하기 전에 그런 녀석들한테 잔뜩 혹사당했던 기억이 있다.

그렇기에 이 세계에서는 반드시 그런 녀석들 밑에서는 일하지 않기로 정해 뒀다.

그 후, 마왕 폐하의 답변을 기다리게 된 우리는 베니아 영주의 저택을 스테판한테서 받고, 일부 나눠 뒀던 자산은 그대로 포상으로 주어졌다.

그리고 마리다의 복귀가 인정될 때까지의 기간 동안 베니아에서 체재 중이었던 나는 정보 조직이었던 상회를 통해 친밀하게 지냈던 제2 왕자파의 귀족에게 고란 왕자 앞으로 보내는 편지를 한 통 보낸 뒤 알렉사 왕국의 왕도에 남겨 뒀던 상회를 해체하고 상회원을 불러들였다.

알렉사 왕국에서 해야 할 일을 끝내고 며칠 후에 마왕 폐하의 사자한테서 서한을 받았다. 서한에는 국경의 세 성과 영주의 머리 세 개를 선물로 에란시아 제국 여남작으로 작위 복귀 및 그 영지 상속을 인정한다고 적혀 있었다.

△ △ △

※오르그스 시점

"그 마음에 안 드는 음식물 쓰레기 자식! 날 얕보는 이런 내용의 편지를 하필이면 고란한테 건네다니!"

망할 놈이이이이이! 평민에 고아인 주제에! 자기가 더 지혜롭다고 어필하고 싶은 거냐!

신동인지 천재인지 모르겠지만, 나한테 경의를 품지 않은 녀석한테 존재할 가치는 없어!

자취를 감춘 그 신관한테서의 투서라며 고란이 폐하에게 헌상한 편지를 꾸깃꾸깃 뭉치고는 바닥에 내던졌다.

조금 전에 폐하에 부름에 입궁하여 이 편지를 보고 내용에 관해 질문받았을 때를 떠올리자 분노가 다시 불타올랐다.

신관이었던 남자가 보낸 편지에는 예지의 신전으로부터 뇌물을 받았던 일이나 유흥에 쓰기 위한 돈을 떳떳지 못한 동료로부터 얻고 있다는 사실이 상세하게 쓰여 있었다.

아주 친절하게도 나를 폐적하고 제2 왕자 고란을 왕위계승 제1위로 삼는 것이 나라가 연명하는 길이라고까지 적어 놨다.

덕분에 가까운 시일 내로 정식 답변을 해야만 하게 됐다.

"하아아아아! 망할 놈이!"

꾸깃꾸깃 뭉쳐진 편지가 바닥에 나뒹굴자, 불러냈던 즈라, 자이잔, 베니아 영주의 아들들이 문을 열고 들어왔다.

"오르그스 전하! 갑자기 불러내신 것은 아버지가 살해당한 것과 연관이 있습니까?"

"그게 아니면, 저희의 장사가 폐하의 귀에 들어갔다는 소문 쪽입니까?"

"소문 건은 오르그스 전하의 힘으로 어떻게든 해주실 수 있겠지요?"

들어온 세 명은 불려온 진짜 이유를 몰라, 제각기 질문을 던졌다.

유흥에 쓸 돈을 가져와 주는 녀석들이었지만, 사태가 이렇게 된 이상 살려 둘 수는 없는 노릇이다.

"닥쳐라! 내 앞에서 멋대로 지껄이지 마라! 너희들 때문에 나는 궁지에 처해 있단 말이다! 멍청한 놈들이!"

"""하?"""

세 사람이 내 질책을 받고 멍해져 있을 때, 테이블 위에 있던 종을 울렸다.

옆방에서 대기하던 완전무장한 기사들이 무기를 손에 들고 나타나서 세 명의 목을 단번에 쳤다.

"전부 이 녀석들과 이 녀석들의 본가에 죄를 덮어씌워서 이번 건은 도망친다. 알겠지! 그리고, 신관 알베르트한테는 현상금을 내걸어라! 에란시아 제국으로 도망친 것처럼 꾸미고, 국내에 숨어 있을지도 모른다!"

목 없는 시체가 된 세 사람을 정리하는 기사들을 곁눈질로 보면서, 후견인이기도 한 재상 자잔에게 이후의 방침을 전했다.

"옙! 알겠습니다!"

젠장, 젠장, 이 정도 일로 폐하의 신뢰가 흔들릴 거라고는 생각지 않지만…….

이 실수를 모조리 지워 버릴 수 있는 공적을 올려야만 하겠어.

한동안은 놀 수도 없나……. 하아아아! 망할 신관이!

나는 근처에 있던 테이블을 걷어차서 짜증을 억누르고는 소파에 털썩 앉았다.

제3장 ♥ 에르윈 가문의 집안 사정

제국력 259년 남옥월(藍玉月)(3월)

이제야 겨우 아내인 마리다가 에란시아 제국의 귀족으로 복귀했다.

지금은 에란시아 제국의 제도 덱트릴리스에 와 있어서, 스테판이 마리다를 데리고 마왕 폐하가 계신 곳에 복귀 인사를 하러 갔다.

그 때문에 시간이 남아돈 나는 리셀을 데리고 마을 상점에 와 있었다.

"알베르트 님, 이런 건 어떤가요?"

리셀이 손에 들고 있는 것은 이미 끈이라고밖에 말할 도리가 없는 형태의 속옷이었다.

평소부터 선정적인 의상을 입고 있는 마리다지만, 어째서인지 밤일 때는 그러한 의상을 입는 것을 부끄러워하는 모습을 보인다.

부끄러워하면, 입혀 보고 싶어지는 것이 남자 마음인 법이다.

그러니 선물로 사 가도록 하자.

"흠, 마리다 님한테 잘 어울릴 거라고 생각해. 물론 리셀한테도 말이지."

"그럼 이건 사야겠네요. 그리고 저쪽 것도 마리다 님께 입혀 보고 싶은데요."

역시나 리셀이다. 내가 선호하는 핵심을 찔러 온다.

하얀 바니 슈트 같은 게 이 세계에 있었다는 건 몰랐지만, 발견한 이상 마리다한테 입힐 수밖에 없으리라.

"이 바니 슈트를 마리다 님한테 입히고, 더욱 비쳐 보이도록 물을 흘려 보면 어떨까요?"

하얀 바니 슈트를 든 리셀의 제안을 상상해 봤다.

비쳐 보이는 하얀 바니 슈트라고! 그 발상은 없었다! 마리다가 입으면 최강으로 야하잖냐!

"좋은 제안이다. 언젠가 입히기 위해 그쪽도 사자. 이걸로 밤은 한층 충실해질 거라고 생각해."

"그럼 사도록 할게요. 그리고, 이런 의상은 마리다 님도 좋아하시니 주문해서 가져올 수 있도록 해도 될까요?"

"아아, 이 가게의 물건 구색은 좋아 보여. 정기적으로 신작을 보내도록 해놔 줘."

아마 이 야한 속옷들은 내가 마구 사게 될 가능성이 높다.

"감사합니다. 그러면 계산과 교섭을 끝마치고 올게요."

"부탁해."

기쁜 듯이 야한 속옷을 품에 안은 리셀이 계산과 교섭을 하러 갔고, 모든 걸 끝마치고 돌아왔다.

"알베르트 님 앞으로 신작을 정기적으로 보내주실 수 있다는 모양이에요."

리셀은 웃고 있지만, 야한 속옷은 내 앞으로 보내는 걸로 괜찮은 걸까?

뭐, 괜찮나. 가격 측면으로도 그렇게까지 고가는 아니고 말이지. 보내온 물건 중에서 아내들한테 입힐 것을 고르도록 하자.

전리품을 손에 넣어 들뜬 내가 가게를 나오자, 리셸이 주위를 둘러보고 귓속말을 했다.

"알베르트 님. 방금 가게 사람, 누군가의 밀정이지 싶어요. 능숙하게 상인처럼 위장하고 있었지만, 이쪽 정보를 이것저것 탐색해 왔으니까 말이죠. 단지, 고용주가 누구인지까지는 모르겠지만요."

리셸의 통찰력은 역시나 대단하네. 제도이기에 다양한 고용주를 지닌 밀정이 어디에 있어도 이상하지 않다는 건가.

"그런가……. 어디든 필사적으로 정보를 모으고 있다는 거군. 그렇게 되면 이쪽도 정보를 모으는 조직을 얼른 재가동시키고 싶네."

"그러네요. 정보가 적은 채로는 알베르트 님이 계책을 짤 때 여러모로 고생하게 될 거라고 생각하고요."

"맞아, 각지의 자세한 정보는 내가 짜는 책략의 생명줄이니까 말이지. 좋아, 저쪽에 가면 곧바로 적당한 상회가 없나 찾아보지. 신설하는 것보다는 지역에서 장사하는 상회를 사들이는 편이 정보 조직임이 발각되기 어려우니까 말이야. 게다가 알렉사에서 고용했던 상회원은 용병단에 있던 귀인족들과 같이 마리다의 영지로 가고 있을 테고, 그들의 일도 준비해 주지 않으면 안 돼."

"부탁드립니다."

귓엣말을 멈춘 리셸과 함께 아무 일도 없었던 것처럼 걷기 시작해서, 제도에서 체재 중인 여관으로 돌아왔다.

여관에서 한동안 이후의 일을 생각하고 있었더니, 지친 얼굴을 한 마리다가 돌아왔다.

그 안색을 보고 무언가 문제가 발생했음을 알아차렸다.

마리다가 가까스로 제국 귀족으로 복귀하고 남편인 나도 나름의 지위에 앉을 기회가 돌아왔을 터.

남은 건 아내인 마리다를 받쳐주며 입신출세해서 아내의 애인이 된 미녀와 자손들한테 둘러싸여 편한 마지막을 맞이하는 장밋빛 인생일 터였다.

하지만 인생은 내게 그런 달콤한 꿈조차도 보여주지 않았다.

지친 얼굴을 한 마리다한테서 이야기를 들어보니, 매우 성가신 문제가 발생했다는 사실이 판명되었다.

현재의 에르윈 가문은 마리다의 숙부인 브레스트 폰 에르윈이 가독을 이어받은 상태다.

당주를 맡고 있던 마리다가 마왕 폐하로부터 소개받은 약혼자를 반쯤 죽여 놔서, 에란시아 제국에서 추방당하고 숙부인 브레스트가 에르윈 가문의 영지를 이어받았다.

문제는 이번에 마리다가 공훈을 세워 당주 복귀가 허락됨으로써 숙부 브레스트의 지위가 애매해지게 된 것이다.

게다가 이 브레스트. 무서운 게 없는 마리다가 일족에서 유일하게 고개를 들지 못하는 인물.

더 나아가 마리다와 같은 초절 뇌 근육 전사여서 영지 경영? 그런 것보다 전장에 간다! 라는 사고의 소유자인 것이다.

귀인족은 에르윈 용병단을 보고 있으면 알겠지만, 싸우는 것을 최고의 기쁨으로 여기는 체육계 동아리 인간뿐인 일족.

그런 그들에게 서류 업무가 있는 영지 운영 능력을 요구하는 것이 이상한 일이다.

마리다 같은 근육 뇌 육식계 영애님에게 서류 업무를 시킬 바에야, 고양이한테 서류 업무를 시키는 편이 몇 배나 효과를 발휘해 준다.

이야기가 벗어났지만, 마리다가 마왕 폐하께 복귀 인사를 했을때, 지위가 애매해지게 된 브레스트를 누가 설득할 것이냐 하는이야기가 된 모양이다.

세 명 모두 브레스트의 성격을 알고 있기에 마리다와 마왕 폐하와 스테판이 서로한테 떠넘겼다는 듯하다.

나중에 스테판한테서 들은 이야기로는, 마리다가 '복잡하고 어려운 이야기는 머리가 좋은 알베르트가 좋아할 것 같은 일이군. 내가 숙부님과 옥신각신하는 것도 귀찮으니 그 녀석한테 중재해 달라고 할까'라며 야생아의 직감이라고 해야 할 무책임함을 발휘하여 나를 떠올렸고, 스테판이 마리다의 의견에 찬동하고, 마왕 폐하가 결정했다고 한다.

"하아아아아아아아아아."

정좌하며 흐느껴 우는 마리다한테서 들은 숙부와 조카의 영지 상속 문제의 복잡함에 깊은 한숨이 나왔다.

"알베르트, 그런 큰 한숨을 내쉬지 말거라. 그대는 영지 경영에 흥미는 있지? 있을 터이지? 나를 아내로 삼아 영지를 손에 넣고, 예쁜 자식을 곁에 두며 즐겁게 지낼 거라고 말한 것을 밤의 침대에서 들었으니까 말이다. 그러니, 숙부님을 설득해 주지 않겠는가?"

울음을 그친 마리다가 이번에는 핏발이 선 눈으로 내게 숙부 설득을 부탁했다.

마리다가 말하는 대로 영지 경영에는 흥미가 있다.

단지, 자기 목숨을 잃을지도 모르는 지뢰는 밟고 싶지 않다.

들은 정보를 검토하니, 지위가 애매해진 브레스트를 잘못 다루면 설득하러 간 내 목이 몸통에서 떨어지는 건 확실하다.

"영지 경영에 흥미는 있습니다만, 마리다 님의 영지는 브레스트 경이 평온무사하게 통치하고 있는 모양이니, 그대로 영지를 소유한 필두 장로로서 지위를 보전해 주면 풍파를 일으킬 일도 없지 않겠습니까?"

근육 뇌인 숙부와 조카의 상속 트러블에 내던져지는 신변의 위험을 느끼고 필사적으로 변명 같은 것을 해 봤다.

"그것이, 그런 간단한 이야기가 아니다. 내 당주 복귀에는 숙부 님의 허락이 필요한 걸로 되어 있어."

마리다의 당주 상속 문제는 내가 생각했던 만큼 간단한 이야기는 아니었던 모양이다.

에르윈 가문은 남작가라고는 해도 알렉사 왕국과의 국경에 가까운 장소에 성을 지닌 영주 귀족이다.

거성은 '애슐리성'이라 불리며, 에란시아 제국의 제도와 알렉사 왕국의 왕도를 남북으로 잇는 주요 교역로인 '마차의 대도(大道)'와 서쪽에 있는 베저 하류역(河流域)에 펼쳐진 베저 자유도시 동맹으로 이어지는 가도가 정비되어 교통의 요충지로서 번성하고 있는 영지라는 듯하다.

그 '애슐리성'에 현 당주로서 브레스트가 자신이 가신을 이끌고 거주하고 있다.

마왕 폐하로부터 복귀를 허락받아 다시 서임(敍任)되었다고는
해도 본가에 큰 민폐를 끼친 것으로 인해 당주로서의 마리다의
능력에 우려를 느낀 것이 현 당주 브레스트라는 모양이다.

마리다의 아버지와 함께 에란시아 제국을 섬기며 전쟁에 참가
한 횟수는 200번을 넘고, 마리다에 뒤처지지 않는 막상막하의 무
용을 자랑하는 브레스트.

주위 귀족으로부터는 '에르윈의 광견'이라 불리고 적국에서는
싸울 때 드는 커다란 창이 적 병사의 피로 붉게 물드는 것으로부
터 '홍창귀(紅槍鬼)'라며 두려움을 사는 근육 뇌 전사였다.

그런 브레스트조차 마리다의 분방함은 위험하게 보인 모양이다.

마리다가 다시 당주가 되어 저번 이상의 실수를 범하면 자신이
살 영지를 잃고 말 거라고 느끼고 있는 것이리라.

에란시아 제국은 대륙에서 소수 부족인 아인들이 다수를 점하
는 인족의 박해에서 벗어나기 위해 모여서 세운 국가이며, 아인
이 유일하게 귀족으로 이름을 올릴 수 있는 국가다.

이 에란시아 제국에서 살 장소를 잃고 쫓겨난 아인은 국가를 버
리고 산의 민족이 되거나 인족 국가에서 하층민이 되는 선택지밖
에 없다.

브레스트는 마리다한테 당주를 맡기면 자신의 일족이 그러한
사태에 빠지지 않을지 불안해서 견딜 수 없는 것이리라.

나이를 먹은 만큼 마리다보다는 다소 지혜를 가지고 있는 느낌
이 든다.

실제로 나도 육식계 여남작님께 영주를 맡기면 사흘 만에 영지

가 파탄 날 거라고 생각한다.

마리다는 소중한 아내고, 전투와 밤일에 관해서는 의지가 되지만, 그 이외의 분야는 전혀 의지가 되지 않는 야생아다.

그런 야생아의 고삐를 잡고 잘 조교하며 길들여서 영지를 발전시켜 나가는 것이 남편으로서의 내 일이라고는 이해하고 있지만……

"알베르트, 나와 숙부님과의 관계를 수복해 줄 수는 없겠느냐? 나는 숙부님만은 정말로 껄끄럽다. 제발, 이렇게 부탁하마. 뭣하면 리셀이 사 온 그 파렴치한 속옷을 밤에 입어도 괜찮으니 부탁한다. 어떻게든 설득해 주지 않겠는가……"

내 팔을 잡아당겨 풍만한 가슴에 눌러 대며 몇 번이나 계속 부탁하는 아내의 압력에 졌다.

여기서 설득을 거절했다가 마리다의 기분이 상하여 리셀과 같은 걸로 맞춘 야한 속옷을 입어 주지 않게 되면 내 의욕이 반감된다.

목숨이 걸린 큰일이기는 하지만 승산이 제로인 것도 아니다.

요는 내가 마리다의 고삐를 확실히 제어해서 에르윈 가문을 지키겠다는 것을 브레스트가 알아주면 될 뿐인 이야기다.

"후우, 어쩔 수 없군요. 제가 설득 사자로서 먼저 애슐리성에 가겠습니다. 그러니 저에 관해 상세히 쓴 마리다 님 친필 서한과 마왕 폐하로부터 받은 작위 임명장을 맡겨 주십시오."

"그, 그런가! 받아들여 주는 거냐! 곧바로 쓰마! 조금 기다리거라."

마리다가 가슴에 눌러 대고 있던 내 팔을 놓고는 책상을 향해 뛰기 시작했다.

"그리고, 사자로서 애슐리성에 가는 것이니 밤일은 사양토록 하겠습니다. 대신에 리셸이 해줄 테고 말입니다."

"알겠습니다. 마리다 님이 바람을 피우지 않도록 제가 지켜봐 두겠습니다. 이번 브레스트 경 설득이 성공하면 이걸 입고 축하하도록 하죠."

리셸이 새로 꺼낸 것은 상점에서 구입한 속이 훤히 비치는 바니 슈트였다.

"크윽, 그 의상은 파렴치하다! 너무 창피하단 말이다! 나는 미녀한테 파렴치한 의상을 입히는 건 좋아하지만, 내가 입는 건 무리다!"

"그럼 알베르트 님이 설득을 끝낼 때까지 익숙해져야만 하겠네요. 곧바로 오늘 밤부터 연습하도록 해요!"

옆에 있던 리셸이 사 왔던 그 물건을 슬쩍슬쩍 드러내 보이며 내 의욕을 끌어내 주었다.

의외로 리셸은 나 이상으로 지혜로울지도 모르겠다.

"마리다 님이 그걸 입어 주신다고 생각하니, 시급히 브레스트 경을 설득해야겠습니다!"

"그렇다면 숙부님을 후다닥 설득해서 얼른 돌아오거라. 내가 리셸한테 파렴치한 의상을 입혀지고 치욕을 받아 몸부림치며 죽어 버릴지도 모르니까 말이다!"

"괜찮아요. 분명 익숙해질 테니까요. 게다가 알베르트 님이 마리다 님에 대한 비책도 가르쳐 주셨으니까 말이죠. 밤이 기대되네요. 후후후."

리셸이 요사스럽게 웃는 얼굴로 마리다한테 미소 지었다.

"뭣이라! 리셸, 어느새 그러한 비책을 전수받은 것이냐…… 좋다, 알베르트한테서 배운 약점이라는 것을 내게 시험해 보도록 하거라."

"후후후, 밤을 기다려 주세요."

성욕 대마신인 마리다 대책을 리셸한테 이미 몇 가지 가르쳐 뒀다.

그녀는 젊은 여성이지만 사물에 대한 이해력이 높고 성욕도 강한 편이기에 내가 부재 중일 때는 마리다 조교 담당자로서 그녀한테 확실하게 고삐를 잡게 시킬 생각이다.

마리다도 리셸의 자신에 찬 얼굴을 보고 여러 가지로 기대한 모양이라 이걸로 한동안은 내가 없어도 괜찮겠다는 생각이 들었다.

"그럼, 저는 한발 먼저 애슐리성으로 가겠습니다."

"음, 부탁한다. 알베르트."

나는 여관에서 나와, 마리다를 당주로 복귀시키고자 그녀의 숙부 브레스트를 설득하기 위해 애슐리성을 향해 마차를 몰았다.

에란시아 제국 제도에서 '마차의 대도'를 남쪽으로 내려가길 일주일, 목적지인 '애슐리성'이 보이기 시작했다.

가도 옆의 완만한 구릉 위에 아담한 성이 있다.

'애슐리성'은 구릉 위에 세워진 평성이다. 영주와 병사가 사는 거성은 한 변의 길이가 500m 정도에 높이 3m 정도 되는 돌로 만들어진 방벽으로 둘러싸여 있고, 산지에서 흘러나와 베저강으로 합류하는 하천에서 물을 끌어온 해자로 주위 침입을 막는 것처럼 만들어져 있었다.

지형을 보니 가도의 숙박지로서 발전한 마을에 인접한 형태로 영주의 거성이 건설된 모양이다.

성 아래에 펼쳐진 숙박지는 동서남북으로 오가는 상인들로 넘쳐나고 사람의 왕래도 잦으며 또한 거성 주변의 평야에는 많은 밭과 농촌이 만들어져 있어서 토지도 제법 비옥한 장소임을 알아차릴 수 있었다.

이만큼 좋은 조건이 갖추어진 영지를 고작 남작위인 에르윈 가문이 영유하고 있는 것에 의아함을 느꼈다.

어쩌면 근육 뇌 일족인 귀인족한테 이 영지가 주어진 건 그들의 통치 능력을 우려한 당시 마왕 폐하의 온정이었을지도 모른다.

이만큼 풍족한 토지라면 내버려 두어도 세수는 오르고, 내정에 정신을 빼앗기는 일 없이 열심히 싸우는 데 전념할 수 있다고 생각되기 때문이다.

흔들리는 마차에 몸을 맡기며 애슐리성의 성 아랫마을을 관찰하고 있자, 머잖아 성의 도개교 앞에 도착했다.

이미 사자를 보내 브레스트에게 면회를 신청해 놓았기에 조사받는 일도 없이 성문 안으로 마차가 선도되었다.

물이 채워진 해자를 건너기 위해 철로 보강된 도개교를 갖추고, 견고하게 만들어진 성문의 망루가 몇 개나 있고, 빈틈없이 쌓아 올려진 석조 방벽에는 커다란 금속제 성문이 박혀 있다.

방벽은 3m 정도 두께를 지녔고, 내부의 거성 공간에는 깊은 우물이 많이 설치되어 성문이 파괴된 후에도 내측 거성 공간을 구획 짓는 벽을 방벽 대신으로 삼아 농성하여 싸울 수 있는 배치 구조였다.

평야의 성이라고는 해도 마지막까지 철저히 싸우기 위해 고안된 성이라는 것이 내가 본 애슐리성의 감상이었다.

이 성에 전투 장인인 귀인족이 틀어박히면 수만의 군세에 둘러싸여도 몇 개월은 버틸 수 있을지도 모른다.

그렇게 생각하니 이 성을 귀인족에게 하사한 당시 마왕 폐하가 얼마나 대단한지를 느낄 수 있었다.

마리다가 당주로 복귀했을 때 거성이 될 '애슐리성'을 관찰하며, 선도해주고 있는 브레스트의 가신을 따라 대회합실로 향했다.

대회합실은 영주로서 회견을 하는 장소로, 이곳보다 안쪽이 집무실이나 영주의 사적인 거처로 되어 있다.

대회합실로 안내받자 계단 형태로 된 조금 높은 장소에 팔걸이 달린 커다란 의자가 설치되어 있었고, 거기에 체구가 커다란 귀인족 남자가 앉아 있었다.

상대의 정보를 조금이라도 손에 넣고자 생각하여 주어진 힘을 사용했다.

이름 : 브레스트 폰 에르윈

연령 : 41 성별 : 남 종족 : 귀인족

무용 : 98 통솔 : 55 지력 : 4 내정 : 3 매력 : 54

지위 : 에란시아 제국 남작

마리다에 필적하는 무용의 소유자라는 건 거짓말이 아니었군.

"그쪽이 그 바보 조카의 남편이라 칭하는 멍청이인가."

피부가 찌릿찌릿할 정도의 살기를 머금은 시선이 나를 꿰뚫었다.

마치 우리가 없는 장소에서 곰과 마주친 듯한 기분이 들었다.

눈을 돌리면 그 순간 덤벼들어 목덜미가 물어뜯기고 숨통이 끊어져 있을 것 같다.

"네, 넵. 사자가 전달한 마리다 님의 서한에 적힌 대로입니다."

"우리 가문에서 추방한 내 조카를 홀려서 교활한 책략으로 조카를 에란시아 제국에 복귀시키고, 이제 나한테서 영주 지위를 빼앗으러 온 것인데도 몹시 냉정하군. 너는 자기 목이 날아가지 않을 거라고 생각하고 있나?"

브레스트가 옆에서 대기하던 가신으로부터 애용하는 것이라 여겨지는 커다란 창을 받아든 순간, 창은 이미 내 눈앞에 있었다.

안 보였어⋯⋯. 역시 괴물이었다.

브레스트가 내 목덜미에 들이댄 창끝에서 차가운 감촉이 전해졌다.

"아뇨, 그렇지 않습니다. 저는 에르윈 가문을 한층 발전시키기 위해 찾아온 것입니다. 브레스트 경이 우려하시는 마리다 님의 분방함을 제가 제어해 보이겠습니다. 그리고 이 에르윈 가문을 에란시아 제국의 대귀족으로까지 밀어 올리기 위해 이 몸과 목숨을 걸고 일할 생각입니다."

"애송이가 잘도 지껄이는구나! 너 정도의 약아빠진 지혜로 이 난세를 살아갈 수 있을 거라고 생각하는 거냐! 이 얼간이 놈!"

브레스트가 내 목덜미에 들이댄 창끝에 미세하게 힘을 주었다.

창끝이 닿은 목의 살갗이 살짝 찢어졌고, 찢어진 곳에서 약간의 피가 흘러 떨어졌다.

죽음의 공포를 느꼈지만, 여기서 두려움을 보여 물러나면 내 인생은 곧바로 종료를 고하리라.

지금이 참고 버틸 때다.

"제게 에르윈 가문의 조타를 맡겨 주신다면 마리다 님, 브레스트 님을 에란시아 제국 제일, 제이의 장군으로 만들어 드리겠습니다. 성가신 영지 경영에서의 내정, 외교, 첩보 등은 제가 전부 떠맡고, 두 분께는 마음껏 싸울 수 있는 자리를 안겨드리지요."

나는 전투 종족인 귀인족의 브레스트와 세세한 지위 교섭 따위를 할 생각은 없었고, 그가 가장 원하리라고 생각되는 것을 제시했다.

귀인족이 가장 원하는 것은 전장이다.

싸움이야말로 삶의 보람인 그들에게 줄 좋아하는 물건은 전장만으로 충분하다.

잠시 말이 없는 시간이 이어졌지만, 머잖아 브레스트는 들이밀었던 창을 거둬 가신 쪽으로 던지고는 크게 웃기 시작했다.

"크하하하하하! 역시나 그 말괄량이를 길들인 남자로군. 재미있는 말을 하는 남자야! 어떠냐, 그 말괄량이 조카는 여자로서는 일품이지? 약간 성욕이 강하지만 말이다. 마음씨는 착한 여자다.

그대가 그 녀석의 고삐를 확실하게 잡는다면 나는 당주 자리를 양보해도 좋다. 솔직히 말해 영주 같은 건 나한테 맞지 않고 말이지. 마리다가 이어받기 전에도 내정 같은 건 형님께 맡기고 있었으니 말이다. 귀찮은 내정 따위에 골치를 썩이는 일 없이 싸움에 집중하고 싶은 것이 내 본심이다. 그대가 에르윈 가문을 이끌면서 마리다를 조교해 주는 것이겠지?"

크게 웃고 있는 브레스트는 마리다한테서 이어받은 당주 자리가 싫었던 모양이라, 그녀의 당주 복귀 및 내가 에르윈 가문의 내정을 맡는 것을 상당히 기뻐하는 듯했다.

어라, 반 마리다 파벌의 수장이었지요? 당신은.

"브레스트 님은 마리다 님을 싫어하고 계시는 것 아니었습니까?"

"에르윈 가문의 가신 중에서 그 말괄량이를 싫어하는 녀석은 없다. 그 녀석은 전장이 내려준 아이이자 전쟁의 여신 같은 존재고 말이지. 단지, 모두가 너무 오냐오냐해줘서 나는 조금 엄하게 대하고 있었던 것뿐이다. 그것도 이걸로 끝이겠군. 말괄량이 조교는 그대에게 맡기마. 마리다가 보낸 서한에는 그 야생아가 그대가 하는 말만큼은 똑바로 지키겠다고 적혀 있고, 스테판한테서도 그대 이야기는 들었다. 물론 마왕 폐하한테서도 말이지. 제멋대로인 조카지만 똑바로 조교해서 어엿한 장수로 만들어다오. 물론 나도 도울 생각이다. 자 그럼, 마리다한테는 파발마를 보내 두었으니, 지금부터 안쪽에서 마시자꾸나."

브레스트는 내 어깨에 팔을 두르고는 대회합실 안쪽에 있는 영주의 사적 거처로 데리고 갔다.

너무나도 급작스러운 전개에 얼이 빠져 버렸다.

그러니까, 즉 이건, 브레스트는 마리다의 당주 복귀를 인정한다는 거겠지.

사적 거처에 들어가자 나와 나이가 비슷해 보이는 귀인족 남자와 그의 어머니라 생각되는 풍만한 몸매를 지닌 여성이 맞이해 주었다.

"이분이 마리다의 남편분이 될 아이인 거네. 선은 조금 가늘긴 하지만. 여자를 좋아하는 그 마리다를 함락시킨 남자애라니……. 사람은 겉모습만 보고는 알 수 없네."

"크하하핫. 프레이, 맛봐야겠다는 생각은 하지 말라고. 그 마리다가 미친 듯이 화낸다는 것 같으니까 말이다."

"어머, 무서워라. 여자를 좋아하는 마리다가 남자한테 집착하다니."

브레스트가 프레이라고 부른 아름다운 얼굴의 완숙한 귀인족 여자가 이쪽을 힐끔 봤다.

기본적으로 귀인족 여성은 여성스러운 라인에 풍만한 몸매를 지닌 자가 많아, 육감적인 매력이 넘쳐흐른다.

"마리다 누님이 말이지. 이런 비쩍 마른 녀석으로 만족할 줄이야. 세상은 신기한 일로 가득 차 있구만."

젊은 귀인족 남자가 감탄한 듯한 얼굴로 이쪽을 봤다.

그 눈은 마치 진귀한 동물이라도 보는 듯한 기이한 시선을 띠고 있었다.

"저기, 이쪽 두 분은?"

거리낌 없는 시선으로 나를 보는 두 사람의 소개를 브레스트한 테 요청했다.

"미안, 미안. 내 아내인 프레이와 아들인 라토르다. 마리다한테 는 숙모와 사촌이 되지. 이제부터는 친척 관계가 되니 잘 부탁하 마. 여하간, 에르윈 가문 직계에서는 3대 만의 이종족 남편이니 까 말이지. 아이 만들기도 열심히 힘쓰라고. 마리다는 몸도 건강 하니까 10명 정도 낳아도 괜찮아."

"어머, 부러워라. 나도 세 명 정도 더 낳게 해줘요."

브레스트의 아내인 프레이가 남편의 팔을 잡고 애정 표현을 했 다. 아들도 비교적 컸는데 부부 사이는 상당히 뜨거울 따름이었다.

"아이는 조금씩 힘내서 갖도록 할 겁니다. 그보다 인사가 늦었 군요. 마리다 님의 남편으로서 이후 신세를 지게 될 알베르트라 고 합니다. 프레이 님, 라토르 님도 앞으로 기억해 주신다면 감사 하겠습니다."

일단 두 사람에게는 귀족 사이에서 일반적인 의례 인사를 했다.

"우리는 귀족이라고는 해도 말석이니까 말이야. 게다가 귀인족 은 난폭하다고 해서 다른 귀족한테서도 미움받고 있고, 귀족 가 문 중에서 교류가 있는 건 마리다의 언니인 라이아가 시집간 스 테판의 가문과 마왕 폐하의 가문뿐이니까 마음 편하게 대해도 괜 찮아."

"어머니의 말대로다. 우리는 예의를 중시하지 않는 집안이라서 말이지. 나를 부를 때도 라토르라고 편하게 불러도 돼. 어차피 비 슷한 나이잖냐. 참, 어머니. 술을 내야겠지. 아버지, 오늘은 마실 거지?"

귀인족의 축하에 술은 빠질 수 없는 모양이다. 마리다도 술이 강했고, 용병단 사람들도 술을 좋아하는 사람들뿐이었다. 귀인족은 음주 커뮤니케이션을 중요시하는 종족인 듯하다.

"자, 잠깐만요. 저는 그렇게까지 술이 세지 않으니까 말입니다. 센 술은 못 마신다고요."

"크하핫! 괜찮다. 마시기 편한 술도 준비해 뒀다. 술로 알베르트를 못 쓰게 만들어 버렸다간 마리다한테 반죽음을 당할 테니까 말이지. 안심해라. 그리고, 내 아내의 요리는 맛있다고."

"어머~. 남편한테 요리를 칭찬받아 버렸어. 오늘 밤은 좋은 걸 해줘야겠네. 우후후."

아들과 손님 앞에서 뜨겁기도 해라…….

애정행각을 하는 부모님을 본 라토르가 질렸다는 표정을 짓고 있는데, 늘 있는 일이겠다는 생각이 들었다.

"그럼, 저도 마시겠습니다!"

"알베르트, 확 들이켜라! 확!"

권해준 술을 쭉 들이켜고 프레이의 뛰어난 요리를 안주 삼아 브레스트의 환대를 받았다.

뭐, 귀인족은 여러 가지로 특징이 강한 사람이 많지만, 단순하며 겉과 속이 같아서 그들의 행동 지침만 이해할 수 있다면 어울리기 쉽다는 사실이 애슐리성에서 일주일 보냄으로써 판명되었다.

그러는 사이에 마리다가 제도에서 도착했고 2주에 걸쳐 여러

수속을 거쳐, 정식으로 에르윈 가문 당주 자리에 복귀하는 것이 결정되었다.

당주였던 브레스트한테는 마왕 폐하로부터 새롭게 제국 기사 작위가 수여되었다.

그리고 에르윈 가문 필두 장로로서 총괄 역할을 부탁했고, 나는 군사 겸 정무 담당관에 임명되고 마리다한테서 다양한 권한을 부여받아 새로운 체제를 발족시키게 되었다.

제4장 ♥ 귀인족들의 결혼 피로연

마리다가 정식으로 당주에 복귀하자 곧바로 우리의 결혼 피로 연이 열리게 되었다.

"술이다! 술잔을 들어라! 내 술잔이 비었느니라!"

전투에 쓰는 칠흑 레더 아머를 입은 마리다가 대회합실에 설치된 당주가 앉는 팔걸이 달린 의자에 앉아 떠들고 있다.

메이드복을 입은 리셀이 마리다의 빈 술잔에 새로 술을 따랐다.

나는 마리다 옆에 만들어진 조금 작은 의자에 앉아 귀인족들이 따라 주는 술을 입에 대고 있었다.

"더는 무리……."

"알베르트는 내 술을 못 마시겠다고 말하는 거냐! 이 정도 술 따위 물이잖냐!"

브레스트가 술을 강요하는 상사처럼 내 술잔에 술을 부었다.

뭐, 도수가 낮은 술이니까 아직 문제없이 마실 수 있지만 전부 받아주고 있다간 끝이 없다.

게다가 입고 있는 레더 아머가 은근히 갑갑해서, 속에 흘려 넣은 술로 배 언저리가 괴로워지기 시작했다.

"그럼, 마지막 한 잔이라는 걸로."

술잔에 따라진 술은 맥아와 홉을 발효시킨 맥주에 가까운 것으로, 쓴맛과 상쾌함이 있는 알코올음료였다.

"후우, 이걸로 마지막으로 하겠습니다. *끄윽.*"

이 이상 마시면 입에서 맥주가 튀어나올 것 같았다.

"뭐냐, 오늘 밤은 마리다와 너의 결혼 피로연이라고. 손님들도 아직 충분히 마시지 못했다는 얼굴이잖냐."

브레스트가 가리킨 곳에는 귀인족들이 술을 한 손에 들고 시끌 시끌하게 잡담을 나누고 있다.

귀인족들한테서 조금 떨어지는 것처럼, 인족들 모습도 약간 명 보였다.

당주의 결혼 피로연이라는 걸로 데릴사위 겸 군사가 된 내 얼 굴을 널리 알리기 위해 영내에서 700명 정도가 애슐리성에 초대 되었다.

"그러면 술을 거절하는 대신 제가 여러분께 술을 따르는 역할 을 맡도록 하겠습니다. 이것저것 이야기하고 싶은 분도 있기에."

"어쩔 수 없군. 그럼 나한테 한 잔 다오! 아직 부족하다!"

"알겠습니다."

브레스트가 내민 술잔에 술을 따랐다.

"숙부님, 제 남편을 부려 먹지 마시죠. 숙모님이 계시잖습니까."

"음, 어쩔 수 없군. 프레이, 술을 따라 다오!"

"네에, 네에. 기다려 줘요. 금방 가요."

내가 따른 술을 단번에 다 마신 브레스트는 자기 아내인 프레 이를 불러 그녀가 따라 주는 술을 마시기 시작했다.

"마리다 님, 저는 다른 참가자분께 술을 따르고 오겠으니 자리 를 뜨겠습니다."

"그래, 조심하거라. 술을 마시면 트집을 잡는 녀석도 늘어난다."

"알겠습니다."

마리다 옆자리를 뜨고는 술 항아리를 손에 들고 피로연 참가자들이 있는 쪽으로 갔다.

알렉사에서 용병단에 참가했던 가신과는 얼굴을 아는 사이가 되었지만, 애슐리성에 있던 사람 중 아직 만나본 적이 없는 사람도 많이 있었다.

귀인족은 소수민족이기에 이번 피로연에는 일족 사람의 대부분이 참가했다.

"저게 전쟁의 여신 마리다 님을 길들인 남자인가."

"비교적 말랐고 젊지만, 좋은 남자네."

"들었던 이야기로는 밤 쪽은 굉장하다는 듯하더군. 여자 두 명을 상대하고도 아무렇지도 않다는 모양이야."

"그건…… 굉장하네. 다음에 맛을 보──."

"멍청아, 마리다 님한테 죽을 거다. 여자를 좋아했던 그 마리다 님이 푹 빠진 남자라고."

새어 나오는 이야기를 듣고 자기가 그들한테 어떻게 인식되고 있는지가 어렴풋하게나마 이해됐다.

여자를 좋아했던 마리다를 홀리고 길들인 밤의 일꾼.

처음 보는 귀인족들의 이야기로는 군사로서 인정받고 있단 느낌은 전혀 없었다.

잘못된 인식은 아니지만, 복귀하는 데 지혜를 낸 군사로서도 다소는 인정해 주었으면 한다.

어떻게든 인식이 조금이라도 바뀌지 않으면, 이후의 작업이 어려워진다.

뭔가, 좋은 계책이 없을까…….

"자, 슬슬 취기도 돌기 시작했으니까 하도록 할까! 다들 준비해라!"

라토르가 손뼉을 쳐서 소리를 내고는 술을 마시던 귀인족들에게 뭔가 준비를 재촉했다.

뭐가 시작되는 거지? 오늘은 평범한 결혼 피로연이잖아?

연설대 같은 연단이 대회합실 중앙에 설치되더니 라토르가 그 위에 섰다.

"자아! 귀인족 전통 경기, 힘겨루기 개최다아아아!"

"""""예—이!"""""

하아?! 힘겨루기? 그런 이야기는 일절 듣지 못했다만?!

"이번 주역은 물론! 마리다 누님의 남편이 된 알베르트으으으!"

"""""우오오오오오오옷!"""""

라토르가 나를 가리키자 귀인족들의 시선이 일제히 이쪽을 향했다.

기다려, 기다려! 나는 뇌까지 근육으로 된 인간이 아니니까 힘겨루기 같은 걸 해도 질 게 뻔해!

무리, 무리, 무리!

"자, 잠깐, 라토르가 무슨 말을 하는지 모르겠는데."

"이건 귀인족의 데릴사위가 되는 남자가 지나는 길. 미안하지만 알베르트도 해줘야겠어!"

"뭐어엇?! 마, 마리다 님, 정말입니까?"

라토르가 한 말의 진위를 확인하기 위해, 리셀을 무릎에 앉히고 술을 따르게 시키던 마리다에게 확인했다.

"미안하구나. 라토르의 말대로다. 데릴사위로 들어오는 자는 자신이 선택한 전투 형식으로 귀인족 사람과 싸우게 되어 있다. 허나 안심하거라. 목숨까지는 빼앗지 않는다. 하지만 강함이야말로 최고의 가치이기에 귀인족의 혈족에 들어오려면 피할 수는 없느니라."

하아아아아아?! 듣지 못했는데요! 귀인족들과 뇌 근력을 겨루라니 무리야!

힐끔 귀인족들을 보니 몇 명이 몸을 움직여 워밍업을 시작하고 있었다.

"저, 저기…… 강함을 나타내지 못하면 어떻게 됩니까?"

"뭐, 아무도 알베르트가 하는 말을 들어 주지 않겠지. 힘의 서열이 귀인족의 유일한 규범이니라."

잠깐, 내가 이 힘겨루기에서 힘을 드러내 보이지 못하면 마리다의 권위에 매달릴 뿐인 기둥서방 취급이 되는 거야?! 그건 엄청나게 곤란하다고!

"괜찮다, 형식적인 거다. 알베르트가 얼마나 대단한지는 내가 제일 잘 알고 있으니까 말이다. 만약 아무한테도 이기지 못하더라도 다른 자들의 의견은 막을 수 있느니라."

그래서는 안 된단 말입니다!

"알베르트, 무엇으로 겨룰지 빨리 정해 줘! 겨룰 경기는 **어떤** 형식이라도 인정되고 있다고."

연설대 위에 있는 라토르가 나한테 빨리 경기를 정하도록 재촉했다.

무리야, 근육 뇌들과 겨룰 수 있을 정도로 나는 몸을 단련하지 않았어……

어떤 경기라도 이길 것 같다는 생각이 전혀 안—— 응? **어떤** 형식이라도 괜찮다고 말했지.

그건 즉 검이나 육체를 사용하지 않는 경기라도 인정된다는 거지.

내 머릿속에 떠오른 경기라면 근육 뇌들을 패배시킬 수 있는 길이 보였다.

"**어떤** 형식이라도 인정된다는 건 틀림없습니까?"

"아아, 그래. 겨룰 경기에 제한은 없다고. 그렇지? 아버지."

"그래, 그 말대로다! 뭐든 괜찮다!"

워밍업 중인 귀인족들도 말없이 고개를 끄덕이고 있다.

"그렇다면 제가 제안할 경기는 이걸 사용하겠습니다!"

항상 품속에 숨겨 두고 있는 붓을 레더 아머 틈새로 꺼내 모두에게 보여줬다.

"부, 붓?! 아니, 그건 무기가……"

"귀인족 분들이 애용하는 무기에 목숨을 맡기는 것처럼, 저는 이 붓에 목숨을 맡기고 있습니다!"

연설대에 있는 라토르와 브레스트한테 붓을 들고 가까이 다가갔다.

이걸로 하는 승부를 인정해 주지 않는다면 내게 승산은 일절 없다.

"조금 전에 **어떤** 형식의 경기라도 괜찮다고 말씀하셨습니다. 귀인족은 스스로 한 약속을 깨고 거짓말을 하는 일족입니까!"

뇌까지 근육으로 되어 있고 올곧은 천성을 지닌 귀인족들은 거짓말을 하는 것을 몹시 싫어하는 종족이다.

마리다도 추방당한 이유를 캐물었을 때 비교적 선뜻 자백한 건 귀인족 특유의 이 천성 때문이라고 생각됐다.

"그렇군. 확실히 라토르와 숙부님은 **어떤** 형식이라도 괜찮다고 말했다. 우리 귀인족은 거짓말을 하지 않지. 알베르트의 신청은 받아들여야만 한다!"

당주가 된 마리다의 한 마디로 그 자리의 분위기가 용인하는 쪽으로 변했다.

"그럼 저는 이 붓을 사용하여 저 방에서 글자 받아쓰기 시간을 겨루도록 하겠습니다!"

시야 한구석에 있던 창문도 없고 하얀 벽에 둘러싸인 작은 방에 붓을 들이대고 승부 내용을 말했다.

복사기가 없는 이 세계에서, 신관 시절부터 대도서관 구석에서 자료 책을 베껴 써 왔던 내게는 얼마든지 버틸 수 있는 경기다.

"저, 저기서 받아쓰기라니…… 농담이지?!"

"알베르트, 제정신이냐! 저기는 좁고 창문도 없는 방이라고!"

"예, 저기서 하겠습니다! 자, 준비를!"

얼굴이 새파래진 라토르와 브레스트한테 붓을 들이대고 준비를 재촉했다.

"어쩔 수 없구만! 녀석들아, 준비다! 서둘러! 알베르트한테 도

전할 녀석은 나와라!"

"물론 라토르와 브레스트 경도 참가해 주셔야겠습니다! 마리다 님도 말이죠!"

"""하아?!"""

내 지명을 들은 세 사람이 굳었다.

그리고 창문이 없는 하얀 벽의 작은 방에 작은 책상이 놓였고, 참가를 희망한 용사들이 순서대로 앉았다.

"여러분, 상당히 안색이 안 좋은 것 같습니다만 괜찮습니까?"

"괘, 괘, 괘, 괜찮다! 그렇지? 숙부님. 좁은 방 안에서 글자를 쓰는 것 정도로 우리 귀인족이 두려움을 품는 일 따위——."

"아, 아아, 아아아, 내가 이 정도로 겁을 먹을 리가 없지. 안 그 러냐, 라토르."

"파파파파파파파파파파파파파파, 팔의 떨림이 안 멎어!"

"그러면 여러분, 주제 문장은 이쪽입니다. 깔끔하게 받아써 주세요."

라운드걸처럼 받아쓰기할 글자를 적은 종이를 든 리셀이 경기 시작을 알렸다.

주제 문장은 '사려 깊게, 만사를 생각하며 행동합니다'로 해 뒀다.

근육 뇌한테 부족한 건 생각할 시간이니까 이 문장을 받아쓰게 해서, 조금이라도 생각을 해주길 바라는 내 소원을 담은 것이었다.

"키에에에에에엑! 이, 이 정도쯤은 나는 할 수 있느니라!"

"우그으으으으으윽! 한 글자 쓰는 것만으로도 하얀 벽이 나한 테 육박해 온다! 지지 않는다! 질까 보냐!"

"크, 크윽! 힘들어어어어! 이 방에서 드는 붓은 왜 이렇게나 무거운 거냐고! 납이라도 들어 있는 거냐!"

마리다를 필두로 귀인족 사람들은 창백한 안색으로 문장을 받아쓰고 있었다.

싸움에 관한 것에는 엄청난 집중력을 보이며 보고서나 지도를 작성하는 귀인족도 싸움과 일절 관련 없는 상황에서 창문도 없는 좁은 방 안에서 받아쓰기하는 건 매우 고통인 듯하다.

"한 명, 기절에 의한 탈락입니다. 알베르트 님은 이미 다 받아쓰셨기에 다른 분도 첫째 페이지를 빨리 제출해 주세요."

심판역이기도 한 리셸이 고전하는 귀인족들을 재촉했다.

"기, 기다리거라, 리셸! 내가 알베르트한테 당해낼 리가 없지 않으냐!"

"마리다! 귀인족의 기개를 알베르트한테 보여줘야만 한다! 이 정도로 우는소리를——."

"아, 아버지! 내 손에 발진이! 나는 이대로 이런 곳에서 죽는 건가!"

받아쓰기를 완수하지 못하고, 참가했던 귀인족들이 잇따라 입에서 거품을 뿜으며 기절해 갔다.

아니 그보다, 너희들 얼마나 사무 일을 싫어하는 거야!

전장에서의 듬직함을 일절 느끼지 못하고 기절한 귀인족들을 보고, 큰 한숨이 나올 뻔했다.

"그럼 두 번째 페이지 갑니다~! 시작해 주세요~!"

첫째 페이지 제출이 끝나고 두 번째 페이지 받아쓰기에 들어갔다.

귀인족들의 낯빛이 한층 더 나빠졌다.

"알베르트, 용서해 주었으면 하느니라! 나는 말리든 것뿐이다! 이러한 벌을 받을 이유는 없는 것이야아아아아아아!"

"시야가, 시야가 일그러진다. 젠장, 이런 걸로, 젠장, 젠장! 나는지지——."

"아, 아버지! 손의 떨림이 멈추질 않고, 어째 주위 광경이 좁아져서——."

두 번째 페이지를 받아쓰기 전에 마리다도 브레스트도 라토르도 의식을 잃고 책상에 엎어졌다.

"역시나 귀인족. 기절해도 무기인 붓을 손에서 놓지 않았던 점은 칭찬해 드리도록 하겠습니다."

"승자, 알베르트 폰 에르윈!"

결판이 났다. 압도적인 대승리다.

이걸로 내가 근육 뇌들한테 깔보일 일은 없다.

오히려 최상위자인 마리다를 굴복시킴으로써 반항할 생각도 들지 않을 터다.

체육계 동아리 사람들은 윗사람한테 절대복종하니까 말이지.

"그럼, 저는 아직 성에 찰 정도로 쓰지 않았으니 이번 피로연 참가자 전원한테 제가 쓴 저 표어를 나눠드리도록 하겠습니다."

그 후 참가자 700명 몫의 표어를 한 시간 정도로 써내고, 다 나눠줬을 즈음에는 귀인족 사람한테서 경외심을 얻었다.

압도적 '무력'이 아니라 압도적인 '필력'으로 힘겨루기에 승리한

나는 마리다의 배우자로서만이 아니라, 군사의 지위를 굳힐 수
있었다.

제5장 ♥ 실록! 에르윈 가문의 실태 조사

제국력 259년 금강석월(金剛石月)(4월)

마리다의 가슴 압력이 내 얼굴을 압박하고 있다.

그녀가 당주로 복귀하고, 일족 전원을 초대한 결혼 피로연도 끝났다.

당주 자리에서 내려온 브레스트 일가는 성안에 만들어진 다른 거처로 옮겼고 대회합실 안쪽의 사적 거처에는 대신 우리가 들어갔다.

"우뮤우우. 알베르트, 나는 더는 무리다. 리, 리셀을…… 우뮤우. 그러한 야한 속옷을 나한테 입히는 건 안 되느니라. 후뮤우우우."

귀여운 아내는 잠꼬대 중이지만, 덕분에 푹신푹신한 침대와 마리다의 가슴 그리고 리셀의 부드러운 살에 둘러싸여 최고의 아침을 맞이하고 있다.

흠, 이것이 천국이라는 장소일까. 냄새 좋고, 감촉 좋고, 기분 좋은 삼박자가 갖춰진 기상에 감사로군.

어제도 마리다와 리셀을 상대로 밤일에 힘썼는데, 며칠간 못했던 마리다가 야수처럼 덮쳐왔기에 리셀과 함께 교육해 주었다.

물론 저번의 그 야한 속옷은 확실하게 장비시켰다.

내가 부재중인 동안은 리셀이 마리다를 조교해 주고 있었는데, 의외로 재능이 있었던 모양이라 밤의 주종관계가 역전되어 있었던 데에는 놀랐다.

리셸한테 벌을 받아 몸부림치는 마리다도 그건 그것대로 무척 귀여웠고, 그녀도 아주 싫지만은 않은 기색이기에 그대로 뒀다.

"알베르트 님, 마리다 님, 슬슬 기상 시간이에요."

"마리다 님, 일어날 시간입니다."

"우뮤우우우. 나는 졸린 거다. 정무는 알베르트한테 맡긴다고 말하지 않았느냐. 싸움이 없을 때는 많이 자 두는 게 전사의 규칙이니라."

마리다의 탄력 있는 가슴을 밀어내고 일어나서, 시트를 걷고 마리다와 리셸의 알몸을 눈에 새겼다.

아침 햇살에 비친 마리다의 나체는 요염하게 반들거렸고, 리셸의 커다란 가슴도 부드러움을 과시하는 것처럼 흔들렸다.

"알베르트는 정말로 밝히는군. 곧바로 나랑 리셸의 알몸을 보려 하니 말이야. 어젯밤도 실컷 보지 않았나."

"그러네요. 제 알몸도 실컷 보셨어요."

"아침에 보는 알몸은 아침의 좋음이 있다는 걸 확인하고 있을 뿐입니다. 자, 두 사람 다 일어나서 몸차림을 합시다. 오늘부터는 여러 가지로 바빠지니 말이지."

"으으음. 귀찮은 것이다. 침대에서 게으르게 자고 싶군."

"안 됩니다. 당주가 된 이상 최소한의 일은 해줘야 합니다. 그 외에는 제가 할 테니 말입니다."

투덜투덜 불평하면서 일어난 마리다가 리셸한테서 받아든 의복을 내게 입혀 주기 시작했다.

이러니저러니 불평하면서도 몸단장은 해주기에 브레스트의 말대로 심성은 무척 착한 여자다.

마리다와 리셸이 내 몸단장을 시작하자 거성 안뜰 쪽에서 서로 고함치는 소리가 바람을 타고 들려왔다.

가신들끼리의 싸움인가 싶었는데, 들려오는 목소리가 익숙했다.

어디, 이건 아버지와 아들의 대립이군.

하루에 한 번은 부자끼리 맞붙어 싸우는 일이 발생한다. 부자 끼리다.

옛날부터 이런 쪽 이야기는 귀인족에서는 흔히 있는 일인 듯, 내 새로운 거처가 된 애슐리성에서도 펼쳐지고 있다.

"아버지! 어째서 내가 전투에 나가면 안 되는 거냐고!! 아아아 앙?! 나는 이제 성인이 되었다고 했잖아!"

"아아아앙?! 허세 부리지 마라! 너 같은 풋내기가 우리 에르윈 가문의 소중한 병사를 지휘할 수 있겠냐! 좀 더 군사학 공부를 해 라, 이 얼간이가아아아!"

몸단장을 끝낸 뒤 마리다와 리셸을 데리고 목소리가 나는 안뜰 로 가자, 와일드한 흉폭 아버지와 근육 뇌 아들이 맞붙어 싸우고 있었다.

이 성에 와서 이미 한 달 이상 지났지만, 매일 아침의 상례 행 사다.

사람이 모처럼 지극히 행복한 아침을 맞이하고 기력을 충실히 하여 정무에 임하려 했더니 이 꼴이다.

"어머, 알베르트. 잘 잤니. 어제도 마리다랑 리셸을 제법 귀여 워한 모양이네. 윤기가 잘잘 흐르는 두 사람을 보고 있으려니 알베르트를 맛보고도 싶어지네. 어때, 오늘 밤쯤에 자지 않을래?
연상의 테크닉도 은근히 좋단다."

대회합실로 이어지는 복도에는 브레스트의 아내인 프레이가
있었다.

그녀의 능력은 이미 확인했다.

이름 : 프레이 폰 에르윈

연령 : 38 성별 : 여 종족 : 귀인족

무용 : 43 통솔 : 20 지력 : 12 내정 : 7 매력 : 66

쓰리 사이즈 : B89(E컵) W54 H86

지위 : 에르윈 가문 장로의 아내

이미 15살이 되는 라토르가 있고 그녀의 나이는 마흔에 가깝지
만, 피부 살결은 곱고 마리다한테도 뒤처지지 않는 매혹적인 몸
매를 지닌 미녀로, 아름다움이 쇠하지 않았다.

말을 걸어온 프레이를 넋을 잃고 보고 있었더니 귓가에서 목소
리가 들렸다.

"알베르트 님? 제 봉사가 부족했나요?"

"나도 아직 더 할 수 있느니라. 한 번 더 침대로 가겠느냐?"

"그런 게 아니야. 마리다 님도 리셸도 최고야."

살짝 질투하는 마리다와 리셸이 너무 귀여워서 허리에 손을 두
르고 끌어당겨 안았다.

"어머, 세 명은 아침부터 뜨겁네. 이래선 밤의 권유는 또 다음

기회로 해 두는 편이 좋을 것 같아. 유감이지만 알베르트는 저쪽의 뜨거운 두 사람도 멈춰 줄 수 있을까."

"또 옥신각신하고 있는 건가. 숙부님과 라토르가."

어처구니없어하는 기색으로 둘을 보고 있던 마리다가 커다란 한숨을 내쉬었다.

"미안하군. 알베르트, 둘을 말려 주지 않겠나. 이대로라면 피의 비가 내릴 거다."

내버려 두면 성 비품을 파손시키기에 내키지는 않지만 중재하기로 했다.

"어쩔 수 없군요. 오늘도 중재하도록 하겠습니다."

나는 양동이를 손에 들고 안뜰 분수의 물을 퍼서, 드잡이질하며 싸우고 있는 둘을 향해 물을 뿌렸다.

"푸와아아앗! 누구야! 나한테 물을 뿌린 건!"

"나한테도 뿌렸겠다! 누구냐! 이름을 대고 나와라!"

"저입니다만? 뭔가 문제라도?"

아침부터 싸움 중재에 동원된 나는 등 뒤에 분노의 오라를 두르고, 싱긋 웃는 미소를 띠며 두 사람에게 인사했다.

"두 사람 다 아침부터 기운이 남아도는 모양이군요. 성벽 돌 쌓기와 농지 개간 중 어느 쪽이 취향입니까? 자, 사양 말고 선택해 주시길. 사양할 필요는 없습니다. 일은 산더미처럼 있으니까 말입니다!"

싱긋 미소 지은 채 한 걸음 쓱 앞으로 나섰다.

당주로 취임한 마리다의 정무 담당관으로서 내정 · 외교 · 모략에 관한 거의 모든 권한을 부여받았다.

원래부터 주어졌던 '군사'라는 역할과 전장 이외에서의 감독권을 부여받아, 에르윈 가문의 중진으로서 필두 장로가 된 브레스트한테도, 아들인 라토르한테도 지도나 주의를 줄 수 있게 되었다.

단지, 이 군사라는 지위는 마리다가 개인적으로 내게 내려준 지위로, 공적인 신분은 아니다.

하지만 결혼 피로연에서의 힘겨루기 건이나 최상위자인 당주 마리다가 내 지시에 따른다고 명언하였기에 가신인 브레스트도, 그리고 라토르도 이쪽 지시에 거역하지는 않는다.

전투의 전문가로 뇌까지 근육으로 된 귀인족을 평시에 자유롭게 둬 버리면 여러 가지로 문제만 발생하기에 전장 이외에서는 내가 통제하고 있다.

전투에 관해서도 전략은 내가 절차를 정하지만, 전술 지휘에 관해서는 숙련된 전문가 집단이며 당주인 마리다 및 필두 장로 브레스트한테 일임하겠다고 약속했다.

하지만 지금은 평시.

평시의 싸움은 금제(禁制)로 정해 두었다.

이를 어긴 자는 누구이든지 간에 벌을 내려야만 한다.

"내 잘못이 아니라고. 아버지가!"

"뭐, 뭐라고! 라토르! 네 녀석, 내 잘못으로 돌리는 거냐! 배신자 녀석! 알베르트, 이야기하면 알 수 있을 거다! 이 멍청이가 잘못한 거다!"

브레스트도 근육 뇌 일족 중에서는 나은 편이지만, 역시 이성보다도 본능으로 살아가는 남자였다.

"규칙을 정할 때 말씀드렸을 터입니다. 성내에서의 싸움은 금제. 이를 깬 자에게는 벌을 내린다고 정하였습니다. 성벽 돌 쌓기, 개간 작업이 싫다면 '특별 반성실'에서 하루를 보내겠습니까?"

'특별 반성실'이란 단어를 들은 브레스트와 라토르가 움직임을 멈췄다.

결혼 피로연 자리에서 개최된 힘겨루기에서 '폐쇄 공간에서의 단순한 문장 받아쓰기 작업'이 이루어졌고, 그 폐쇄 공간은 '특별 반성실'로 이름을 바꾸어 귀인족 사이에서 공포의 대명사가 된 모양이라, 전투에서는 죽음을 두려워하지 않는 귀인족이 울며 용서를 구할 정도라는 말까지 돌고 있다는 듯하다.

그런 지독한 짓은 하지 않았다.

다만 창문이 없고 벽이 하얀 작은 방에 정좌하여 하루 동안 계속 '사려 깊게, 만사를 생각하며 행동합니다'를 받아쓰도록 하는 간단한 작업에 종사시킬 뿐인 가벼운 벌인데.

뇌까지 근육으로 된 그들에게는 그것이 어마어마한 고통인 듯하다.

"자, 잠깐! 알베르트. 나는 '특별 반성실'은 싫다! 제발이다! 부탁이니 그곳만큼은!"

"나, 나도 싫다고. 부탁이야. 더는 아버지와 싸우지 않겠어. 정말이다."

귀인족이라는 본능만으로 살아가는 맹수들을 억누를 수 있는 맹수 조련사라는 게 지금의 내 업무 내용이었다. 아니, 정식으로는 에르윈 가문의 군사이며 정무담당관이지만.

'특별 반성실'행을 싫어하여 다리를 덜덜 떨며 지면에 납작 엎드려 기어서 도망가려 하는 둘에게 선고했다.

"그러면 '특별 반성실'행은 그만두고 브레스트 경은 돌벽 수선, 라토르는 교외 농지를 경작하고 오도록. 괜찮은가?"

두 명을 엄하게 쳐다봤다. 이렇게 매일 둘이서 날뛰면 이쪽 마음이 편안해질 날이 없다.

남아도는 혈기는 에르윈 가문의 발전을 위해서만 쓰게 시키고 싶다.

"대답은 어쨌지?"

""네, 넵!!""

둘은 등을 쭉 펴고는 벌로 주어진 담당 구역으로 떠나갔다.

그 모습을 지켜본 프레이가 반쯤 웃는 표정으로 내게 말을 걸었다.

"알베르트는 맹수 조련사의 재능이 있을지도 모르겠네. 마리다도 그렇고, 우리 남편이랑 바보 아들도 잘 부리고 있으니 말이야."

"저한테 그런 재능은……."

"프레이, 나는 알베르트한테는 순종적이다."

확실히 밤에는 나한테 순종적이며 점점 조교되고 있는 마리다였다.

"말괄량이였던 그 마리다가 이렇게까지 순종적으로 변하다니 말이야. 역시 재능이 있어. 저 두 사람이 또 싸우게 되면 잘 부탁해."

"하아, 알겠습니다. 가능하면 프레이 님도 싸움을 그만두도록 충고해 주십시오."

"무리야, 무리. 말을 듣지 않는걸."

프레이는 깔깔 웃으면서 자신이 싸움을 중재하는 것을 거절했다.

하아, 저 두 사람의 싸움은 물적 손해가 꽤 발생하니까 말려줬으면 좋겠는데.

"그렇습니까. 그러면 제 쪽에서 신경 써 두겠습니다."

"그래, 부탁할게."

중신인 부자 싸움을 중재한 뒤, 우리는 본래 목적인 정무를 하기 위해 서류가 산더미처럼 쌓인 집무실로 향했다.

안뜰에서 돌아와 사적 거처에서 그대로 이어져 있는 집무실로 이동했고, 당주가 사용하는 정무 책상 위에 쌓인 주민의 진정서 수를 보고 한숨이 나왔다.

이 서류들을 처리하는 건 본래라면 전 당주였던 브레스트가 할 일이지만, 전투 외에 붓을 쥐면 발진이 생긴다고 하는 귀인족.

발진이 생기는 서류 업무를 할 바에야 전투를 위한 육체 단련에 힘쓰고 싶다는 종족이다.

나도 정무 담당관에 취임하여 그들한테 사무 처리 능력이 결핍되어 있다는 걸 통감하였기에 조금 전과 같은 힘을 쓰는 업무를 귀인족들한테 할당하고 있는 것이다.

전투를 위해 살아가는 일족.

전투에 관해서는 매우 뛰어난 기량을 지닌 전문가의 기술을 보여주는 괴짜 집단, 그것 외의 능력은 어린아이 이하. 그것이 이 귀인족한테 내린 나의 결론이었다.

에르윈 가문의 조타를 맡게 된 자로서, 사람에게는 잘하는 것과 못하는 것이 있음을 이해하고 있기에 장점을 제한 없이 발전시키기로 했다. 단, 그건 가신들에게만 한정되고 당주에게는 인정하지 않았다.

"알베르트, 나는 방에 돌아가 침대에서 잠자도 괜찮겠느냐~. 그게 아니라면 단련을 하고 싶다만."

책상 앞에 앉자마자 곧바로 당주가 솔선하여 땡땡이치거나 육체 단련을 하고 싶다는 말을 꺼냈다.

마리다는 귀인족 중에서도 한층 더 특수한 인물로, 전장에서 자랐고 동족에게서도 전쟁의 여신이라 불릴 정도로 야생아 같은 면모를 그대로 드러내며 본능에 따라 살아가는 여성이다.

게다가 이 나라의 황제와 젖형제이며, 황제는 야생아다운 분방한 성격인 마리다를 친여동생처럼 끔찍이 아끼고 있다는 모양이다.

참고로, 나는 아직 한 번도 황제인 마왕 폐하를 실제로 뵌 적이 없다.

이야기를 되돌리겠는데, 당주가 된 마리다는 당주로서의 최소한의 일을 해주지 않으면 곤란하다.

"인장을 찍는 건 마리다 님의 일이라고 몇 번이나 말씀드렸을 터입니다. 리셸, 마리다 님한테 인장을."

"네. 알겠습니다. 마리다 님, 이쪽을."

"세세한 건 싫으니라. 알베르트가 전부 하겠다고 말하지 않았느냐~. 인장 찍기 같은 건 내 일이 아닌 거다."

마리다가 떼를 쓰기 시작했지만, 결재 인장만큼은 당주가 찍지 않으면 제국이 정한 법을 어기는 것이 되어 정무 담당관인 내 목이 날아간다.

내정·외교·모략의 전권을 부여받았지만, 그것들을 최종적으로 결정하는 데에는 당주가 인장을 찍어 결재하는 것이 형식상이라고는 해도 필요하다.

영주 귀족은 영지를 정식으로 이은 작위 보유자인 당주만이 인장을 황제 폐하께 받는다.

수년에 한 번 제국에서 파견되는 감찰관의 사찰에서 당주 인장이 찍히지 않은 채 실시되었다는 것이 판명된 서류가 발견되면 책임자의 목이 날아가고 가문이 말소된다.

그렇다면 인장을 내가 맡으면 문제없는 것 아닌가 하고 생각할 수도 있지만, 작위 보유자 외의 다른 사람이 인장을 가지고 있다는 것이 제국에 발각되면 곧바로 가문 말소로 발전되는 중대사가 된다.

그렇기에 야생아인 마리다라고는 해도 최소한 인장 찍기만큼은 해야만 하는 건 이해해 주었으면 한다.

"적어도 그것만 해주신다면 나머지는 전부 제가 하겠으니. 그게 아니면, 이 서류의 산을 자세히 조사하시겠습니까?"

책상 위에 쌓인 서류 뭉치를 본 마리다의 안색이 파래졌다.

"싫으니라. 글자는 읽고 싶지 않다. 나는 묵묵히 인장을 찍을 테니 알베르트가 자세히 살펴보거라. 나 참, 숙부님도 서류를 이렇게나 쌓아 두다니, 괘씸한 것이다. 리셸, 인장이 비뚤어지지 않도록 종이를 눌러 다오."

"알겠습니다. 아아, 마리다 님, 조금 비뚤어져 있어요."

서류를 자세히 살펴보는 것을 싫어한 마리다가 리셀이 눌러 준 서류에 마지못해 인장을 찍기 시작했다.

마리다가 일을 시작함으로써 나도 쌓이고 쌓인 진정서나 결재 자료 검토를 시작했다.

참고로 애슐리성은 마왕 폐하의 거성인 에란시아 제국의 제도 덱트릴리스와 내 출신국인 알렉사 왕국의 왕도 루튠을 잇는 가도 인 '마차의 대도' 상의 요충지에 세워진 성이라는 건 이전에 설명 했었다.

평시에는 많은 교역 상인이 오가며 성 아래쪽의 마을은 에란시 아 제국의 토산물을 각지에 팔러 가는 대상(隊商)의 출발점으로도 되어 있다.

애슐리성 북쪽에서 보이는 일대는 완만한 구릉이 이어지는 경 작에 적합한 풍족한 토지로, 에란시아 제국의 식량 8할을 생산한 다고 일컬어지는 곡창지대. 그리고 그 곡창지대를 지키는 최전 선이 마리다를 비롯한 귀인족의 영지였다.

몇 번이나 커다란 전쟁을 일으킨 알렉사 왕국도 대군을 이끌고 제국 내부에 침공하기 위해서는 가도 상의 중요 거점인 애슐리성 을 함락시켜야만 한다.

이곳을 무시하고 침공하면 머릿속에 전투밖에 없는 귀인족의 기습이나 수송로 습격에 골치를 썩이게 될 건 틀림없기에 알렉사 왕국과 전쟁이 벌어지면 항상 최중요 공략 거점이 된다.

그때를 대비하여 이 영지의 상태를 상세하게 파악하고자 여러 가지로 정보를 모으고 있는데…….

내정 계획에 필요한 주민 수, 농촌 수, 식량 수확 상태와 같은 세수 기초 대장을 만드는 정보가 될 서류가 보이지 않았다.

영지에서 어느 정도의 식량을 확보할 수 있을지와 인구수 파악은 동원할 수 있는 병사의 수를 결정짓기에 가능한 한 빨리 파악하고 싶지만…….

그렇게 생각하여 전임자인 브레스트에게 조세 관련 자료를 요구했더니 세수 자료가 뭐냐? 라며 진지한 얼굴로 내게 말했기에 나도 모르게 주먹으로 후려갈겨 버렸다.

하지만 귀인족의 얼굴 피부는 두껍기에 내 오른손이 다쳤을 뿐이었다.

영지를 지닌 귀족 가문이라면 자기 가문의 세수 대장이나 인원 대장, 금전 출납 대장, 자산 목록 등의 자료가 가신들에 의해 정리되고 당주가 자기 가문의 상황을 대략 파악할 수 있게 되어 있을 터인데, 그러한 자료 종류가 에르윈 가문에는 없다.

이런 상황에서 대체 어떻게 가문을 운영하고 있었는가 하고 브레스트한테 물어봤는데, 세수는 촌장이나 상인들이 알아서 창고나 금고에 납부하고, 전쟁에 필요한 돈이 부족하면 주민한테서 적당히 징수하고 있었다고 자랑했기에 이번에는 왼손으로 주먹을 날렸다.

결과는 오른손과 마찬가지라, 내 왼손이 다쳤을 뿐이었지만…….
정말로 좀 봐줬으면 한다.

분명히 말해서 머리가 너무 아프다. 역대 당주들이 무능한 내정을 쭉 계속해 왔던 것이다.

해소할 곳 없는 나의 분노가 당주인 마리다의 몸에 쏟아지게 된건 비밀에 부쳐 두겠다.

그날, 내가 엄청나게 분발한 건 전부 너의 일족 탓이니까 말이야.

"키에에에에에!"

마리다가 기성(奇聲)을 내지르며 리셀의 도움을 받아 인장을 찍는 업무를 하고 있다.

그런 그녀의 모습을 보고 후우, 하고 한숨이 나왔다.

자, 역대 통치자의 무능한 내정을 드러낸 부분까지 이야기했는데, 그런 적당한 운영으로 잘도 가문이 망하지 않았던 이유를 세 가지 정도 생각해 봤다.

우선 애슐리성 주변이 비옥한 토지이며 농촌에서의 식량 수확량이 많을 것 같다는 것이 하나.

다음으로 교통의 요충지로서 번성한 상업지를 영내에 끼고 있음으로써 주민의 자산이 많았던 것이 또 하나.

그리고 막강한 전투력을 자랑하는 귀인족의 분노를 살 바에야 생활에 문제가 없는 범위에서 돈이나 먹을 것을 주고 싸움에 집중해 주었으면 한다는 주민들의 속마음이 마지막 하나.

이상의 세 가지 점이 터무니없는 운영을 했던 에르윈 가문이 망하지 않고 버틴 이유라고 생각된다.

하지만 이제 무계획적인 에르윈 가문의 영지 운영은 내가 개혁하여 끝낼 생각이다.

내가 이 땅에 온 이유는 이 에르윈 가문을 에란시아 제국의 상급 귀족으로까지 올려 나의 우아한 인생을 위한 기반으로 정비하기 위해서다!

그걸 위해 필요한 것은 세 가지가 있다.

첫 번째로 무력, 두 번째로 자본력, 이건 재력이기도 하다. 세 번째로 인력, 이건 다채로운 인재를 가리키는 것이기도 하고, 인맥이라는 것도 포함한 말이다.

그런 점에서 현재 에르윈 가문의 평가를 생각해 봤다.

무력에 관해서는 작위에 걸맞지 않을 정도로 막강하다.

거성에 틀어박히면 수만의 군세가 포위해도 버틸 수 있을 테고, 야전(野戰)에서는 수천의 병사를 격퇴하는 것도 식은 죽 먹기라고 브레스트도 단언하고 있다.

농병(農兵)이 주력인 상대라면 정말로 그럴 수 있을지도 모른다.

실제로 국경의 세 성을 함락시켰을 때의 마리다와 에르윈 용병단의 실력을 보면 에란시아 제국 최강의 전투 집단임은 틀림없다고 확신할 수 있었다.

모든 가신들도 야생아 마리다를 중심으로 절대적인 상명하달식 체육계 동아리 같은 충성심과 결속을 자랑하여, 그 유대는 깊고 강고했다.

그렇기에 무력이라는 한 가지 요소만 두고 보면 에르윈 가문은 더욱 상위 귀족에 서임되었어도 이상하지 않을 가문이다.

다만 자본력, 인력의 두 가지 점이 크게 발목을 붙잡아 이 가문의 발전을 저해하고 있다.

진정서를 자세히 조사해 보니 그 두 가지 문제점으로 인한 불만 사항이 태반을 차지했고, 에르윈 가문이 발전하려면 집중적으로 대처해야만 하는 부분이었다.

"후우우, 겨우 끝난 것이다. 알베르트, 나는 오늘은 더는 정무를 하지 않을 것이니라. 단련하고 있을 테니 나머지는 맡기겠다."

오늘 할 최소한도 분량으로 지정한 결재 서류에 인장을 다 찍은 마리다가 오늘 업무는 끝이라 선언했다. 그런 마리다의 이마에 난 땀을 리셸이 닦아 주고 있다.

일이라고 해도 내가 살펴본 서류 중 오늘까지 결재가 필요한 10장 정도의 서류에 인장을 찍는 일인데, 마리다는 10장의 결재 서류에 인장을 찍는 데 세 번은 실패했다 보니 한 시간 이상 지나버린 것이다.

뭐, 그래도 10장 해낸 것만으로도 장하다. 마리다는 칭찬하면 성장하는 아이라고 생각해 두자.

"잘했습니다. 역시나 마리다 님입니다. 할당량을 달성하셨으니 단련하러 가셔도 좋습니다."

"아싸아아아! 단련하러 가는 것이다!"

집무실에서 쏜살같이 도망치려 했던 마리다의 등에 대고 한마디만 더 했다.

"하지만 내일은 추가로 결재 서류를 한 장 더 늘릴 거지만 말입니다. 마리다 님은 하면 할 수 있는 아이니까요."

내 말에 반응하여 돌아본 마리다가 항의하고 싶어 하는 듯한 표정을 지었다.

"악귀~, 악마, 변태, 알베르트는 내가 괴로워하는 모습을 보며 유열에 빠지는 야한 남자인 것이다!"

"음, 마리다 님의 곤란해하는 얼굴은 최고의 진수성찬이군요. 이걸로 밤일도 진척될 것 같습니다."

"알베르트는 멍청이~!"

마리다를 살짝 놀려 줬더니 눈에 눈물을 띠고 집무실에서 도망쳤다.

"마리다 님의 저 얼굴은 흥분되지요."

마리다를 배웅한 리셸의 눈이 요사스럽게 반짝이고 있었다.

그녀 또한 육식계 자유분방 영애 마리다의 안에 있는 M 속성을 알아챈 모양이다.

"잘 알고 있네. 역시나 리셸이야."

"알베르트 님이 알아차리게 해주셨으니까 말이죠. 후후후."

리셸은 자기보다 연장자이며 주인일 터인 마리다한테서 M 속성을 찾아낸 것으로 인해 심리적으로 변화하고 있는 낌새다.

리셸은 나 이외에 야생아 마리다를 제어할 수 있는 유력 후보로 성장했다.

배운 건 없지만 예리한 통찰력과 영리함이 있기에 마리다 건을 포함하여 여러 가지로 도움을 받고 있다.

"그러면 밤일에서도 기대할 수 있을 것 같군. 후후후."

"맡겨 주세요. 마리다 님을 가 버리게 만들어 보이겠어요. 후후후."

마리다가 없어진 집무실에서 둘이서 요사스러운 미소를 띠었다.

"자, 그럼 밤일을 힘내기 위해서도 이쪽 일도 전망이 보일 때까지 분발할까. 리셸은 단련하러 간 마리다 님을 돌봐 주겠어?"

"알겠습니다. 그리고 제도에서도 말씀드렸지만, 정보 수집 조직을 발족할 준비를 시작했습니다. 알베르트 님의 의향에 따라 지금은 매수할 수 있을 것 같은 중견 정도 규모의 상회를 찾고 있습니다."

"알았어. 정보가 가장 우선이야. 상회를 방패막이 삼은 정보 수집 조직의 활동도 반드시 필요해질 테니까 시급히 정비도 부탁해. 매수 자금은 알렉사 왕국의 조직에서 벌었던 것을 사용해도 좋아."

"잘 알겠습니다. 가급적 빠르게 발족하겠습니다."

리셸이 고개 숙여 수락하고는 마리다를 쫓아 안뜰로 이어지는 통로로 사라졌다.

"자 그럼, 나는 에르윈 가문의 재무 상황을 파악해 둬야겠군."

나는 리셸을 뒷모습을 지켜본 뒤 재무 상황을 조금이라도 파악하기 위해 에르윈 가문의 금고 안을 확인하러 집무실에서 나왔다.

금고는 성 한쪽에 만들어져 있고, 강한 귀인족 병사가 경비하기 위해 서 있다.

"지금부터 금고 안을 확인하겠는데, 괜찮겠나?"

"옙! 확인하셔도 괜찮습니다!"

경비 중인 귀인족 병사는 자물쇠를 풀고 무거운 금속제 문을 열었다.

금고 안은 창문이 하나도 없어서 낮이라도 어두컴컴하다.

다른 병사 한 명이 횃불을 켜서 금고 안을 비춰 주었다.

"뭐, 뭐야 이거어어어어어어어언!"

횃불에 비친 금고 안을 보고 나도 모르게 소리가 질러지는 것을 멈출 수 없었다.

"도, 돈이 없어…….. 금고에 금화도 은화도 동화조차도 없다고!"

에르윈 가문의 금고 안에 있었던 건 금은보화가 아니라 차용증이나 영수증이라 생각되는 종이 뭉치밖에 없었던 것이다.

내정을 방치하고 전쟁에 마구 출병했던 에르윈 가문이기에 빚투성이에 파탄 직전일 가능성도 있을지도 모른다.

"금고에 돈이 없다만, 이건 언제나 그런 건가?"

경비 병사에게 금고 상황을 확인했다.

확인한 이유는, 어쩌면 지불이 겹쳐서 지금 한정으로 이런 상황일지도 모르기 때문이다.

"항상 이런 상황입니다. 이번에도 부족할 것 같기에 전 당주이신 브레스트 님에게 임시 징수를 요청한 상태입니다!"

네, 이게 통상이었습니다……. 게다가 임시 징수를 예정하고 있었던 건가.

요 2년간, 전쟁에 출병하지 않았을 터인데 어째서 금고의 돈이 없어지는 거냐고!

성 아랫마을의 번영을 보건대 세수는 제법 들어올 터인데!

빈 금고를 보고 풀썩 무너져 내릴 것 같은 자신의 몸을 어찌어찌 지탱했다.

"후우, 미안하지만 여기에 있는 차용증과 영수증을 전부 집무실로 가져와 주게. 한 장도 남김없이 부탁하지."

"옙! 알겠습니다. 곧바로 가지고 가겠습니다!"

나는 금고 안의 서류를 집무실로 운반시킨 뒤 에르윈 가문의 재산 상황을 계산하여 발가벗겨 나갔다.

계산하는 중에, 재무 상황이 나빠서 두통이 나기 시작했다.

예지의 신전에서 신관을 하고 있었을 때, 알렉사 왕국의 가상 적국으로 여겨졌던 에란시아 제국에 관해 법률부터 시작하여 귀족 가문의 역학 관계, 아인의 풍습 등 왕의 자문에 대답할 수 있도록 다양한 지식을 대도서관에서 얻어 뒀던 것이 매우 큰 도움이 되고 있다.

그 지식으로 화폐 제도에 관해 이야기해 보도록 하겠다.

에란시아 제국은 귀금속 광산이 많고 주민 다수는 은화나 동화, 철화를 사용하여 매매 활동을 하고 있다.

화폐 주조는 제국이 정한 주조소에서만 이루어지고, 제국이 정한 금속 함유량을 만족한 것이 화폐로서 유통된다.

가끔 자기 영지에서 위조 화폐를 주조하는 얼간이가 있는 모양인데, 그러한 위조 화폐 제작은 제국법에 따라 엄벌이 내려진다.

참고로 농촌에서는 여전히 물물교환도 이루어지지만, 마을에서는 화폐가 상당히 유통되고 있다.

은화, 동화, 철화가 일반적인 거래용 화폐이고 금화는 주로 포상이나 상인들의 고액 결제용으로 사용된다.

유통되는 화폐의 가치를 일본 엔으로 환산하면 이하와 같다.

· 제국 철화······10엔.

· 제국 동화······100엔.

· 제국 은화······1,000엔.

· 제국 금화······10,000엔.

제국 내의 영지라면 철화 10닢으로 동화 1닢, 동화 10닢으로 은화 1닢, 은화 10닢으로 금화 1닢으로 교환할 수 있다.

단, 다른 나라에 가면 가치나 교환 비율은 또 전혀 달라지지만.

화폐 가치를 이해했으니 에르윈 가문의 재무 상황을 발표하겠다.

현시점에서 에르윈 가문의 재무 상황은 예금 · 저금 제로, 용병단이 포상으로 가지고 돌아온 수중의 자금 5,000만 엔, 빚 4억 9,000만 엔이다.

재무 상황은 채무 초과라고 말하고 싶지만, 에르윈 가문의 자산이라고도 할 수 있을 애슐리령의 가치가 사정(査定)되지 않았기에 판단이 되지 않는다.

다만, 평범한 일반 남작가에서 4억 엔을 넘는 빚을 떠안고 있었다면 이미 말소되었을 터다.

얼핏 본 느낌의 인상이기는 하지만, 애슐리령에서 얻어지는 세수는 많다고 생각되기에 치명적인 재무 상황이라고는 생각되지 않고, 빚을 지고 있는 큰 이유 중 하나도 발견했다.

거액의 빚을 보유한 원인 중 하나는 방대한 인건비를 지불하고 있다는 점이다.

에르윈 가문 가신들의 직역 및 봉급 수준은 이렇다.

· 종자……평민으로부터 징용한 자가 맡게 되는 첫 역할. 무슨 일이든 하는 잡무 담당. 월급 1만 엔.

· 종자장……종자들을 통솔하는 역할. 월급 3만 엔.

· 종사……귀인족 일족의 사람이 채용되면 맡게 되는 역할. 전사의 시중 담당. 월급 3만 엔.

· 전사……전투 전문가들. 종사를 수년 경험하여 승진하면 맡게 되는 역할. 주된 전력. 월급 4만 엔.

· 전사장……전사들을 통솔하는 역할. 전시의 대장 클래스. 월급 10만 엔.

· 장로……가신들을 통솔하는 역할. 전시에 당주 대행도 맡는다. 월급 15만 엔.

뭐, 이런 느낌이다. 박봉이라고 생각될지도 모르겠지만, 일반인의 월급 평균은 대략 7,500엔이기에 종자라도 비교적 급여가 높다.

전사장 이상은 급여와는 별도로 영지를 받을 수 있는 것도 있고, 전사나 종사도 전쟁에 나가면 포상금이라는 명목의 보너스가 붙는다.

에르윈 가문의 봉급을 받는 가신의 수가 현시점에서 213명.

게다가 상비병이 되는 전사나 종사의 수가 200명.

남작가치고는 가신의 수가 명백히 너무 많은 것이다.

일반적인 남작가라면 문관과 무관을 포함하여 가신은 50명 정도가 보통이다.

하지만 에르윈 가문은 네 배의 가신을 고용하고 있다.

자작가보다도 많고, 백작가에 근접하는 수의 가신이 에르윈 가문에서 급료를 받고 있었다.

그 방대한 인건비가 재무 상황을 상당히 압박하여 빚더미에 빠져 있는 듯하다.

다만, 가신 수를 줄이면 에르윈 가문의 장점인 막강한 전투력이 사라지기에 쉽게 손을 댈 수 있는 문제도 아니라는 것도 확실하다.

참고로 나는 직역으로는 정무 담당관 중 최상위고 당주의 남편이며 에르윈 가문의 '군사'라는 입장이다.

봉급을 왕창 받고 있을 거라고 생각하겠지?

고된 업무를 처리하고 받게 되는 봉급은 월 3만 엔이다.

어째서냐면 에르윈 가문에서의 내 정규 직역은 종자장에 지나지 않기 때문이다.

물가가 싸기는 하지만 그걸 가미해도 전생하기 이전의 샐러리맨 시절이나 예지의 신전 신관 시절 쪽이 더 받고 있었다.

뭐, 내 경우는 월급 이외의 수입으로서 내가 관리하던 상회의 수익도 있지만…….

그건 그것대로 여러 가지로 경비가 들기에 실제로는 아내인 마리다가 나를 먹여 살려 주고 있다.

기둥서방 생활 만세! 라고 기뻐해도 좋은지는 모르겠지만, 일단 신분상으로는 종자장에 불과하다.

당주에 준하는 취급을 받고, 권한은 강하지만, 월급은 적은 기둥서방 군사님이 나다.

가문을 차지하고자 꾀하면 당장이라도 차지할 수 있는 입장이지만…….

그랬다가는 마왕 폐하라든가, 전투 무쌍, 내정 무능인 근육 뇌 일족을 적으로 돌리게 되니 당주가 되는 건 사양하고 있다.

에르윈 가문의 재정 상황을 확인하기 위해 가지고 오게 한 서류는 정리되었지만, 집무실 책상 위에는 아직 수많은 결재 대기 서류 뭉치가 산더미처럼 쌓여 있었다.

나 혼자서 이 분량을 처리하는 건 꽤 힘들지도 모르겠다.

어딘가에 유능한 사무관이 없으려나~. 귀인족 외의 인재가 필요해…….

현재로서는 나 혼자밖에 없기에 체념의 경지에 도달하고, 쌓인 결재 대기 서류 뭉치를 하나 손에 들었다.

"저녁까지는 조금이라도 줄이고 싶네. 좀 더 일할까."

손에 든 건 농촌 촌장이 보낸 진정서로, 애슐리성 해자에도 사용하고 있는 하천에서부터 개간용 수로를 건설해 주었으면 한다는 요청이었다.

귀인족이 전투를 위해 만든 상세한 영내 지도에서 농촌 이름을 찾아봤다.

말하는 것을 잊고 있었는데, 귀인족은 전투에 관한 것만큼은 초일류 전문가 집단이기에 전시에 사용하기 위한 주변 지세도, 영내 거점 지도, 뒷길까지 그려진 가도 지도 등은 알렉사 왕국에서 군용으로 사용되는 지도와는 비교가 되지 않을 정도로 정밀하게 만들어져 있다.

이만큼 상세한 지도를 만들 수 있는 지식이 있는데도, 그것이 내정에 직결되지 않는 것이 귀인족 퀄리티인 것이다.

요는 지도는 전투 도구로써 필수품이라는 이유로 전투 기능(技能)을 높이는 감각에 특화된 자가 있고, 그 기술이 후임자에게 전승되고 있는 것이다.

그리고 관리에는 맞지 않는 종족이라고 생각되는 귀인족이지만, 무기와 방어구 비품 관리 '만큼'은 확실하게 보증할 수 있을 정도로 면밀하게 관리하고 있어서, 누가 어느 무기를 대여받아 사용하고 있는지, 파손된 물품은 보충되었는지, 화살 보충은 되었는지 등을 지나칠 정도로 상세하게 기록한 장부가 존재한다.

브레스트가 싱글거리며 웃는 얼굴로 그 장부를 내게 보여줬을 때는 '어째서 그걸 내정에서 살리지 못하는 거냐고!'라며 주먹을 날리며 딴지를 걸고 싶어졌지만, 손을 다치고 싶지 않기에 자중했다.

즉, 귀인족은 '전투에 관련된 기능·지식에 관해서는 일급 능력을 갖춘 자가 있는' 것인데, 그 능력은 '전투 및 그에 수반하는 상태에서만' 발휘할 수 있는 종족인 듯하다.

응용력이 너무 없어서 진짜로 성가시구만.

그런 귀인족이 만든 상세 지도에서 찾고 있던 농촌을 발견하자, 진정서에 적힌 수로의 필요성이 이해됐다.

수로가 생기면 진정서를 낸 농촌뿐만이 아니라 주변 미경작지도 농지로 만들 수 있어서 수확량을 격증시킬 수 있을 것 같다.

성보다 하류 유역이지만 그 하천의 수량이라면 대규모 수로가 아닌 한 이쪽에 미치는 영향은 적겠지.

이 세계에서 식량은 아무리 있어도 곤란하지 않다. 남으면 마을에서 팔아 돈으로 바꾸면 된다.

성 아랫마을의 교역 상인들이 기꺼이 사서 식량 부족 지역에서 팔아치우고 오리라.

진정서에는 수로 건설에 드는 일수와 인원수, 비용까지 내가 추정한 금액에 가까운 액수가 산출되어 있다.

이 촌장은 비교적 쓸만할 것 같은 인재일지도 모르겠군. 이름을 메모해 두자.

내정에 관해서는 현재 괴멸적이기에 영내의 유능한 인재를 발탁하지 않으면 내 업무량이 너무 방대해진다.

그렇기에 조금이라도 쓸만할 것 같은 인물은 이름을 체크해 두는 것이다.

다음 편지는——. 이 아니지. 진정서였지. 응, 혼자서 일하는 건 쓸쓸하네.

마리다의 사무 능력은 유아 수준이고, 리셸도 글을 읽을 수는 있지만 쓰지는 못한다.

두 사람 다 밤일에서는 무척 의지가 되지만, 난제가 겹겹이 쌓인 낮의 일을 보좌해 줄 인물은 아니었다.

후우, 글을 읽고 쓸 수 있고 예쁘면서 가슴이 큰 독신에 젊은 애 없으려나⋯⋯. 그런 애가 있다면 개인 비서로 마리다한테 고용해 달라고 해서, 잘만 되면…….

미인 비서 요구 열의가 높아질 것 같았지만, 없는 사람을 찾아본들 허무하기에 새로운 진정서를 손에 들기로 했다.

진정서의 내용은 거성 내의 창고에 넘치는 비축 식량의 잉여 물자 처분에 관한 이야기로, 썩기 시작하는 식량을 군매점 상인에게 매각해도 괜찮은지를 확인하는 것이었다.

에르윈 가문은 전쟁에 제법 많이 나가는 이미지인데, 그래도 여전히 비축 식량이 썩을 정도로 쌓여 있다는 걸 다른 영주가 들으면 부러워하겠지.

그리고 이 진정서를 쓴 인물은 재고 관리의 중요성을 이해하고 있는 모양이라, 선입선출을 철저히 하고 싶다는 뜻을 표시하고 있다.

그걸 위해 일단 모든 재고를 창고에서 꺼내 오래된 물건을 팔고, 창고를 정리하고 싶다고 진정을 넣은 것이다.

곧바로 진정을 올린 사람의 이름을 메모에 기록해 뒀다.

이건 시급히 대책을 세우는 편이 좋을 것이다. 농성에 들어갔을 때 식량이 썩어 있다면 웃지 못할 이야기가 된다.

반드시 근육 일족한테 단련이라 칭하고 창고 정리를 시켜, 기한이 지나는 것이 임박한 식량을 팔아치워 수중의 보유 자금으로 바꿔야만 한다.

귀인족은 단련이라고 말하면 기본적으로 힘쓰는 일을 싫어하는 종족은 아니다.

뭐랑 뭐는 쓰기 나름이라고 하는데, 귀인족을 위한 말일지도 모르겠다.

우선 창고 안에 있는 물건을 전부 꺼내서 싹 비우는 건 빨리하는 편이 좋다.

이건 긴급 최우선 안건으로 수리해 두자.

다음은 성 아랫마을의 상인들한테서 온 진정서인가.

영내의 거래 물건을 계량하는 데 트러블이 많이 발생하여 어떻게든 해주었으면 한다고.

성 아랫마을은 교역의 거점으로 많은 상인이 찾아온다.

하지만 영내에서는 도량형 기준이 통일되지 않아서 상인마다 각각 다른 기준을 쓰고, 그것이 트러블을 많이 일으키고 있는 모양이다.

이 경우 내가 기준으로 정한 길이·무게·부피로만 영내에서의 판매를 인정한다는 강권을 발동할 것이다.

어차피 병참으로 식량을 납입하는 납세에서는 통일된 기준을 만들어야만 하니 상인들 쪽도 한꺼번에 통일하는 편이 초기 비용도 줄일 수 있으리라.

영지가 늘어나면 늘어난 영지에도 적용해서 편리성을 높이면 주위 영지에도 상인들을 통해 이쪽이 설정한 기준이 파문처럼 퍼져나갈 터다.

'도량형을 지배하는 자, 경제를 지배한다'라는 느낌으로 상권 확대에는 이쪽이 설정한 유리한 도량형을 상대측에도 쓰게 만듦으로써 이익을 늘린다는 측면도 있는 것이다.

물론 상대도 장사 상대가 늘어난다는 메리트를 제시해 주지 않으면 사용해 주지 않겠지만 말이다.

그런 점에서 말하자면 애슐리성 아랫마을은 동서남북의 교역 가도가 교차하는 토지에 있는 거대한 시장이다.

교역 상인들도 이 땅에서 장사하며 쏠쏠한 수익을 내고 있을 것이다.

그러니 반발도 나오겠지만 영내에 새로운 도량형을 제정하여 그 계량기로만 영내 거래를 인정하는 것으로 정하고 싶다.

도량형 통일의 메리트를 상인들이 깨닫게 되면 폭발적으로 보급될 거라고 생각한다.

진정을 올린 사람의 이름을 메모에 기록한 뒤 진정서를 결재 대기 쪽으로 넣어 뒀다.

마리다가 이어받은 에르윈 가문의 영지는 내정가한테는 이상향이라고도 할 수 있을 좋은 조건을 갖춘 고스펙 토지다.

내정을 확실하게 손봐서 영내를 발전시킬 수 있다면 그 근육뇌 전사단은 대륙 제일의 무장 집단이 될 수 있는 실력을 갖추고 있다.

하지만 현재는 역대 당주의 무능한 내정 때문에 영내 농촌에 의한 자치 능력이 비정상적으로 높은 상태가 되었다.

이걸 이 이상 방치하면 귀인족은 그저 장식이 되어 버리는 현상이 한층 더 진행될 것이고, 무력으로 억누를 수 없는 상태로까지 자치 능력이 높아지면 최악의 경우 영내에서 피로 피를 씻는 내전이 발생할 가능성도 있다.

일기당천의 귀인족이라고는 해도 소수민족에 지나지 않는다.

영내 다수를 차지하는 인족이 지배자 일족한테 궐기하면 문제는 복잡한 방향으로 움직이고 마는 것이다.

무슨 말이냐고? 뭘, 간단한 거다.

당주나 지배자 일족인 귀인족 열 받아, 저 녀석들이 곤란해하는 걸 하고 싶어, 하지만 들키면 군대가 달려온다.

그래, 근처의 인족 국가의 도움을 빌리자. 알렉사 왕국의 지원을 받아 레지스탕스 활동을 하는 거다. 핫하──!

이런 느낌으로, 상황에 따라서 알렉사 왕국을 끌어들인 진흙탕 내전이라는 최악의 패턴도 있는 것이다.

그런 사태는 피하기 위해선, 높아진 영내 자치 능력의 조직화를 막고 에르윈 가문의 가신단으로 포섭하여 영지를 발전시키는 것이 필수다.

포섭한 그 사람들은 문관으로 채용하고 내 수족으로 부려 먹을 예정이다.

바깥의 전투는 마리다와 브레스트가 이끄는 귀인족에게 맡길 예정이기에 영내 순시, 징세 업무, 사무 작업, 대장 관리, 트러블 처리 등을 내가 이제부터 만들 내정단이 도맡는 모양새가 될 것이다.

빨리 인재가 필요해……. 내정단을 만들겠다고 말한 건 좋지만 현재 제대로 내정을 맡을 수 있는 사람이 가신단에 한 명도 없다…….

집무실에서 에르윈 가문 가신단의 참상을 확인한 나한테서는 메마른 웃음밖에 나오지 않았다.

에르윈 가문이 봉급을 지불하는 가신은 전부가 전투를 생업으로 하는 전투 전문가라고도 할 수 있는 귀인족 전사다.

확실히 일기당천의 전사들은 강하다. 그건 인정한다.

하지만 내정을 다룰 사람을 한 명도 고용하지 않다니 이건 어떻게 된 거냐고 큰 목소리로 에르윈 가문 역대 당주들한테 따지고 싶었다.

영내 수확량 확인이나 성의 비축 식량 수, 영내의 문제 상황 등등 애슐리 영내의 내정을 정확하게 아는 사람이 전무한 상황.

나는 에르윈 가문의 역대 당주들이 계속 뒤로 미뤄 왔던 부(負)의 유산에 피눈물을 흘리면서 산더미처럼 쌓인 진정서를 훑어 나갔다.

이, 이 정도는 별것 아니니까 말이야!

나 혼자밖에 없는 집무실에서 짭짤한 물이 뺨을 타고 흘러내렸다.

이 괴로움은 밤이 되면 마리다와 리셀의 몸에 전부 쏟아 내기로 하자.

이후 날이 저물 때까지 집무실에서 산더미 같은 진정서 및 관련 서류와 격투하게 되었다.

다음 날 성의 창고에 가서, 우선은 식량 비축 관리 대장이 정말로 존재하지 않는지 확인하기 위해 창고를 지키는 인족 남자를 불러냈다.

창고를 지키는 남자는 40대 정도의 붙임성이 좋아 보이는 머리가 번들번들하고 반짝반짝 빛나는 아저씨였다.

썩기 시작하는 재고 식량 매각 진정을 넣은 인물이기도 하다.

"당신이 이 창고 관리를 맡고 있는 사람입니까?"

"예. 당주님을 비롯하여 귀인족 분은 전투할 때밖에 식량 관리를 하지 않으니, 각 농촌 촌장에게 부탁받아 제가 관리하고 있습니다. 이름은 밀레비스라고 합니다."

밀레비스라 이름을 댄 남자는 정중하게 인사했다.

"처음 뵙겠습니다. 마리다 님으로부터 내정을 맡게 된 정무 담당관 알베르트라고 합니다. 미숙한 몸입니다만, 이후 기억해 주신다면 감사하겠습니다."

"소문은 귀인족 분한테서 들었습니다. 그 당주님의 데릴사위가 되었다는 모양이더군요. 그리고 젊으신데도 총명하며 용기가 있다고 들었습니다."

창고 담당인 밀레비스는 시종 정중한 말투나 태도를 나타내고 있지만, 그 눈 안쪽은 이쪽을 평가하는 듯한 예리한 시선을 향하고 있다.

"소문이란 실제 모습과 동떨어진 이야기가 유포되는 법입니다. 그것보다도 밀레비스 공이 마리다 님께 내신 진정서는 살펴보았습니다. 글자도 깔끔하고 문장도 알기 쉽게 써서 상황을 전해 주셨기에 당장이라도 손을 써야만 한다고 생각하여 찾아오게 되었습니다."

"호오, 그 진정서를 읽으신 겁니까."

밀레비스의 눈이 한층 더 예리해졌다. 붙임성이 좋고 너글너글

해 보이는 겉모습과는 다르게 눈은 지성의 빛을 예리하게 내뿜고 있다.

이건 내가 밀레비스한테 평가받고 있다고 보는 편이 좋겠군.

일단 이래 보여도 내 신분은 당주 직속 군사 겸 내정 담당관이라는 입장이고, 혈족주의를 관철하는 에르윈 가문에서 유일한 인족 가신이었다.

무사(武事) 일변도인 에르윈 가문의 주민 입장에서 보면 이제야 겨우 내정 이야기를 들어 주는 사람이 나타났다고 생각하는 것도 있으리라.

이야기가 벗어나겠지만, 혈족주의인 에르윈 가문이기에 귀인족 외의 종족으로서 가신이 될 수 있는 자는 귀인족의 배우자가 된 자뿐이라고 규정되어 있는 모양이다.

참고로 역대 당주를 포함한 귀인족들이 생각하는 가신의 범주는 무관직뿐으로, 문관직은 규정은 있긴 하나 일절 고려하지 않는다는 철저한 태도다.

그리고 어떻게 하면 귀인족의 배우자가 될 수 있는지는 간단하다.

귀인족은 무를 존중하는 종족이기에 혈족에 들어가기 위해서는 전투에서 발군의 무용을 나타내면 된다.

강한 힘을 보여주면 귀인족의 가장이 딸을 내어주고 혈족에 맞아들여 준다.

즉, 귀인족과 혈연을 맺으려면 전장에서의 무용이 필요하며, 귀인족 혈연이 없는 인족은 무용 이외가 유능하다고 하더라도 애초에 가신조차 될 수 없는 상태다.

그렇기에 전장에 나가지 않는 밀레비스는 그러한 기준으로 혈족에 들어오지 못하고 있는 사람이었다.

"밀레비스 공은 현재의 에르윈 가문에 대해 어떻게 생각합니까? 생각한 대로 말해 주셔도 괜찮습니다."

"이건 꽤 직설적인 말이군요. 저 같은 재야의 사람이 에르윈 가문의 방침에 이의를 제기하는 건 불가능합니다. 알베르트 님도 장난은 그만둬 주십시오."

"그러면 질문을 바꾸겠습니다. 에르윈 가문이 한층 더 발전하기 위한 현 상황에서의 최우선 시책을 말하라!"

나는 그때까지의 정중한 태도를 바꿔, 고압적인 목소리를 내어 밀레비스한테 답변을 요구했다.

그러자 밀레비스도 이쪽의 진심을 알아차렸는지 그때까지의 붙임성 좋아 보이는 표정을 굳게 다잡고, 나를 평가하고 있었던 때와 같은 지성이 깃든 눈이 한층 더 반짝였다.

"그건 저의 채용 시험이라고 봐도 괜찮겠습니까?"

"아아, 그렇게 생각해도 상관없다. 내 수족으로서 일할 자가 필요하니까 말이지. 질문의 답을 듣고 마음에 들면 정무 담당관이 내가 임명 재량권을 가진 문관 가신으로서 마리다 님께 고용을 요청할 생각이다. 처음에는 종자이지만, 성과를 내면 종자장으로 등용하는 것도 검토하고 있다."

나 혼자만으로는 내정을 담당할 인재가 부족하다는 건 명백하기에 시급한 인재 확충을 위해 주민 다수를 차지하는 인족을 적극적으로 등용할 생각이다.

내가 내놓은 대답을 듣고 밀레비스의 얼굴에 한층 진지함이 더해졌다.

잠시 기다리자, 가만히 생각에 잠겨 있던 밀레비스가 자신이 생각하는 답을 끌어낸 모양이다.

"에르윈 가문이 최우선으로 임해야 할 과제는 각종 대장의 정비라고 생각됩니다. 징세에 필요한 조세 기초 대장, 그것의 기초가 되는 각 농촌의 농지 수확량을 심사한 토지대장, 인두세의 기초가 되는 농촌의 인구를 조사한 인구 대장, 창고에 병참으로 납품 된 식량의 관리 대장, 성 아랫마을의 상가에 과세를 위해 제출하는 매상 신청 대장 등 각종 대장을 정비하여 영내 상황을 파악하는 것이 선결이라고 판단합니다!"

밀레비스가 내놓은 답은 거의 만점이다.

내정의 기본은 얼마나 들어오고, 얼마나 나가는지를 제대로 아는 것이 가장 중요하다.

하지만 지금의 에르윈 가문은 들어오는 액수도 불명, 나가는 액수도 불명이다.

애초에 돈이 부족한지 부족하지 않은지도 파악이 안 되는 상황이다.

이 상태로 용케 제국에서 파견된 감찰관한테 혼나지 않는군, 하고 생각했지만 감찰관도 사람이다.

광견한테 물려 죽기보다는 아무것도 못 봤던 걸로 하고 오랫동안 얼버무려 온 느낌이 든다.

의외로 '에르윈 가문에는 감사하러 가지 마라'라는 지시가 있는 걸지도 모른다.

그 정도로 감찰관이 봐도 문제가 너무 많을 정도로 치명적인 무관리 상태로 운영되고 있는 것이다.

치명적인 무관리 상태라도 영지가 통치되어 왔던 건 주민 대표자가 형식상의 진정서를 올리고 일정 기간 답변이 없으면 진정을 올린 대표자가 신청 내용을 마음대로 실시해 왔기 때문이라고 생각된다.

애슐리령은 통상적으로는 있을 수 없을 정도로 주민들 스스로 자신들의 일을 해왔고, 이것이 계속 이어져 온 것이 에르윈 가문 영지의 역사였다.

안정된 영지 운영을 하기 위해서는 주민 대표가 된 촌장들의 힘도 서서히 줄여야겠군.

앞으로의 에르윈 가문에 관해 생각하면서, 만점인 답을 내준 밀레비스의 능력을 내 힘을 사용하여 확인해 봤다.

이름 : 밀레비스
연령 : 39 성별 : 남 종족 : 인족
무용 : 18 통솔 : 9 지력 : 54 내정 : 81 매력 : 44
지위 : 에르윈 가문 창고 관리 담당

내정 능력이 높다. 내정 인재로서는 즉시 전력감이라고 할 수 있으리라.

"채용. 밀레비스 공은 이제부터 에르윈 가문의 문관인 종자로 고용하고, 내 부하가 되어 줘야겠다. 이제부터 에르윈 가문의 각종 자료를 작성하는 것을 돕도록."

"옙! 하아?! 즉결입니까?"

채용을 알리자 밀레비스의 얼굴이 놀란 표정으로 굳어졌다.

그 자리에서 즉시 결정되리라고는 생각지 않았던 것이리라.

미안하지만 나는 바쁜 몸이고, 유능한 문관 후보는 발견하면 즉결 채용해 나가기로 하고 있다.

나이나 성별의 차별도 없이, 인격 파탄자만 아니라면 꽉꽉 채용할 예정이다.

뒤집어 말하면, 그만큼 에르윈 가문에는 내정 업무에 뛰어난 사람이 없다는 말이다.

"아아, 앞으로는 내가 상사니까 밀레비스라고 부르도록 하지. 잘 부탁한다."

"예?! 예에. 뭐, 그건 괜찮습니다만…… 당주님의 허가는……."

"내정에 관해서는 내게 전권 위임되어 있다. 내일에는 문관으로서 종자 임명서를 건넬 수 있을 거다. 하지만 업무는 오늘부터 도와줘야겠어. 그리고 대장들이 정식으로 정비될 때까지는 촌장들한테서 받고 있던 봉급은 계속 받아도 좋다. 거기에 에르윈 가문의 종자로서의 봉급이 가산될 거라고 생각해 줘."

"예?! 별도로 봉급을 받을 수 있는 겁니까!"

"하지만 그만큼 업무가 격증할 거라고 생각해 줘. 에르윈 가문의 현 상황을 알고 있는 밀레비스라면 이 각종 자료 만들기가 상당한 곤란함이 예상되는 일이라는 걸 이해해 주고 있을 거라고 생각한다. 그 때문에 봉급을 이중으로 받는 것을 허가하는 거다."

봉급을 두 군데에서 받아도 괜찮다는 말을 들었던 밀레비스의 안색이 곧바로 변화했다.

자기들이 해야 할 작업량을 머릿속으로 파악한 것이리라.

생각할 수 있는 작업량은 봉급을 이중으로 받아도 수지가 맞지 않는 액수다.

물론 각종 자료가 완성된 그때에는 마리다 님의 힘으로 밀레비스를 한층 더 출세시킬 생각이다.

귀인족한테서 불만이 나온다면 밀레비스가 하게 될 어려운 일 중 일부를 경험하게 해주면 그가 얼마나 용사인지를 이해할 수 있을 터다.

귀인족은 무용을 존중한다. 그들은 무예의 대단함이나 힘의 강함만을 존중하는 것이 아니라, 어려움에 도전하는 마음과 어떤 일에도 겁먹지 않는 용기도 존중하는 것이다.

그러니 그러한 일이 평시의 성에서도 일어나고 있다고 그들 귀인족에게 이해시켜 주면 된다.

평시의 문관은 붓을 가지고 어려운 일에 맞서고 있음을 이해하면 밀레비스를 비롯하여 앞으로 문관으로 채용되는 자들을 깔보는 사람은 나오지 않게 될 터다.

"잘 알겠습니다. 이제부터 알베르트 님의 부하로서 직무에 힘쓸 것을 맹세합니다."

밀레비스는 내 앞에 무릎을 꿇고는 오른쪽 가슴에 왼손을 놓아

부하가 되는 것을 맹세했다.

"잘 부탁한다. 곧바로 말인데, 우선은 썩기 시작한 창고 안의 식량을 어떻게든 하려고 생각한다. 매각처에 짚이는 곳은 있나?"

"옙! 진정서로도 말씀드렸던 대로, 기한이 가까운 물건은 군매점 상인에게 값을 매기게 하여 인수케 하는 것이 좋을 것이라 봅니다. 곧바로 성 아랫마을에 있는 군매점(軍賣店) 상인에게 말을 걸겠습니다. 값은 언제쯤 매기게 하겠습니까?"

밀레비스는 매각처가 될 군매점 상인들과도 연줄이 있는 모양이라 그들을 불러 창고 내의 매각 상품에 값을 매기게 할 생각인 모양이다.

기왕이면 이 차제에 창고 정리도 해두고 싶다. 남아도는 근육 뇌를 동원해 주자.

나는 이 기회를 사용하여 오랫동안 내버려 둔 업보가 쌓여 마굴로 변하고 있는 창고를 철저하게 정리 · 정돈하기로 했다.

"좋아, 내일에라도 귀인족한테 단련이라 하며 창고 내의 물건을 성 안뜰로 전부 출고한다. 무엇 하나 예외 없이 전부. 한나절이면 비울 수 있을 테니까 동시에 남길 물건과 매각할 물건, 폐기할 물건으로 분류한다. 군매점 상인에게는 그동안 값을 매기게끔 하지."

"내일 말입니까! 귀인족 분들이 창고에서 출고하는 작업을 도울 거라고는⋯⋯."

"괜찮아. '단련'이라는 말을 앞에 붙이면 그들은 기꺼이 출고 작업을 해줄 거다. 게다가 당주가 하는데 가신이 하지 않을 수도 없는 노릇이겠지. 그쪽은 나한테 맡겨줘. 밀레비스는 시급히 군매점 상인에게 연락을 부탁한다."

"예, 옙. 알겠습니다."

이리하여 나는 유능한 가신 스카우트에 성공하고 그 기세로 마굴로 변한 애슐리성 창고를 철저하게 정리·정돈하기로 정하여 움직이기로 했다.

다음 날부터 시작된 출고 작업은 마리다를 비롯한 귀인족이 총동원되었다.

"이번 출고 단련에서 가장 많은 물자를 옮긴 부대는 다음 전투에서 선봉을 맡기겠으니, 힘내 주십시오."

"선봉은 내 부대가 받아 가겠다! 숙부님과 라토르에게는 지지 않겠느니라!"

"바보 같은 소리를! 내가 제일인 게 당연하지 않으냐! 말괄량이와 바보 아들한테 질까 보냐!"

"늙어서 비실비실한 아버지 따위한테 지면 귀인족의 불명예라고! 그리고 마리다 누님한테도 지지 않겠어! 내가 누구한테도 불평을 듣지 않고 첫 전투를 장식할 수 있는 권리를 얻기 위해 다들 도와줘!"

동원된 귀인족들을 마리다 부대, 브레스트 부대, 라토르 부대로 나누어 창고에서 짐을 나르는 속도로 경쟁시켰다.

근육 뇌들 덕분에 마굴로 변하고 있던 창고 안에 있던 물건들에 광속으로 안뜰에 쌓여 갔다.

"설마 정말로 '단련'이라 칭하는 것만으로도 귀인족 분들이 출고 작업을 해줄 줄이야."

척척 반출되어 창고에서 물건이 사라져 가는 모습을 밀레비스가 감탄하며 바라보고 있다.

"선봉의 권리를 달아서 한층 더 출고 작업에 힘써 주고 있어."

"알베르트 님의 지략에는 감복했습니다. 이거라면 평생 정리될 일이 없으리라 생각했던 창고로 깔끔해질 터입니다."

"해냈느니라! 내 부대가 1등인 것이다!"

마리다 부대가 지정되었던 창고 안의 물건을 전부 다 꺼낸 모양이다.

"잠깐! 내 쪽이 더 빨랐을 터다!"

"아니, 내 부대라고!"

누가 1등이었는지로 싸우기 시작할 것 같은 세 명이었으나, 후반전도 남아 있기에 아직 허둥댈 때는 아니다.

"밀레비스, 분류를 부탁한다."

"옙! 곧바로 착수하겠습니다."

밀레비스와 조리 담당자들이 안뜰에 쌓였던 식량의 산으로 흩어졌다.

그들에게는 창고에 되돌릴 식량에 파란색, 소비기한이 임박한 식량에는 노란색, 식량으로 먹을 수 없다고 판단된 폐기품에는 빨간색이라는 형식으로 색깔이 있는 천을 놓아두게 했다.

잠시 후, 밀레비스 일행은 분류를 끝냈다.

"자, 후반전으로 결과가 정해지니 마리다 님, 브레스트 경, 라토르도 기합을 넣어 주십시오. 파란색 천이 놓인 식량을 창고에 가장 많이 넣은 부대가 다음 전투에서 선봉이 약속됩니다. 단, 지정된 창고 내에 노란색 천이 놓인 식량이 있다면 10개 분량만큼 감점. 빨간색 천의 경우는 100개 분량만큼 감점되니 신중하게 작업하시도록! 그럼, 개시!"

내가 손을 올리자 근육 뇌들이 일제히 달려나갔다.

"파란색이니라! 파란색 천이 놓인 식량만 필요한 것이다!"

"잘못해서 빨간색 천이 놓인 걸 가지고 온 녀석은 때려죽일 테다! 파란색이다!"

"파란색 식량을 빨리 들고 가! 거기! 그건 노란색이라고! 멍청한 자식아!"

귀인족들이 서로 경쟁하며 안뜰에 있는 식량의 산에서 파란색 천이 놓인 것을 창고에 되돌려 나갔다.

순식간에 파란색 천이 놓인 식량이 사라지고, 노란색과 빨간색 식량만이 남았다.

"후우~! 역시 내가 1등이니라!"

"잠깐잠깐! 내가 더——."

"아니, 내가 1등이라고!"

"일단, 작업 수고했습니다. 심사 결과는 내일 제가 정하겠으니 발표를 기대하며 기다려 주십시오. 그리고, 마리다 님은 당주 업무를 제대로 끝내시죠. 리셸, 부탁할게."

"마리다 님은 이쪽으로. 나머지 분은 술과 식량이 준비되어 있으니 대식당으로 가 주십시오."

""" 햣하──! 술과 식사다──!"""

"어째서인 게냐! 나만 일해야 하는 건 납득이 가지 않느니라! 악마다! 악마가 있는 것이다!"

선봉 다툼으로 싸움이 일어나기 전에 마리다한테는 집무를 시키고, 힘쓰는 일을 끝낸 귀인족들에게는 술과 음식을 제공함으로써 안뜰에서 쫓아냈다.

"하루도 걸리지 않아서 그 마굴이 깔끔해졌군요…….."

"밀레비스, 감탄하고 있을 여유는 없다고. 창고에 넣은 물건의 장부 작성과 이곳에 있는 폐기품 처리와 방출품 판매는 아직 끝나지 않았으니까 말이다."

"그, 그랬었지요. 이제부터가 본격적인 시작이었습니다."

방출품과 폐기품이 견본시처럼 펼쳐진 안뜰에 군매점 상인들이 매입하러 나타났다.

그들은 식량을 싼값에 매입한 뒤, 전쟁 중인 군대를 따라 이동하며 식량을 비싸게 팔아 이익을 냄으로써 돈을 버는 사람들이다.

방출품인 식량을 진지한 눈으로 보며 입찰하기 위한 가격을 정하고 있었다.

"아아, 이거 알베르트 님, 그리고 밀레비스 공도."

밀레비스가 친하게 지내고 있는 군매점 상인 중 한 명이 손을 쓱쓱 맞잡아 비비며 이쪽으로 가까이 다가왔다.

이번에 밀레비스가 방출품을 내보낸다는 말을 듣고 곧바로 연락해 온 남자다.

그 이외에도 근린에서 장사하는 군매점 상인 4~5명이 매입하러 왔다.

방출품은 살짝 상하기 시작한 음식이지만, 일반적인 가격의 반값부터 경매가가 시작되기에 수요는 꽤 있을 것 같다.

전쟁 때문에 먹을 것이 없는 지방은 이 대륙에는 얼마든지 있으니까 말이지.

이곳에서는 헐값인 쓰레기 수준의 음식이 전쟁터로 가면 금과 동등한 가치를 발생시키는 것이다.

"프랑 공, 이번에는 알베르트 님께서 당주님을 설득하여 대량의 방출품을 내보내게 되었다네. 여느 때와 같은 무허가가 아니니 좋은 가격을 매겨주는 것을 기대하지."

밀레비스한테서 들은 이야기인데, 지금까지 몇 번이나 진정서를 올렸지만 결재되지 않고 방치되었기에 관습에 따라 독자적으로 결재한 뒤 방출품을 정하여 프랑을 비롯한 군매점 상인들에게 매각하고 있었다는 모양이다.

그 건에 관해서는 진정서를 방치한 쪽이 잘못이기에 판매 금액의 사용처에 관해서는 밀레비스를 책망하지 못하고 있었다.

다만, 이후로는 내 결재 없이 방출품을 내보내면 면직(免職)하겠다는 것만큼은 말해 두었다.

밀레비스도 머리가 잘 돌아가는 남자이기에, 내가 내정의 전권한을 쥔 상황에서 지금까지와 같은 방식으로 일하는 것은 통하지 않음을 이해한 모양이다.

"이거이거, 놀랐습니다. 알베르트 님은 우수한 데릴사위라고 들었습니다만, 에르윈 가문이 전문 정무 담당관을 가신으로 맞아들였다는 것이려나요."

"그렇다네. 이후로는 알베르트 님께서 에르윈 가문의 모든 내정을 결재하게 되니 실수가 없도록 잘 부탁하지."

밀레비스가 프랑에게 나에 대한 태도를 조심하도록 충고했다.

군매점 상인 프랑은 죽음과 항상 마주한 전장을 전전하는 상인이기에 평범한 상인과는 어딘가 다른 대담함이 느껴지는 남자였다.

신경이 쓰여서 능력을 확인해 보기로 했다.

이름 : 프랑
연령 : 45 성별 : 남 종족 : 인족
무용 : 42 통솔 : 48 지력 : 55 내정 : 67 매력 : 66
지위 : 애슐리성 아랫마을의 군매점 상인

밸런스 좋게 평균적이지만 내정과 매력에 능력이 있는 건가.

병참 부대 지휘나 외교관 같은 형태로 활약할 수 있을 것 같은 인재인 느낌도 든다:

"이거, 실례했습니다. 알베르트 님의 나이가 너무나도 젊기에 알베르트 님은 그저 장식이고 실세는 밀레비스 님이 아닌가 하고 생각한 겁니다. 사실과 다르다는 걸 알았으니 알베르트 님과는 앞으로도 좋은 관계를 맺어 나가고 싶다고 생각합니다."

프랑은 속마음을 꿰뚫어 볼 수 없는 남자다. 마음속으로 무슨 생각을 하고 있는지 알기 힘든 남자라는 인상이 강하다.

"신경 쓰지 마시길. 프랑 공이 말씀하신 대로 실적이 없는 풋내기인 몸입니다. 앞으로는 프랑 공에게 가르침을 청해야만 하겠군요. 앞으로도 에르윈 가문과 좋은 관계를 맺어 주시길 부탁합니다."

전장에서 돈만 내면 뭐든 갖춰 준다는 군매점 상인의 존재는 전쟁에서 빼놓을 수 없고, 유능한 군매점 상인은 평시부터 양호한 관계를 맺어 두는 편이 좋다고 한다.

"이번 방출품은 우리 조리 담당자가 보증한 1급품 보존 식량뿐일세. 준비해 주신 알베르트 님을 위해 좋은 가격을 매겨준다면 고맙겠군."

"가격 여하에 달리겠군요. 방출품인 보존 식량은 먹을 수 있는 기간이 얼마 남지 않았으니 말입니다. 그건 그렇고 에르윈 가문은 지금까지 방출품을 내보내는 것을 당주가 허가하지 않았는데, 이번에 알베르트 님은 뭐라 말씀하시며 마리다 님의 허가를 받은 겁니까?"

숨길 생각은 없지만, 솔직히 말하면 내정과 재무에 관해서는 거의 나한테 일임된 상태다.

내가 '이렇게 하고 싶은데. 어때?'라고 물으면 '오오, 적절히 처리해라'가 당주 마리다의 대답이다.

속마음을 잘 아는 사이라고 하면 멋있기는 하지만, 단순히 육식계 야생아 영애가 전투와 밤일 이외에 생각하는 것을 포기한 것이라는 게 정확한 실정(實情)이다.

"뭐, 가문의 비밀이라는 겁니다. 단지 하나 말할 수 있는 건 그만큼 저의 신임이 두텁다는 것이겠군요.”

자신감을 넘쳐내 보였더니 내 대답을 들은 프랑의 표정이 변했다.

에르윈 가문에서 내 지위와 권한이 상당히 높다는 것을 내 말을 듣고 눈치챈 모양이다.

“이거, 알베르트 님과는 반드시 친밀하게 지내야만 하겠습니다그려.”

“뭐, 여러 가지로 잘 부탁합니다.”

군매점 상인을 이쪽 편으로 포섭해 두면 전장에서 여러 가지로 이쪽 사정을 봐줄 수 있기에, 이 근처에서 큰 규모로 장사하고 있는 프랑과의 관계는 중요하게 여겨 둘 생각이다.

전장의 편의점이라 불리는 군매점 상인의 비위를 맞춰 둬서 손해 볼 건 없다.

프랑과 이야기하는 동안에도, 안뜰에서는 쌓여 있던 방출품에 각각의 군매점 상인들 이름이 들어간 입찰표가 꽂혀 갔다.

입찰표 중에서 가장 높은 가격을 매긴 사람이 그 상품을 낙찰받을 수 있는 시스템이다.

지금 시기는 어디의 영주든 자기 가문의 비축품을 방출하기에 가격은 나쁘지만, 썩어서 버리는 것보다는 낫기에 똥값이라도 팔아치운다.

이번 정리를 통해 창고 재고 관리 대장만 작성되면 재고량을 보면서 가격이 비싸질 시기에 방출품을 내보낼 수 있게 되기에 이번에만 대출혈 서비스다.

입찰을 끝낸 흡족한 표정의 프랑이 자기 쪽 노동자들한테 매입한 식량을 짐마차에 싣게 시켰다.

이번 방출품을 가장 많이 사준 손님이다. 그렇긴 해도 대부분의 물건에서 다른 군매점 상인보다 싼 가격밖에 매기지 않았다.

낙찰은 높은 가격을 매긴 순서라고 말했지만, 그건 거짓말이다.

입찰표는 금액이 보이지 않게 되어 있고, 입찰액 발표도 없다.

그저 이쪽이 '입찰 최고액은 ㅇㅇ씨'라고 말할 뿐이고 금액은 말하지 않는다.

여기까지 말하면 이해가 되었으려나?

그렇다. 뭐, 입찰이라는 이름의 뒷거래인 겁니다. 처음부터 팔 상대는 정해져 있었다는 이야기.

이번에는 프랑에게 은혜를 입히기 위해 다른 상인보다 금액이 낮아도 낙찰시켜 줬다.

물론 다른 군매점 상인에게도 약간이나마 이득을 보게 해주고자 이용 가치가 있는 폐기품을 선물로 건네줬다.

군매점 상인들과는 서로 돕는 관계이기에 여러 가지로 마음을 써주는 것이 중요하다.

"감사합니다. 이 은혜는 전장에서 갚도록 하지요."

"아아, 그래 주신다면 고맙겠습니다. 그리고 전장 이외에서도 곤란한 일이 있으면 여러 가지로 부탁할 때도 있을 테고 말입니다. 그때는 부탁드리지요."

"예입! 알베르트 님과의 거래라면 이 프랑, 어디든지 달려가겠습니다."

"고맙군요. 의지하고 있겠습니다."

하하하 웃으며 대량의 짐을 실은 짐마차와 함께 프랑 일행이 떠나갔다.

그들은 여기서 손에 넣은 물자를 어딘가에서 전쟁 중인 군대에 팔러 가는 것이다.

방출품 매각 금액은 제국 금화 3,000닢.

제국 금화 1닢이 일본 엔으로 1만 엔 정도의 가치이기에 3,000만 엔 정도의 매상이다.

에르윈 가문의 빚도 변제하고 싶지만, 우선은 이쪽 시책을 진행하기 위해 이 3,000만 엔의 돈은 가급적 수중에 두기로 했다.

"방출품은 완전히 팔렸군. 나는 좀 더 남을 거라고 생각했는데 말이야."

"최근에는 이 근방도 흉흉하니 말입니다. 알렉사 왕국과의 작은 전투는 항상 어딘가에서 발생하고 있으니 말이지요. 에르윈 가문에는 남아돌고 있지만, 식량 수요는 어디든 높습니다."

스테판 형님이 방면 사령관을 맡은 에란시아 제국 남동 지역은 알렉사 왕국 측 영주와 에란시아 제국 측 영주와의 작은 전투가 빈번히 일어나고 있는 분쟁 지대임을 밀레비스의 말을 듣고 다시금 재인식했다.

빈발하는 작은 전투 덕분에 군매점 상인들의 주머니 사정도 두둑해지는 지역이 되어 있다는 말이다.

"전투가 일어나면 무슨 상품이든 취급하는 군매점 상인이 돈을 벌게 된다는 말이군. 프랑과는 좋은 우호 관계를 쌓아 나가려고

해. 밀레비스도 잘 부탁한다고 말해 놔 줘."

"옙. 그 프랑이라는 군매점 상인은 분명 알베르트 님의 도움이 될 겁니다. 실리로 설득해서 언젠가 가신으로 등용하는 편이 좋을 것이라 봅니다."

"그러네. 돈을 버는 재능은 나보다도 있을 것 같아. 내정이 진정되고 자금에 여유가 생기면 그를 가신으로 등용해서 돈을 벌게끔 할까."

"그게 좋으리라 생각합니다."

갖고 다니는 스카우트 후보 수첩에 프랑의 이름을 확실하게 메모해 두었다.

"자, 그럼 이걸로 마굴이었던 창고도 깨끗해졌어. 나머지는 장부를 확실하게 작성하는 것뿐이군. 부탁한다, 밀레비스."

나는 옆에 서 있는 밀레비스의 어깨를 팡팡 두드렸다.

이제부터 그에게는 지옥이라고도 할 수 있을 각종 장부 작성이 기다리고 있다.

내가 한다고 생각하면 오싹해질 양이지만, 유능한 밀레비스라면 분명 해내 줄 거라고 믿고 있다.

"네, 넵. 열심히 하겠습니다!"

대답한 밀레비스의 어깨를 한 번만 더 팡 하고 가볍게 두드렸다.

죽지 말라고. 밀레비스.

뭐, 약간 뒤의 이야기가 되기는 하지만, 결론부터 말하자면 그는 어려운 일을 완수해 내고 에르윈 가문에 존재하지 않았던 관리 장부 종류를 처음으로 도입한 실적으로 '장부의 기술사(奇術師)

밀레비스'라 불리며 재무 전반을 맡는 필두 내정관으로 활약하게
된다.

　후에 내 오른팔로서 에르윈 가문의 재정을 파악하는 업무로 유
능함을 뽐내는 남자이지만, 지금은 그저 마리다의 사적인 종자라
는 입장에 지나지 않는다.

　밀레비스한테 장부 작성 업무를 맡긴 나는 다음 문제를 해결하
고자 다음 날에는 성 아랫마을의 상인 조합 건물에 얼굴을 내비
쳤다.

　"설마 당주님의 사자께서 오시리라고는 생각지도 않았습니다.
곧바로 맞이할 준비를 하겠습니다. 잠시 시간의 유예를."

　진정서를 보낸 상인 조합의 조합장을 맡은 라인베일이라는 초
로의 남자가 주위 부하들에게 지시를 내리며 회견 장소를 서둘러
준비시켰다.

　약속 없이 돌격한 것이라고는 해도 진정서를 보낸 사람이 이렇
게나 당황하고 있는 걸 보니, 역대 귀인족 당주들의 내정 무능이
얼마나 끔찍했는지 엿보게 된 느낌도 든다.

　"아뇨, 신경 쓰지 마시길. 이번에는 라인베일 공의 진정서에 흥
미를 느껴 자세한 이야기를 들으러 온 것뿐입니다."

　"이, 이 무슨! 에르윈 가문에 내정에 밝은 데릴사위가 왔다는
소문은 들었습니다만, 귀공이 그 데릴사위입니까?"

　"예, 알베르트라고 합니다. 신분으로서는 당주 마리다 님의 배
우자이며 정무 담당관을 맡게 된 가신이라는 형태입니다."

당주 마리다 직결 가신이라는 말을 들은 라인베일의 눈이 반짝였다.

"빙 둘러서 이야기하는 건 싫어하니 단도직입적으로 여쭙겠습니다만, 알베르트 공이 에르윈 가문을 운영하는 방향타를 맡고 있다고 보아도 괜찮겠습니까?"

"그렇게 생각하셔도 괜찮습니다. 에르윈 가문의 영지 내정은 제가 전권을 위임받았습니다."

내정의 전권을 위임받았다는 말을 듣고 라인베일의 눈이 한층 더 강하게 반짝였다.

일단, 그의 능력을 확인해 봤다.

이름 : 라인베일
연령 : 48 성별 : 남 종족 : 인족
무용 : 19 통솔 : 21 지력 : 64 내정 : 71 매력 : 77
지위 : 애슐리 상인 조합 조합장

빈틈이 없는 상인들을 통솔하며 조합장을 오랫동안 맡고 있는 만큼, 꼭 내정단에 조언이나 정보를 주는 어드바이저로 취임해 줬으면 하는 능력이다.

여기서는 어떻게 해서든 곤란한 일을 해결하여 그의 신뢰를 얻도록 하자.

"그러면, 우선 진정서로 말씀드렸던 거래상의 중대한 분쟁 해결의 건, 부디 알베르트 님의 힘을 빌리고 싶습니다. 무게를 재는 방식, 길이를 재는 방식, 부피를 재는 방식이 통일되어 있지 않아 거래에서 분쟁이 일어나고 이 상인 조합에 직소하는 사람이 많아, 저희는 분쟁 처리로 항상 골치를 썩이고 있어서 말입니다…….”

이제야 겨우 자신들의 이야기를 들어 주는 사람이 에르윈 가문에 나타났다는 기대감 때문인지 라인베일은 진정서에서도 문제 삼았던 상거래상의 트러블 해소를 부탁해 왔다.

라인베일이 곤란해하는 문제는 쉽게 말하면 산 장소에서 무게 1kg이었던 물건이 파는 장소에서는 900g이 되었다든가, 산 곳에서 1m였던 천이 파는 장소에서는 90㎝가 되었다는 이야기다.

뭐? 잘 모르겠다고?

딱히 운반 도중에 물품이 말라서 가벼워졌다든가, 천이 습기에 반응해서 줄어들었다든가 하는 이야기는 아님을 이해해 주길 바란다.

대략 말하자면 산 장소와 판 장소에서 사용하는 무게를 재는 저울추, 길이를 재는 자, 물건을 담는 용기까지 다른 것이다.

그것이 이 애슐리 성 아랫마을에서 일어나고 있는 상거래 트러블의 원인.

리셸에게 부탁해서 간단히 조사한 것만으로도 애슐리령 내에서만 20종류 정도의 저울추이나 자, 용기가 유통되고 있고, 타국까지 포함하면 수천 가지 정도의 저울추이나 자, 용기가 유통되고 있다고 생각된다.

요는 영내에서조차 무게, 길이, 용기 부피의 기준이 통일되어 있지 않은 것이다.

그럼 어떻게 하면 좋은가? 해결법은 간단하다.

영주가 강권을 발동하여 자신의 권한으로 공인한 저울추과 자, 용기를 만들고 그것으로만 상거래를 하는 것을 인정한다고 선언하면 된다.

공인된 인장을 찍은 저울추와 자, 용기 이외의 것을 사용하면 엄벌에 처한다고 포고하면 에르윈 가문의 흉포함을 알고 있는 사람들은 다들 공인된 물건을 사용할 터다.

이럴 때, 무력을 중시하는 에르윈 가문의 성질은 매우 큰 도움이 되어 준다.

"빈발하는 상거래 분쟁 건이라면 이미 대처할 생각입니다. 라인베일 공의 힘으로 성 아랫마을 직인들을 이곳에 모아 주실 수 있겠습니까?"

"이, 이거 대단하군요. 이미 손을 쓸 준비를 하고 계셨다니……. 시급히 직인들을 불러 모으겠으니 잠시 기다려 주십시오. 이레나! 알베르트 님께 차를 내어 드리거라."

라인베일이 직인을 부르러 부하들과 뛰쳐나가자, 교대하는 것처럼 금발벽안에 장발을 지닌 훌륭한 몸매의 미녀가 급사 쟁반에 차를 얹어 안쪽에서 나타났다.

"아버님은 손님을 내버려 두고 뛰쳐나가신 거네요."

눈앞에 온 금발 미녀에게 시선을 빼앗겼다.

청초하게 행동하는 예쁘장한 모습과는 반대로 몸은 고집불통 바디인 것이다.

마리다와 리셸도 크지만, 이 애도 크다.

움직이면 크게 흔들려서, 이쪽의 눈이 못 박히고 만다.

신경 쓰였기에 능력을 확인해 봤다.

이름 : 이레나

연령 : 21 성별 : 여 종족 : 인족

무용 : 16 통솔 : 42 지력 : 59 내정 : 84 매력 : 82

쓰리 사이즈 : B95(H컵) W58 H90

지위 : 애슐리 상인 조합 부조합장

아버지를 뛰어넘는 내정의 일재(逸才)였다. 나이는 젊지만, 능력은 높다고 생각된다.

"신경 쓰지 마시길. 제가 아버님께 직인을 불러오도록 부탁드린 것이니 말입니다. 그런데 당신의 이름은 어떻게 됩니까?"

"앗! 이거 실례했습니다. 저는 조금 전에 만나신 라인베일의 딸로, 이레나라고 합니다. 알베르트 님께서 이후 기억해 주신다면 감사하겠습니다."

이레나가 공손하게 머리를 숙이자 에이프런의 가슴 부분이 크게 솟아올라 그녀의 큰 가슴을 과시했다.

훌륭한 가슴이 자극적이군……. 이런 애를 비서로 옆에 두고 일을 시키면 여러 가지로 진척될 것 같은 느낌도 든다.

잠시 이레나와 잡담하고 있었는데, 그녀가 아직 21살이며 독신이라는 말을 듣고 비서 역할을 요구하고자 하는 열의가 갑자기 높아졌다.

그 후, 아버지인 라인베일이 마을 직인들을 데리고 돌아왔다.

나는 직인들의 시선이 모이는 테이블에 쇠막대기 하나를 올려놓았다.

"이것과 같은 길이의 물건을 3,000개 정도 제작해 주었으면 합니다."

"호오, 같은 길이로 말입니까?"

"그렇습니다. 정확하게 같은 길이로 부탁합니다. 재질은 철로 만들어 주십시오. 쉽게 구부러지지 않고 재료도 금방 손에 넣을 수 있습니다."

테이블에 놓인 쇠막대기는 표시해 놓은 부분을 마리다한테 잘라 달라고 한 물건이다.

내가 눈으로 봐서 대략 1m라고 느낀 길이로 쇠막대를 잘라 달라고 했다.

완전히 눈어림이기는 하지만, 이것이 에르윈 가문 영내에서의 1m다.

내가 그렇게 정했다. 본래라면 영주가 정할 일이지만, 마리다한테 설명하기 전에 나온 대답은 '알아서 잘 처리하거라'였으니까 어쩔 수 없다.

그래서, 알아서 잘 처리하고 있다.

철은 온도로 인해 늘어나고 녹슨다.

하지만 지금의 통일되지 않은 자로 측정되는 것보다는 단연 나은 정밀도로 정확한 길이를 잴 수 있게 된다.

"가급적 오차 없이 부탁합니다."

"잘 알겠습니다."

대장장이 직인 중에는 무기와 방어구를 만드는 직인들도 섞여 있기에 철자는 빠르게 모일 것이다. 이걸 영주 공인 자로서 보급하고 이것 이외의 자로 상거래를 하면 엄벌을 부과할 생각이다.

"그럼, 다음은 이것입니다."

작은 철 덩어리를 테이블 위에 데구루루 올려놓았다.

애슐리성 창고에 굴러다니고 있던 작은 철 덩어리를 주워 온 것이다.

내가 대략 1g이라고 생각한 철 덩어리.

"이건?"

"이것이 천칭용 저울추가 됩니다. 이걸 무게의 최저 기준으로 삼을 것입니다. 이걸 기준으로 5배, 10배, 50배, 100배, 1,000배의 저울추를 만들어 주었으면 합니다."

"알겠습니다."

천칭은 무게를 재는 도구로 영내에 널리 퍼져 있고 사람들이 일상적으로 사용하고 있지만, 접시에 다는 저울추의 무게가 통일되어 있지 않다.

여느 때처럼 마리다는 알아서 잘 처리하라는 입장이기에 전부 통일시킬 것이다.

마지막은 밀레비스가 창고에서 사용해 왔던 용기를 테이블에 올려놓았다.

"다음으로 액체로 된 것이나 낱알로 된 작은 것은 이 용기 단위로 재도록 하고 싶습니다."

"이것도 철제입니까?"

"아니요, 이건 액체도 다루기에 목제로 제작해 주었으면 합니다만 가능하겠습니까?"

"목공 직인도 있으니 괜찮으리라고 생각합니다."

"그럼 그렇게 해주십시오. 이번에 제작하는 이 저울추, 자, 용기와 새롭게 제정되는 단위 명칭을 사용하지 않은 상거래는 내년부터 영내 모든 곳에서 정규 거래로 인정되지 않게 됩니다. 에란시아 제국법에도 영지를 다스리는 귀족 가문이 영내 거래에 사용하는 도량형을 자유롭게 정할 수 있다고 적혀 있고 말이지요."

모여 있던 라인베일과 직인들한테서도 술렁이는 듯한 목소리가 일었다.

"그러한 포고가 에르윈 가문에서 나올 것이라는 말씀입니까?"

제아무리 라인베일이라도 내가 그렇게까지 과감한 포고를 낼거라고는 상상하지 않았던 모양이다.

"예. 제가 당주 마리다 님께 포고를 내려주시도록 진언할 것이기에 반드시 나올 거라고만 말씀드리겠습니다. 에르윈 가문이 금지한 상거래를 하면 어떻게 될지는 알고 계시겠지요?"

내 말에 라인베일의 목에서 꿀꺽, 하고 마른침을 삼키는 소리가 났다.

애슐리령에 사는 주민은 누구든지 에르윈 가문의 흉포함을 잘알고 있는 것이다.

"이, 이건 중대사로군요……. 큰 소동이 일어날 겁니다."

상거래의 기준이 되는 도량형의 강제 변경으로 혼란이 일어나리라는 것은 이미 상정이 끝났다.

그러니 가능한 한 혼란을 최소한으로 줄이는 것이 내 일이다.

"그건 알고 있습니다. 그 혼란을 줄이기 위해 라인베일 공은 정품이 될 에르윈 가문 문장이 들어간 이 저울추과 자, 용기를 상인 조합에서 판매하여 주시고, 변경되는 단위 명칭이 인지되도록 정보 발신도 부탁하고 싶습니다."

혼란이 일어나는 김에 내가 일본에서 평범하게 사용했던 것을 영내 단위 기준으로 채용하기로 했다.

도량형을 바꿀 때 새로운 단위 명칭이 필요해지기에 나한테 익숙한 것으로 할 생각이다.

"상인 조합이 에르윈 가문에서 공인된 계량 기구 독점 판매 및 단위 명칭이 인지되도록 촉진하는 업무를 맡는다는 것입니까……."

"예, 부디 라인베일 공의 힘을 빌리고 싶습니다. 이 계량 기구들로 상거래를 하는 것이 철저해지도록 만들면 문제가 되는 영내 상거래 분쟁은 자연히 줄어들어 갈 터입니다."

라인베일은 도량형 변경과 단위 명칭 변경으로 일어날 혼란과 그 후에 발생할 메리트를 저울질해보고 있는 모양이라, 시선이 좌우로 흔들리고 있었다.

"어떻습니까? 해주시겠습니까?"

흔들리던 시선이 안정되고, 라인베일이 깊숙이 머리를 숙였다.

"상인 조합은 알베르트 님의 영단을 지지하겠습니다. 부디 하게 해주셨으면 합니다! 이걸로 오랜 세월의 분쟁이 해소되어 갈 것입니다. 에르윈 가문은 알베르트 님의 지혜로 한층 발전하겠지요!"

라인베일은 내게 힘을 빌려줄 모양이다. 이걸로 상인들의 반발은 상당히 억제할 수 있다.

영내 도량형을 통일하면 거래를 위장한 분쟁이 줄어드는 건 물론이고 징세 업무에서 계량의 정확성도 확보할 수 있기에 시급히 도입할 생각이다.

처음에는 여러 가지로 혼란스럽겠지만 인간은 적응하는 생물이다.

5년만 지나면 영내에서 모든 사람이 평범하게 사용할 거라고 생각한다. 고생은 처음뿐, 받을 메리트는 막대하다.

도량형 통일은 에르윈 가문의 자산이 커지면 커질수록 메리트가 커진다.

그걸 위한 선행 투자다.

상인 조합의 방에 모여 있던 직인들에게 철자와 저울추, 용기 제작에 관한 상세 내용을 설명하고, 제작하도록 말하고 배웅했다.

일을 하나 끝냄으로써 미인 비서 획득 필요성이 높아진 나는 이레나를 획득하기 위해 방에 남은 라인베일에게 타진하기로 했다.

"라인베일 공, 실은 부탁이 하나 더 있습니다."

"예에? 제가 할 수 있는 것이라면 협력하겠습니다만."

"실은 따님인 이레나 양을 에르윈 가문의 문관 종자로 채용하고 제 비서를 담당케 하고 싶습니다만, 어떨는지요. 물론 라인베일 공에게 손해를 끼칠 생각은 없습니다."

나의 갑작스러운 제안에 부녀 둘이 놀란 표정을 지었다.

"저희 딸을 에르윈 가문의 가신으로 고용해서, 알베르트 님의 비서로 말입니까?"

"뻔뻔스러운 부탁이라는 건 충분히 잘 알고 있습니다. 하지만 이레나 양이 가진 재능은 이제부터 크게 발전할 에르윈 가문에야 말로 필요하다고 저는 생각하고 있습니다."

받은 힘을 통해 본 이레나의 재능은 톱 클래스 내정관.

게다가 금발 미녀가 내 비서가 되면 의욕 업은 확실하다.

부디 꼭, 우리 내정단에 더하고 싶은 인재다.

"갑자기 그러한 말씀을 하셔도…… 지금, 딸에게는 제 보좌를 맡기고 있습니다."

"에르윈 가문의 정무 담당관으로서 유능한 사람은 종족, 성별 관계없이 채용할 생각입니다. 그 선발대로서 이레나 양을 고용하고 싶습니다. 물론 성 아랫마을 상인을 통괄하는 라인베일 공과는 좋은 관계를 쌓고 싶다고도 생각합니다. 그러니 부하가 되어 주는 이레나 양을 홀대하지는 않을 것입니다."

라인베일에게 딸을 가신으로 내어주면 여러모로 우대할 것임을 넌지시 전했다.

"알베르트 님은 그렇게까지 제 딸을 좋게 평가해 주시는 겁니까."

"예, 게다가 마리다 님의 애인이 되면 에르윈 가문의 분가를 상속할 수 있는 기회도 생깁니다."

"하아?! 에르윈 가문의 분가라고요?!"

"그렇습니다. 라인베일 공은 마리다 님이 여자를 좋아한다는 것은 알고 계시겠지요?"

"예, 알고 있습니다. 그래서 알베르트 님을 남편으로 맞아들였다는 것에 놀랐었습니다."

"제가 데릴사위로 들어갈 때, 마리다 님과 약속을 하나 해서 말이지요. 마리다 님의 애인을 저와 공유하고, 아이가 생겼을 때는 분가를 잇게 할 권리를 주겠다고 말입니다."

내가 말한 내용에 라인베일과 이레나가 매우 놀란 표정을 지었다.

"저기, 확인하겠습니다만, 제 딸 이레나가 마리다 님의 애인이 되어 알베르트 님의 아이를 배면 분가를 이을 가능성이 있다는 말씀입니까?"

"예, 그렇습니다."

귀족 가문으로 들어갈 수 있을지도 모른다는 것을 알게 된 라인베일의 얼굴이 슥 변했다.

"딸이 마리다 님의 애인이 될 수 있을 확률은 어느 정도겠습니까?"

"제가 추천하면 거의 확정입니다."

이레나 정도의 미모라면 마리다가 추천을 거절할 가능성은 제로다.

"아버님, 여러 조건을 검토해 본 결과 알베르트 님의 제안은 저희 집안으로서는 큰 이익을 기대할 수 있는 이야기라고 생각돼요. 저도 적령기를 넘어가고 있는 몸. 지금이 팔아야 할 때예요."

당사자인 이레나가 아버지에게 이쪽 제안을 받아들여야 한다고 말했다.

"이레나, 너는 그걸로 괜찮은 거냐?"

"네, 저한테 구혼한 많은 귀족 자제분은 일을 그만두고 가정에 들어오라고 말했지만, 알베르트 님이 제시하신 조건이라면 마리다 님의 애인이 되어 알베르트 님의 아이를 가져도 일을 계속하게 해주실 거라고 판단했어요. 그렇지요?"

"물론, 이레나 양의 재능은 아이를 가진 뒤에도 에르윈 가문을 위해 활용해 주었으면 해."

라인베일은 잠시 나와 자기 딸의 얼굴을 번갈아 가며 보고 있었지만, 결단한 모양이라 이쪽을 보고 앉은 자세를 바로 고쳤다.

"알베르트 님의 제안, 받아들이겠습니다. 제 딸 이레나를 마리다 님의 애인 겸 알베르트 님의 비서로 일하게 시키겠으니, 앞으로도 저희 집안에 조력을 부탁드리겠습니다."

나는 라인베일의 손을 잡고 굳게 마주 쥐었다.

"고맙습니다! 반드시 이레나 양을 소중히 여기고, 아이를 가져 그 아이에게 에르윈 가문의 분가를 잇게 해 보이겠습니다."

"알베르트 님, 제게 미흡한 점도 있을 거라고 생각합니다만, 잘 부탁드립니다. 그리고 성으로 가기 전에 업무 인수인계를 하고 싶기에 조금 시간을 주셨으면 합니다."

"좋습니다. 업무를 확실하게 인수인계하고 난 후에 와주십시오."

"네! 곧바로 인수인계를 시작하겠습니다."

대답한 이레나가 인수인계를 하기 위해 황급히 방에서 나갔다.

미인 비서 후보 이레나가 오는 날을 두근두근하며 기다리다 보니 날이 바뀌었기에 오늘의 예정인 농촌 시찰에 가기로 했다.

눈앞에는 밀밭이 펼쳐져 있었는데, 겨울에 심은 밀이 순조롭게 이삭을 틔우고 성숙 중인 단계인 모양이라 밭은 녹색과 황금색이 뒤섞여 있었다.

그런 밀밭 주위로 농민들이 낫을 한 손에 들고 잡초를 베는 모습이 이곳저곳에서 보였다.

동경하던 슬로우 라이프. 바쁜 나날을 은퇴하고 마음 편한 삶을 만끽할 수 있는 농촌 생활이 눈앞에 펼쳐져 있었다.

문제가 산처럼 쌓인 에르윈 가문의 정무 담당관으로서 마음고생이 쌓여 가는 격무의 나날이 계속되고 있다.

그 때문에 현실도피를 할 수 있을 것 같은 농촌 생활에 마음이 끌렸다.

하아~, 격무에서 빨리 해방되고 싶네……. 내정을 맡을 수 있는 인재는 어디 없느냐~!

이번 시찰로 찾아온 농촌은 밀레비스 군이 개인적으로 기록하던 납세액 대장에서 고른 곳으로, 에르윈 가문의 영지 중에서도 평균적인 납세액을 내고 있는 농촌을 골랐다.

그 농촌 안을 눈을 번쩍이며 돌아본 내 감상을 발표하도록 하겠습니다.

우선 최전선 영지에 있는 농촌치고는 무척 풍족한 농촌으로 보였다.

전쟁으로 황폐해진 기색도 없고, 마을에는 다양한 연령층의 주민이 균형 좋게 거주하는 것을 확인했기 때문이다.

이곳이 전란으로 황폐해진 농촌이었다면 마을에는 노인이나 여성, 아이만 남아 있었을 것이다.

남자가 농민군으로 전쟁에 차출되어 노동력이 격감하고, 농촌

전체가 황폐해져 간다는 기록을 신전 대도서관에서 읽었고, 알렉사 왕국의 농촌을 시찰했을 때 확인했다.

이 워스룬 세계는 기계화가 거의 이뤄지지 않았고 마법과 같은 초월적인 기술의 존재도 없어서 사람의 수가 곧 노동력이자 국력이며, 전력이었다.

시찰한 농촌의 인구를 기초로 보건대, 에르윈 가문의 영지는 힘의 원천인 사람이 풍부하게 있는 땅임을 확신할 수 있었다.

게다가 밭에서 나는 밀도 잘 여물고 있어서 이 땅이 농경에도 매우 적합한 땅임이 확인되었다.

출세하기 위한 힘을 쌓는 데는 최적의 땅. 이것이 내가 내린 이 영지에 대한 평가였다.

거기에 이번 농촌 시찰로 에르윈 가문 영지가 안고 있는 문제도 재확인할 수 있었다.

촌장이 지닌 힘이 너무 강한 것.

이건 에르윈 가문의 역대 당주가 내정 면에서 시종 무능했던 결과다.

내정에 관해 아무것도 하지 않는 영주 밑에서 자치 능력을 높인 촌장 일족의 힘이 상당히 강해지고 말았다.

단순한 마을 사람 대표에 지나지 않는 '촌장'이 어째서 강하냐고? 그건 징세 시스템의 영향이란 것을 설명토록 하겠다.

우선 지대와 인두세. 영지에서 발생하는 세수의 기둥이라고 말해도 좋을 이 두 세금의 징수를 농촌에서 담당하는 것이 현시점의 에르윈 가문에서는 촌장들이다.

촌장이 마을 농민한테서 지대와 인두세를 한꺼번에 모아 그것을 애슐리성 창고에 납부할 때까지가 촌장의 일인 것이다.

어째서 이렇게 되어 있는가 하면 에르윈 가문의 징세관이 하지 않았기 때문이다.

아니, 징세관이 하지 않았던 게 아니라 징세관이 존재하지 않았다고 하는 게 올바르다.

촌장들이 징세 업무를 떠맡는 것은 업무의 외부 위탁에 의한 작업 효율화라는 시점으로 보면 거의 100점에 가까운 시스템이다.

영주 입장에서는 농민 각자에게 징수하는 수고를 덜고, 세를 받기 위해 창고에 배치하는 인원도 감축할 수 있으며, 조세액을 촌장한테 통지하는 것만으로도 세금을 거둘 수 있는 좋은 시스템인 것이다.

그리고 도중에 만약 무슨 일이 있으면 징세 책임자인 촌장을 벌하고 다시 납세시킬 수 있다. 장점만 보면 무척 뛰어나지만…….

무능한 내정을 계속해 온 에르윈 가문에서는 장점을 완전히 없애 버릴 정도의 단점이 발생했다.

무척 뛰어난 촌장에게 외부에서 위탁하는 방식 징세 시스템의 단점 첫 번째.

촌장들이 부정을 마음껏 저지를 수 있다.

어째서냐고? 현재는 촌장들의 자기 신고형 징세 시스템이니까…….

좋아하는 무기와 방어구 관리 대장 이외에는 대장을 정비하지 않고 징세관조차 아직도 두지 않은 에르윈 가문에는 호적 대장도, 작물 상태 평가 대장, 조세 기초 대장도 존재하지 않는다.

현재 각종 장부 작성에 투입되어 격무 중인 밀레비스 군에게 들은 에르윈 가문의 현 상황은 이렇다.

매년 신년에 각 농촌의 촌장을 성에 오게 하여 귀인족 가신이 '너희 마을 말이야~. 올해 어느 정도 낼 수 있냐? 세세한 숫자는 됐으니까 대략적으로 알려달라고'라며 묻고, 각 촌장이 '저희는 이 정도겠군요. 아뇨, 힘듭니다, 힘들어요. 가끔은 좀 깎아 주십쇼~'라는 대화를 주고받으며 결정한다.

에르윈 가문은 각 농촌의 촌장이 말한 구두 조세액을 기초로 조세를 정하고 있는 것이다.

물론 전쟁 자금이 부족할 때는 임시 징수라는 이름으로 에르윈 가문이 세를 거두기에 촌장들은 그 분량도 내다봐서 반드시 실제보다 적은 양을 신고하게 되었다는 모양이다.

촌장들은 자기 마을의 각종 상황을 자세하게 파악하고 있다고 생각되지만, 세금은 누구든 적게 내고 싶은 건 어느 세계도 마찬가지라는 거다.

그리고 에르윈 가문은 납세에 사용할 도량형을 통일하지도 않았다.

농촌별로 각각 원하는 것을 사용하고 있는 것이다.

그렇다. 납세에 사용할 규격이 통일되어 있지 않은 것이다.

1kg으로 물납될 터인 물건이 A 마을에서는 900g이라거나, B 마을에서는 850g이거나 한다.

일본에서 생활했던 때는 도량형은 거의 통일되어 있었으니까 불편함을 느끼지 않았다.

하지만 에르윈 가문의 영지는 온스, 인치, 야드가 센티미터, 킬로그램, 리터와 함께 사용되고 있다. 혼란스럽지?

영내에서 도량형이 통일되어 있지 않기에 촌장들은 밀 납세를 가벼운 저울추 같은 것을 사용하여 속이고 있다.

촌장들이 규정량을 속여서 가지고 오지만, 담당자로 되어 있던 밀레비스 군에게는 권한이 없어서 촌장들이 신고한 양을 그대로 창고에 수납했었기에 괜히 더 파악이 불가능하다고 한탄하고 있었다.

촌장들은 속여서 남은 밀을 자기가 빼돌려 마을에서 판매하여 신나게 돈을 벌고 있다는 소문도 들었다.

징세에 사용하는 통일된 규격이 없다는 건 성가신 데다가 부정의 온상이 된다.

그래서 마리다의 권력을 써서 에르윈 가문이 공인한 저울추와 자, 용기 이외로 납세하는 것을 인정하지 않게 할 예정이다.

상거래와는 다르게 징세에 관해서는 올해부터라고 포고할 생각이기에 계량을 속이는 녀석은 없앨 수 있을 예정이다.

뭐, 촌장들이 화나서 날뛸지도 모르겠지만, 촌장에게 외부 위탁하는 방식으로 징세하는 시스템의 단점 중 하나는 사라진다.

다른 하나의 단점은 치안 유지 측면이다.

그전에 우선 상비군과 농민군의 차이를 설명하고 싶다.

에르윈 가문의 가신인 근육 뇌 귀인족은 매월 봉급을 지불하고 고용하는 상비군이다.

24시간 어디서든 싸우는 것을 전문으로 하는 전쟁 바보 집단.

다음은 농민군이다. 그들은 전쟁 바보인 상비군과는 다르게 평소에는 농업에 종사하는 농민들이다.

농한기나 비상시에 동원되어 보조 전력으로 이용되는 병사다.

이것이 상비군과 농민군의 차이.

여기서부터가 본제다. 치안 유지 측면에서의 단점 이야기다.

농민이 병사로 동원되었을 경우, 지휘관이 되어야 할 인재는 마을 대표자인 촌장 일족에서 선택하게 된다.

어째서 촌장 일족에서 선택하게 되냐고?

촌장 일족이라면 경제적으로 유복하고 교육도 받아서 식자율도 높다.

지휘관한테는 명령서를 읽는 능력도 요구되니까 글자를 읽을 수 있을 것이 가장 중요시된다.

지휘관 중 글자를 쓰지 못하는 사람은 있을 수 있다고 쳐도, 글자를 읽지 못하는 사람은 없다.

그리고, 기본적으로 촌장 일족 사람은 마을 내에서 일어나는 분쟁을 중재하기도 하기에 실력이 강한 사람이 많다.

그래서 글자를 읽을 수 있고 실력이 강한 사람이 있는 촌장 일족 사람이 선택된다.

그런 농민군의 지휘관인 촌장 일족의 힘이 너무 강해지면 매우 곤란해지게 된다.

어째서냐면 납세자가 그에 상응하는 무력을 가져 버리기 때문이다.

영주가 조금이라도 세율을 올리면 '인마! 우리 호주머니에서 뜯어갈 생각이냐! 그래, 함 뜨자! 덤벼 보라고!'라며 바로 반란이 일어날 가능성이 있다.

상비군이 적은 가난한 영주일 경우 촌장들의 반란에 '죄, 죄송합니다. 이 세금 없었던 거로 해도 괜찮습니다. 사과의 의미로 조세액을 낮출 테니 아무쪼록 원만히'라는 일이 발생한다.

그렇게 되어 버리면 영주의 권위는 점점 상실되고, 반대로 힘을 쌓은 촌장이 영주를 대신하는 경우도 있다.

소위 말하는 하극상이라는 것이 발생해 버린다.

그렇기에 에르윈 가문의 경우, 징세 부정으로 힘을 쌓은 영내 촌장들의 불만이 높아지면 영내 인구 다수를 차지하는 인족을 이끄는 그들에 의해 성문 앞에 우리 머리가 내걸릴 위험성이 있다.

이것이 촌장에게 외부 위탁하는 방식으로 징세하는 시스템의 치안 유지 측면에서의 단점.

참고로 에르윈 가문이 줄곧 내정 면에서 무능하고 전쟁 때마다 돈을 요구하는 터무니없는 영주인데도 촌장들이 반란을 일으키지 않은 것은 '저 근육 뇌 일족한테 반항하면 일가친척이 모조리 살해당할 거야'라며 겁을 먹고 위축되어 있기 때문이다.

압도적인 전투력 차이를 촌장들에게 보여주어 억지로 따르게 하고 있는 것이 현재의 에르윈 가문이었다.

지금으로서는 절묘한 밸런스로 촌장에게 위탁하는 징세 시스템은 성립되고 있지만, 이걸 이대로 방치하면 에르윈 가문의 힘이 약해졌을 때 내부에 적을 끌어안게 된다.

전쟁, 가문의 내분, 반란.

안에도 밖에도 주의를 기울여 두지 않으면 언제 뒤엎어질지 알수 없다.

전생해서 내정 치트로 무쌍이라고 말하고 싶지만, 현실은 견실하게 해나갈 수밖에 없다.

"하아, 문제가 산더미군……."

농촌 시찰을 끝내고 마차 안에서 녹초가 된 채 애슐리 성으로 귀환했다.

"어서 오세요. 이레나 님이 알베르트 님께 면회를 요청하여 집무실에서 기다리고 있습니다."

성으로 돌아가자 마중 나온 리셸이 이레나가 찾아왔다고 말해주었다.

"그녀를 마리다 님의 애인으로 추천할 건데, 리셸은 어떻게 느꼈어?"

"잡담을 조금 나눴습니다만, 유능함이 느껴지는 분이네요. 저와는 다르게 배움도 있고요. 게다가 마리다 님이 좋아하시는 몸매를 가지고 있습니다. 그리고 알베르트 님 취향의 외모네요."

"그래서, 리셸은 그녀와 잘해나갈 수 있을 것 같아?"

"네, 머리 회전이 빠른 분이고, 애인이 되는 자신의 입장을 이해하고 있습니다. 저와도 잘해나갈 수 있을 거라고 생각해요. 매수한 상회 운영도 그녀에게 맡기시겠습니까?"

"그래, 장래에는 다른 담당자한테 맡기겠지만, 지금은 그럴 생각이야."

내 전속 정보 조직의 위장막으로 쓰기 위해 마리다의 영내에서 상회를 찾고 있었는데, 조건에 맞는 마르제 상회라는 여러 가지 물건을 취급하는 잡화상을 매수했다.

그 마르제 상회를 위장막으로 써서 리셸이 이미 정보 수집을 시작했다.

에르윈 가문의 정무 담당자가 되었기에 아무리 그래도 알렉사 때처럼 상회를 운영하는 것까지는 내 손길이 미치지 못하기에 이레나에게 운영 권한을 위임할 생각이다.

"알겠습니다. 이레나 님을 신경 쓰고 있었던 마리다 님도 불러 두었으니 잠시 후 침실로 데려가 주십시오."

리셸이 요염한 미소를 띠고는 공손하게 머리를 숙였다.

"알았어. 우리가 갈 때까지는 마리다 님을 상대하고 있어 줘."

"알고 있습니다. 오늘 밤도 길어질 것 같네요."

"아아, 그러게."

리셸은 요염한 미소를 띤 채 여러 준비를 하기 위해 안쪽으로 사라졌다.

나는 그대로 이레나가 기다리는 집무실로 걸음을 옮겼다.

"기다리게 한 모양이라 미안합니다."

집무실에 있는 응접용 소파에 앉아 있던 이레나에게 말을 걸었다.

"저야말로 인수인계 때문에 성에 오는 게 늦어져 죄송합니다. 덕분에 모든 업무를 후임자들에게 인계할 수 있었어요."

"마리다 님의 애인이 되어 에르윈 가문을 위해 일할 각오는 하고 왔습니까? 지금이라면 아직 없었던 일로 할 수 있습니다만."

이레나에게 마지막으로 확인했다.

그녀는 이미 각오를 굳혔던 모양이라 말없이 고개를 끄덕였다.

"알겠어. 곧바로 말인데, 안쪽에서 마리다 님께 인사해 줘야겠어. 그리고 오늘 밤은 애인으로서 선배가 되는 리셸한테서도 여러 가지로 배우게 될 거야."

"네…… 열심히 하겠습니다."

나는 이레나의 손을 잡고는 집무실 안쪽에 있는 영주의 사적 침실로 그녀를 데리고 갔다.

"이레나, 잘 왔느니라! 내 애인이 된 이상, 이걸 입어야 한다!"

침실에 들어온 이레나에게 마리다가 끈에 불과한 속옷을 보여 줬다.

"그, 그런 속옷을 말인가요?!"

"그러하니라. 밤에 나와 할 때는 반드시 이걸 착용하는 것이 의무이니라!"

"이, 이걸 말인가요?"

"그러하니라. 나는 성에서 잘 때는 여인과 붙어서 자지 않으면 진정이 되질 않는다. 이것도 중요한 애인의 일이니라."

"아, 알겠습니다. 마리다 님께서 바라신다면 하겠습니다!"

이레나는 이미 각오를 굳히고 이 침실에 온 것이기에 야한 속옷에 놀라긴 했으나, 싫어하는 기색은 보이지 않았다.

"자, 바로 착용하거라. 리셸도 입고 있지 않으냐."

밤일을 할 생각이 가득한 리셀은 이전에 제도에서 산 그 야한 속옷을 이미 착용한 상태다.

"이레나 님, 실례하겠습니다."

"리셀 님, 무엇을?!"

이레나의 등 뒤로 돌아간 리셀이 전광석화 같은 속도로 옷을 벗겼다.

"자, 빨리 갈아입어 주십시오. 마리다 님의 애인이 된 이상 그 것이 밤일 복장이니 말이에요."

속옷 차림이 된 이레나의 손에는 마리다가 들고 있던 끈 속옷이 있었다.

"알겠습니다. 조금 기다려 주세요."

이레나가 입고 있던 속옷을 벗자 커다란 가슴이 넘쳐흘렀다.

"호오, 이건……."

"무척 훌륭하군."

"주무르는 맛이 있는 크기네요."

이레나는 우리의 시선을 받으며 끈 속옷으로 갈아입었다.

부끄러움을 필사적으로 숨기며 바들바들 떠는 모습이 이쪽을 흥분시켜 끓어오르게 한다.

"그럼, 내 옆에 눕도록. 부드럽게 해줄 테니 안심하거라. 그후후."

침대 위에 엎드려 누워 있던 마리다가 자기 옆에 오도록 손짓했다.

"이러한 일은 처음이기에 서투를지도 모르겠습니다만, 잘 지도해 주시기를 부탁드리겠습니다."

이레나는 마리다 옆에 눕고는 그 몸을 맡겼다.

"후오오오. 안는 느낌이 좋은 몸이구먼."

침대에 누운 이레나에게 곧바로 마리다가 몸을 밀착시켰다.

"마리다 님께 칭찬받아 기쁠 따름입니다."

"괜찮으니라, 괜찮으니라. 어디, 이쪽은 어떠려나."

마리다는 흐르는 듯한 자연스러움으로 이레나의 가슴을 주물렀다.

"마리다 님?!"

"나는 가슴도 좋아한다. 용서하거라, 용서하거라."

마리다의 마음대로 당하는 이레나는 하아, 하아, 하고 숨이 거칠어졌다.

"마리다 님, 오늘은 이레나 님이 있으니 저는 이쪽에서."

리셀이 이레나를 사이에 끼는 것처럼 반대편에 누웠다.

"그렇군. 내가 이레나를 마음껏 맛보기 위해 리셀은 그쪽에서 돕거라."

"저, 저기! 괜찮―― 흐응!"

반대편에 자리한 리셀의 손이 어느샌가 이레나의 하복부에 파고들어 있었다.

리셀도 손이 빠르다.

"이레나 님, 괜찮나요? 여기가 제법 젖어 버린 모양인데요?"

"아, 아니에요. 젖지 않았――."

"이건 곤란하군. 여긴 내 침대인데 말이지."

씨익, 하고 사악한 미소를 띤 마리다가 쭈뼛쭈뼛하는 이레나의

목덜미를 핥았다.

"햐웃! 마리다 님?!"

맹수 두 명에게 둘러싸인 불쌍한 이레나는 저항하지 못하고 있다.

"음? 여기가 발딱 섰는데 어찌 된 일이냐?"

"크흐웅! 거기는 안——!"

가슴 끝을 희롱당한 이레나가 미간을 찡그리며 눈을 감고 입술을 깨물었다.

"민감하구먼. 이건 즐길 수 있을 것 같구나. 그렇지 않으냐, 알베르트."

"그러네요. 소질은 충분히 있는 것 같습니다."

자, 슬슬 보고만 있는 건 질렸으니 나도 침대 위에 올라가도록 하자.

나는 옷을 벗고는 마리다와 이레나, 리셀이 뒤얽혀 있는 침대로 올라갔다.

"알베르트 님, 아, 아직 마리다 님과 리셀 님이——."

"이레나의 야한 얼굴을 보고 있었더니 참을 수 없어졌어."

"하으으응, 하지만, 아직 준비가——."

"아아, 괜찮아. 마리다와 리셀이 천천히 준비해 줄 거야. 이레나는 그저 몸을 맡기고 있기만 하면 돼. 나도 부드럽게 할 생각이고 말이지."

마리다와 리셀한테 희롱당해 거친 숨을 쉬고 있던 이레나의 얼굴이 빨갛게 물들었다.

"알베르트는 여인을 기쁘게 만드는 기술을 여럿 가지고 있느니

라. 이레나도 나처럼 극락에 갈 수 있는 거다. 구헤헤헤."

"그러네요. 게다가 알베르트 님은 무척 좋은 냄새가 난답니다. 그 냄새를 맡으면 불끈불끈해져서 참을 수 없게 돼요. 중독이네요. 그후후."

사악한 미소를 띤 두 사람이 이레나의 오므린 양다리를 벌렸다.

"부드럽게 부탁드립니다…… 처음이라서 무서워요."

"괜찮다. 내가 곁에 있느니라."

"저도 있으니까 괜찮아요. 알베르트 님을 받아들여 주세요."

두 사람 손에 다리가 벌려지고 가슴을 주물러진 이레나가 젖은 눈동자로 이쪽을 봤다.

"괜찮아, 나한테 맡겨 둬."

모든 것을 내게 맡긴 이레나는 눈을 감고는 말없이 고개를 끄덕였다.

그 뒤로는 풍만한 이레나의 몸을 셋이서 몇 번이나 마음껏 맛보고, 그녀는 처음인 행위 와중에 쾌락의 포로가 되고 열락(悅樂)에 빠져, 밤일 동료가 되었다.

이로써 밤일의 역학 관계는 나→리셀→마리다→이레나라는 도식이 되었다.

"알베르트, 이레나의 가슴은 나도 쓰는 것이니 소중히 다루거라. 일단 낮에는 그대에게 빌려주겠지만, 밤에는 나한테도 봉사해 줘야겠어."

"알고 있습니다. 그 대신 낮의 우선권은 저니까 말입니다."

"알겠느니라."

이레나를 꽉 끌어안고 가슴을 주무르는 마리다였지만, 밤일 중에는 마리다의 애인으로, 낮에는 내 비서로 내정 업무를 시킨다는 약속을 나누었다.

그녀는 상인 조합 조합장 라인베일의 딸로서 아버지를 돕고 있었던 덕분에 면회 스케줄 관리, 내빈 대응, 사무 작업, 서류 정리 등이 특기이며 그쪽 측면으로 나를 돕게 할 생각이다.

"알베르트 님의 일도 열심히 힘쓸 거고, 마리다 님한테 봉사하는 것도 힘쓰겠어요!"

피부가 윤기로 반짝반짝한 이레나가 매우 의욕이 넘치는 얼굴로 대답했다.

슈퍼 유능한 금발 미인 비서가 극적으로 탄생한 순간이다.

이걸로 내 의욕이 더더욱 늘어나 에르윈 가문의 내정력이 300배 정도는 뛰어올랐을 터.

원래가 제로에 가깝기에 300배를 곱해서 겨우 최소한의 내정치가 되는 정도지만!

"어머, 마리다 님. 저로는 불만인가요? 이레나 씨는 모두의 것이라고 이야기를 나눴을 텐데요."

리젤이 마리다의 뒤에서 안겨들어 가슴을 덥석 움켜쥐었다.

"크으으으읏. 내 가슴을 주무르지 말거라."

"그럼 이쪽으로."

리젤은 마리다 최대의 약점인 뿔 끝을 날름 핥았다.

"흐으으으으응! 리젤은 나한테 엄하다. 부드럽게 하란 말이다 아아앙!"

마리다가 입가에서 침을 흘리며 침대에 푹 가라앉았다.

아침의 침대는 여느 때보다 한층 더 소란스러웠지만, 나로서는 가슴과 가슴과 가슴에 둘러싸인 지극히 행복한 시간이다.

큰 건 좋은 것이다.

"마리다 님, 리셸의 비위도 맞춰 주지 않으면 또 밤에 괴롭힘당할 겁니다. 어젯밤에도 이레나 앞에서."

"키이이익. 말하지 말거라. 그건 불가항력이다. 그러한 치욕을 당할 거라고는 생각지 않았느니라! 알베르트, 이레나, 그 일은 잊는 거다! 알겠지!"

뭐, 그건 충격적이었고, 마리다가 너무 귀여워서 나도 지나치게 힘낸 느낌이 든다.

어젯밤의 일을 떠올렸는지 얼굴이 빨개진 마리다가 끌어안은 이레나한테 키스 폭풍을 퍼부었다.

"자, 그럼 다들 개운해졌을 테니까 오늘도 열심히 일하자고. 이레나, 오늘부터 비서로서 업무를 도와줘."

"알겠습니다. 곧바로 갈아입고 준비하겠습니다."

"마리다 님은 언제나처럼 '인장 찍기 단련'을 하고 있어 주십시오. 리셸, 부탁할게."

"알겠습니다. 마리다 님의 감시는 맡겨 주십시오."

"리셸, 그대는 내 시중을 드는 시녀라고. 어째서 알베르트——."

반항하는 낌새를 보인 마리다의 귀를 리셸이 날름 핥았다.

"한테아아앙!"

리셸이 기습적으로 귀를 핥아, 마리다가 절정에 달하여 가 버린 모양이다.

"자, 마리다 님. 준비하고 일하는 거예요!"

리셸이 절정에 달하여 가 버린 마리다를 침대에서 끌어냈다.

나도 이레나의 도움을 받아 몸단장을 하면서, 아침 식사를 끝내고 집무실로 향하기로 했다.

그 후로 눈 깜짝할 사이에 한 달이 지나, 성 아랫마을의 상인 조합에 의뢰한 영주 공인 저울추와 자, 용기는 놀랄 만한 속도로 직인들이 양산했고, 마리다의 포고에 따르는 형태로 내년부터 영내 상거래에는 공인 저울추와 자, 용기를 사용하는 것이 결정되었다.

상인들의 신뢰가 두터운 상인 조합 조합장 라인베일이 몸소 '에르윈 가문에 트집 잡히지 않기 위한 거래를 하고 싶다면 공인 표시가 새겨진 저울추와 자, 용기를 사서 그걸로 계량을'이라며 호소까지 해준 덕에 에르윈 가문의 흉포함을 아는 주민들은 공인 저울추와 자, 용기를 사용하도록 급속히 바꾸고 있다.

영내에서는 상정했던 것 이상의 속도로 전환이 진행될 것 같지만, 문제는 교역 상인들이다.

그들은 타국이나 타 영지에서 짐을 운반하여 오기에 좀처럼 공인 저울추와 자, 용기를 받아들이지 못하는 모양이다.

그쪽은 또 다른 대응을 취하는 형태로 생각하고 있다.

그래도 뭐, 이걸로 시급히 처리해야 하는 일은 해결했다.

나머지는 인재! 더욱 인재가 필요해! 어딘가에 유능한 녀석은 없느냐~!

　나는 눈앞의 서류를 덮고는 의자에 등을 기대고 크게 기지개를 켰다.

제6장 ♥ 내정단을 결성하고 영내를 개혁하자!

제국력 259년 진주월(眞珠月)(6월)

에르윈 가문의 새로운 가신을 채용합니다.

지원 조건, 건강하며 읽고 쓰기, 간단한 계산을 할 수 있는 15세 이상인 자.

업무 내용, 장부 기입 및 식량 관리, 징세 업무 등이 있음.

고용 조건, 월급 1만 엔. 휴가에 관해서는 상담 가능.

지원 자격을 만족하는 사람이라면 인종 불문. 일단 채용 시험 있습니다.

※단, 귀인족은 자격을 갖추지 못한 것으로 보아 지원 불가능!

이러한 지원 조건을 쓴 공고문을 영내에 내기로 했다.

이 공고문에 관해서는 조금 전까지 당주인 마리다에게 육체적 교섭술을 구사하여 격론에서 승리함으로써 허가를 받았다.

덕분에 허리가 조금 아팠기에, 새근새근 잠든 마리다 옆에서 이레나와 리셸이 내 허리를 주물러 주고 있었다.

"그건 그렇고 알베르트 님이 내거신 공고문을 보면, 귀인족 분은 가신으로 채용될 수 없다는 것일까요?"

허리를 주물러 주고 있는 두 사람의 부드러운 엉덩이를 손으로 마음껏 맛보며, 이레나의 물음에 대답했다.

"맞아. 문관에 절대로 맞지 않는 귀인족은 처음부터 지원 불가로 해 뒀어. 이건 차별이 아니라 구별. 에르윈 가문에 전투 종족을 문관에 채용할 정도의 여유는 없어."

"아, 그렇군요. 이번에는 에르윈 가문의 문관 가신을 모집하는 것이었죠. 귀인족 분은 전투에서는 비할 데 없는 강한 능력을 발휘하시지만, 관리나 운영은……."

이레나가 뭔가 말을 머뭇거리고 있지만, 근육 뇌들이 영지 운영을 못 하는 건 주지의 사실이기에 머뭇거릴 필요도 없다.

영지를 받은 당초부터 인족을 문관으로 채용해서 관리, 운영했다면 무능한 내정 실태나 촌장들의 조세 횡령 등은 발생하지 않았을 것이다.

"하지만 읽고 쓰기까지는 가능할 것 같은 사람은 꽤 있을 거라고 생각하는데, 계산은 할 수 있는 사람은 없을 것 같아요. 저도 못 하고요. 글자는 쓸 수 있도록 최근에 이레나 씨한테 배우고 있지만요."

허리를 주물러 주는 대신 나한테 엉덩이를 주물러지고 있는 리셸이 지원자가 적어지는 것 아닌가 하는 걱정을 입에 담았다.

"그러네. 그래서 봉급도 일반적인 상인 가문보다 높게 설정해 뒀어. 성 아랫마을은 교역 상인들이 오가고 있으니까 계산을 할 수 있는 녀석은 나름 있을 거야. 게다가 농촌을 관리하는 촌장 녀석들한테도 삼남 이하에 유망한 녀석이 있다면 성에서 근무시키라고 권유할 생각이니까 시험에는 나름 모일 거라고 생각해."

"촌장분들의 삼남 이하 말인가요. 아~, 알겠어요. 출셋길을 넌지시 비치면서 문관으로 부려 먹고, 그러는 김에 명색 좋은 인질로 삼을 생각이군요. 역시나 알베르트 님, 사람을 이용하는 극악한 방법이네요."

리셸이 타고난 예리한 통찰력을 발휘하여 내가 의도하는 바를 말했다.

알렉사에서 알게 된 리셸은 배운 건 그다지 없지만, 상상력만큼은 왕성한 모양이라 단편적인 정보만으로도 추측을 세우고, 그 추측이 상당히 정곡을 찌를 확률이 높다.

지금은 마리다의 시녀를 하며 내가 만든 정보 조직 관리도 맡고 있어서, 그쪽에서 올라오는 정보를 보고할 때 여러모로 재미있는 시점을 이쪽에 제공해 주고 있다.

그녀에게는 나와는 다른 시점에서 조언을 주는 참모 역할을 기대하고 있다.

"리셸, 그건 비밀스러운 이야기야. 여기서만 해 두도록. 이레나도 지금 한 이야기는 내밀하게 부탁해."

"네, 넵. 그러한 뒷사정도 포함하고 있는 공고문이군요."

"감이 좋은 리셸한테는 들키고 말았지만, 그런 거야. 이번 문관 모집 공고문은 아들의 출세를 미끼로 삼아 영내 불온 분자이기도 한 촌장들한테서 명색 좋은 인질을 모으려는 의도도 있어. 물론 유능한 녀석은 출셋길을 준비해 줄 생각이야. 단, 전투직은 귀인족들이 독점하고 있는 직역이니까 관리, 운영이라는 신규 직역에서의 출세지만 말이야."

"그렇군요……. 지금까지 전혀 없었던 부서라면 귀인족 분과 역할 다툼이 일어날 일도 없고 말이에요. 역시나 알베르트 님이

에요."

현재로서는 에르윈 가문에서의 문관은 나와 밀레비스, 이레나밖에 없다. 그 외에는 다들 싸움밖에 못 하는 전투 종족뿐인 것이다.

"자, 그럼 내일부터는 포고 준비라든가 촌장들과 미리 교섭해야 해서 바빠질 테니까 오늘은 이만 잘까."

"어머, 안 돼요. 마리다 님만 귀여워해 주시고, 저나 이레나 씨를 귀여워하지 않고 잠드시다니 용서할 수 없어요."

허리를 주무르고 있던 리셸이 내 귓가에서 졸랐다.

부드러운 가슴이 등에 닿았다.

"그렇게까지 말한다면 안 할 수도 없나. 허리도 편해졌고, 나의 육체 교섭술을 시험해 보겠어?"

"알베르트 님…… 저는 그런 건……. 앗! 알베르트 님?!"

"오늘도 밤은 길어질 것 같네요. 저는 그런 밤을 정말 좋아하지만요."

일단 조르는 것도 있고 하니 귀여운 아내의 애인 두 명에게도 육체적 교섭술을 발휘하여 만족시키기로 했다.

그리고 2주라는 시간이 흘러 오늘은 지원한 사람들의 채용 시험일이다.

영내의 15세 이상이며 읽고 쓰기, 계산을 할 수 있는 귀인족 외의 사람들이 80명 정도 지원하였다.

평균적인 봉급보다도 높은 금액을 제시하였기에 상인 가문에서 일하고 있던 사람도 나름대로 있었다.

그리고 내가 직접 촌장들을 만나고 다니며 권유했기에 촌장 일족의 삼남 이하 남자도 다수 지원했다.

영내 농촌은 비교적 유복한 곳이 많은 데다 영주한테 의지하지 않고 자치하고 있기에 자식 교육에 열정적이다.

글자 읽고 쓰기는 물론이고 계산도 배우고 일단은 무예의 소양도 있는 사람도 있었다.

다만, 무예는 진짜배기 전투 종족인 귀인족에 비하면 어린애 놀이 정도다.

그래도 성을 수비하는 것 정도는 가능할 것 같은 녀석도 드문드문 보인다.

삼남 이하로 한 건 차남까지는 촌장이 집안을 잇게 할 예비 인원으로 남기리라고 예상해서다.

삼남 이하가 되면 상당히 유복한 촌장 집안이 아닌 한 신규 개척촌을 받지 못하고 본가에 살면서 일생을 끝낼 가능성이 높다.

인질로서는 비교적 중요도는 낮다고 생각되지만, 에르윈 가문에서 출세했을 때는 자기 본가에 영향력을 행사할 수 있는 존재가 된다.

본가가 반란을 일으키면 자신의 직위를 잃게 되기에 억지력으로서 필사적으로 움직여 줄 터다.

그런 내 의도를 모르는 지원자들은 시험을 앞두고 긴장한 표정을 짓고 있었다.

그들이 이제부터 치르게 될 채용 시험은 이레나가 만든 읽고 쓰기 계산 테스트다.

80점 이상이면 합격.

시험에 합격한 사람을 내가 면접을 보는 것으로 해 뒀다.

지금은 교육을 하고 있을 여유가 없기에 즉시 전력이 필요하다.

각종 장부를 작성하기 위해 격무 중인 밀레비스가 애원해 왔기 때문이다.

여하튼 글자를 읽을 수 있고 쓸 수 있으며, 계산을 할 수 있는 녀석을 보내 달라고 울다시피 애원하고 있는 것이다.

밀레비스가 나가떨어지면 곤란하기에 최근에는 나와 이레나도 통상 업무 후에 그의 일을 돕고 있다.

나로서도 모처럼 귀족의 남편이 되었으니 아내와 아내의 애인과 농탕질할 수 있는 시간을 갖고 싶다. 그러니 가능하면 잔업 따위 하고 싶지 않다.

그런 마음이 넘쳐흐르고 있었기에, 나중에 면접을 본 사람에게 물었더니 눈에서 이상한 빛을 발하고 있어서 무서웠다는 말을 들었다.

으음, 그럴 생각은 없었는데 무서워하게 만든 거라면 미안했다.

그것도 이것도 전부 에르윈 가문의 역대 당주들이 무능하게 내정을 계속해 온 것이 나쁜 거다!

내 무의식적인 압박 면접을 보고 채용이 정해진 사람은 50명. 전원이 내정 수치가 50 이상인 인족이었다.

새롭게 고용한 인족 문관들은 50명으로 적지만, 의욕이 높은 정예들이었다.

인건비는 새롭게 늘어나게 되지만, 에르윈 가문의 발전에는 필요한 투자이니 돈을 아낄 부분이 아니다.

소중한 자금을 투입해서 고용한 문관 50명에게 밀레비스가 정식 장부를 완성하는 데 반년 걸린다며 애원한 성 아랫마을 호적 조사와 점포를 지닌 상인 가문의 매출 기초 대장 정비를 맡겨 봤다.

일을 맡은 상인 가문의 전 고용인들이나 촌장 일족 출신 문관들이 출세를 미끼로 내건 데 굉장한 반응을 보였고, 엄청난 의욕을 발휘하여 불과 한 달 정도 만에 완성되었다.

아아, 진짜로 우수해. 장부도 지시한 서식으로 제대로 쓰여 있다.

실로 읽기 편하고 파악하기 쉽다.

문관들의 필사적인 노력으로 완성한 성 아랫마을의 호적 조사 결과에 의하면 애슐리성의 성 아랫마을 인구는 5,236명.

가볍게 조사했을 뿐이지만 성 아랫마을의 인구가 5천 명 이상인 영지라고 하면 에란시아 제국에서는 백작가 클래스 귀족이 영유하는 토지다.

당주 마리다가 마왕 폐하로부터 수여받은 것은 제국 귀족의 작위로 밑에서 두 번째인 '여남작'에 불과하다.

하급 귀족에 불과한 에르윈 가문에 동서남북의 주요 가도가 교차하는 입지가 좋은 장소이면서 농업에 최적인 땅과 베저강 지류에서 얻을 수 있는 풍부한 물, 그리고 인구도 많은 작위에 걸맞지 않은 토지가 에란시아 제국으로부터 영지로 주어진 것임을 재확인할 수 있었다.

많은 인구는 많은 세수로 직결되기에, 에르윈 가문이 무능한 내정을 계속해 왔어도 파탄에 이르지 않았던 건 풍족한 영지에서 나오는 세수 덕분이라는 생각이 다시금 들었다.

문관들의 분투로 성 아랫마을의 인구를 파악할 수 있었기에 창고에 들어 있는 현재의 비축 식량으로 성 아랫마을의 모든 주민이 농성할 수 있는 일수도 산출해 뒀다.

결과, 농성할 수 있는 최대 일수는 50일.

이건 성 아랫마을의 모든 주민이 성에 틀어박혀 1일 2식 배급을 상정했을 때의 일수다.

주민을 수용하지 않고 에르윈 가문의 가신들만으로 틀어박히면 수년은 여유롭다.

마굴로 변한 창고를 대정리하긴 했어도, 비축 식량은 아직 상당히 쌓여 있었던 모양이다.

뭐, 쌓인 이유는 마리다의 약혼자 반죽임 사건의 여파로 에르윈 가문이 요 2년간 전쟁에 일절 참여하지 못했던 것이 주된 이유였다.

알렉사 왕국과의 대규모 전쟁이 일어나면 곧바로 대군에 포위당할 가능성도 있다.

그렇기에 비축 식량은 가급적 있는 편이 좋다. 단지, 조리 담당자가 열심히 만든 보존용 식량이 썩을 정도로 많이 필요하지는 않지만.

게다가 슬슬 올해 밀이 여물 시기다.

올해부터는 밀레비스와 이레나가 확실하게 창고 관리도 해줄 터이기에 마굴로 변하는 건 피할 수 있을 터다.

창고 재고 관리는 정상적으로 되었지만, 정확한 세수액은 농촌에서 수확하는 곡물량이 일절 불명이어서 아직 완벽하게 파악하지 못하고 있다.

앞으로는 각 농촌의 인구수와 곡물 수확량 파악이 최우선 과제인가.

문관들도 늘어났으니 논밭을 측량해서 수확량을 파악할까…… 사욕을 채우고 있는 촌장들이 싫어하겠지만.

참고로 현재 에르윈 가문이 징수하고 있는 세를 대략 소개하자면.

·지대……농민이 경작하는 농지에 부과된 세. 곡물로 징수되는 세.

·인두세……주민 전원에게서 징수되는 세.

·입시세……성 아랫마을에 들어가기 위한 세.

·시설 이용세……수차 제분기, 빵을 굽는 가마, 포도 압착기 등의 시설을 이용할 때 징수되는 세.

·상속세……자식이 부모의 토지나 재산을 승계할 때 발생하는 세.

·토지 매매세……농민이 토지를 타인에게 매매할 때 발생하는 세.

·부역(賦役) 면제세……영주가 부과하는 부역을 면제받기 위한 세.

·매상세……상인의 매상에 부과되는 세.

·생활 필수품세……소금·장작 등의 필수품에 부과되는 세.

뭐, 이렇게 9종류 정도의 세가 징수되고 있다.

농촌의 지대와 인두세만큼은 생산물에 의한 공납.

그 외에는 금전으로 내게 되어 있다.

새로운 세를 거두거나 세율 변경은 영주가 독자적으로 설정할 수 있지만, 세를 지나치게 부과하여 격노한 민중이 '영주, 쳐죽인 다!'라며 봉기했다간 곤란하기에 돈이 필요하다고 해서 세율을 팍팍 올릴 수는 없다.

에르윈 가문의 압도적인 전투력으로 일단 영내 평화가 유지되고 있지만, 이 세상은 무슨 일이 일어날지 알 수 없기에 가급적 안전 제일로 가고 싶다.

참고로 그 근육 뇌 일족은 아침부터 '훈련이다――!'라며 떠들고 있었기에 교외에서 야생동물 사냥을 시키고 있다.

전투밖에 할 수 없는 그들이 먹을 식량은 자기들이 벌게 시키기로 했다.

그들이 매일 하고 싶어 하는 훈련에 드는 경비도 공짜가 아니기에 수렵으로 사냥한 동물의 고기나 가죽으로 돈을 벌게 시킨 것이다.

만약 수렵 성과 제로로 돌아오면 3일간 훈련 금지가 확정되니까 조금은 머리를 써주겠지.

전투 무쌍인 영주도 무능한 내정이 계속되어 영지 경영이 흔들려 버리면 자신이 지닌 전투력을 발휘할 수 없다.

그러니까, 내정 중요. 그 중요한 내정을 하기 위한 돈은 영지에서 거둬지는 세수가 기본이다.

내가 보기로 애슐리령은 세수가 더 늘어날 수 있는 영지라고 생각한다.

세수가 늘어나면 운용할 수 있는 병사도 늘어난다.

병사가 늘어나면 무공을 세워 새로운 영지를 얻을 가능성도 오른다.

전투에 관해서는 당주 마리다를 필두로 일기당천의 전투 민족인 귀인족이 떠맡아 준다.

나는 그들이 최대의 전과를 올릴 수 있도록 군사로서 내정·외교·모략으로 공헌해 나갈 생각이다.

그리고 아내인 마리다를 출세시켜, 대귀족이 되어 아내와 아내의 애인들과 농탕질하며 느긋한 하렘 생활을 만끽하는 것이다.

그걸 위해서도 오늘도 부지런히 땀을 흘리며 장부와 씨름한다.

"알베르트 님, 조금 휴식하시는 건 어떤가요. 아침부터 너무 몰두해서 일하고 계세요."

옆에서 서류를 정리하고 있던 이레나가 이쪽에 몸을 기대 왔다.

숨을 돌릴 휴식인가. 확실히 오늘은 열심히 하고 있는 느낌이 든다. 조금 한숨 돌릴까.

"아아, 그러자. 뭉친 데를 좀 주물러 주면 고맙겠는데."

"알겠습니다. 이쪽이 무척 뭉쳐 있습니다만―― 무척, 딱딱해요."

"응, 부탁해."

그 뒤 나는 이레나와의 휴식 타임을 즐기기로 했다.

제국력 259년 홍옥월(紅玉月)(7월)

자 그럼, 일이 여러모로 진척되기 시작했으니 집무실에 가서 일을 하자.

오늘도 힘내겠어.

하지만 그 쾌청한 기분도 오후가 되자 밑바닥으로 가라앉았다.

힘내서 일하자든가, 잠꼬대를 지껄였던 아침의 나를 힘껏 후려 갈기고 싶은 기분이다.

집무실 창문으로 안뜰이 보였다. 그곳에서는 밭에서 여문 밀 수확이 끝나고 각 농촌에서 납세한 밀이나 각종 농작물을 실은 짐마차가 창고를 향해 줄을 만들고 있었다.

지금은 7월이다. 그렇다. 주민한테서 식량이 물납되는 병참 수입의 계절이다.

시뮬레이션 게임에서는 멋대로 수치상의 병참이 늘어나 '이제 야 전쟁을 할 수 있겠군. 핫하──'가 되는 계절.

우리 쪽에서는 농촌의 지대와 인두세는 금전 납세를 인정하지 않고, 밀이나 보리, 그 밖의 여러 식량으로 물납하는 것만 인정되고 있다.

다른 세금은 사용할 때마다 징수되거나, 금전 납세가 가능하다.

농촌의 지대와 인두세를 식량으로 납세하는 것을 고집하는 데 에는 농성이나 전쟁 때 사용할 식량을 보충한다는 이유도 있기 때문이다.

그래서 지금은 정무 담당관인 나와 문관들이 1년 중 두 번째로 바쁜 시기였다.

집무실에 있는 내게 문관들이 뛰어 들어왔다.

"알베르트 님! 큰일입니다! 세금을 납부하러 온 촌장들한테서 또 불만의 목소리가 나오고 있습니다. 계량 결과에 납득이 가지 않는다면서 책임자를 데리고 오라며 씩씩거리고 있습니다."

올해 징수부터 납세분 식량을 내가 에르윈 가문 공인으로 유통한 저울추과 용기를 이용하여 이쪽 담당자가 계량하기로 했다.

세 징수 방법 변경에 대해서는 철저하게 주지시키는 것을 계획하고 있었지만, 역시나 이 세계에도 클레임은 존재한다.

내 의욕이 감퇴한 이유는 아침부터 그런 사람들에 대한 대응이 계속되고 있었기 때문이다.

"알았다, 곧바로 가지. 공인 천칭 저울추와 용기를 이용해서 우리 담당자가 계량한 것만을 인정한다고 단언하고 있으니까 말이지. 지금까지는 자기 신고로 적당히 할 수 있었던 게 거부당한 거니까 화내고 싶어지기도 하겠지."

아직 작물 현황 대장 등의 정비가 진행되지 않았기에 각 농촌의 납세액은 촌장의 자기 신고에 기초한 징수량을 할당했다.

하지만 마리다의 포고로 이루어진 계량 시 도량형 통일과 에르윈 가문의 담당자에 의한 계량으로, 올해 징수에서는 촌장들이 빼돌리고 있던 분량이 폭로된다.

빼돌린 분량은 상당한 양이 될 터다.

우리가 계량해서 부족한 분량은 후일 지참하게 시켰다.

징수 방법을 변경함으로써 판명될 부정한 횡령을 추궁하면 농촌의 유력자인 촌장들이 이반(離反)하여 우리한테 덤벼들 가능성도 생겨난다.

그렇기에 징수할 때는 촌장들을 채찍질하면서, 그들에게 당근도 주는 것을 잊지 않도록 하고 있었다.

안뜰에 모여 있던 촌장들이 이쪽의 모습을 발견하자 달려왔다.

"알베르트 공! 이번 징수는 납득이 가지 않네! 우리는 제대로 계량해 온 것을 납부하러 온 것일세. 그걸 그쪽이 다시 계량한 것밖에 받지 않는다니, 대체 어떻게 된 것인가!"

고령의 촌장이 내 멱살을 잡을 듯한 기세로 따지면서 대들었다.

"물러나시오! 알베르트 님의 말씀이 있을 것이오!"

창고 앞에서 계량 감독관을 하고 있던 밀레비스가 내게 덤벼들려 했던 촌장을 도로 밀어냈다.

"미안합니다, 정말로 미안합니다. 당신들을 신용하지 않는 건 아닙니다. 단지 말이죠, 당주인 마리다 님은 '내가 포고한 공인 저울추와 용기로 계량하지 않은 것은 납세를 인정하지 않는다. 키이이익!'이라고 포고를 내리셨습니다. 저는 몇 번이나 촌장들이 하는 일을 신용해 달라고 말했습니다만……. 그 왜, 당주 마리다 님은 그 성격이시니……."

따지며 대들었던 촌장의 얼굴이 '아아, 그러고 보니 근육 뇌였지'라는 표정이 되어 낯빛이 창백해졌다.

반항하면 일족 전부가 몰살당할지도 모른다고 인지된 모양이다.

실제로는 그런 짓은 정무 담당관인 내가 시키지 않겠지만 말이지.

"우리도 영주님 일족의 성격은 이해하고 있네. 하지만 이래서는 우리가 촌장을 하는 의미가 있는 건가! 에르윈 가문이 지금까지 줄곧 징세 업무를 포기해 왔던 탓에 우리가 고생해서 만든 방법을 당주님의 변덕으로 그만두라는 말을 듣고 '예, 그렇습니까. 알겠습니다'라는 걸로 참고 넘길 수는 없다네!"

아아, 이해해. 그 마음. 무능한 내정을 펼친 영주 일족 대신에 너희들이 힘써 준 건 아플 정도로 공감할 수 있어!

너희들 촌장은 마을 사람들한테서의 귀찮은 징수 업무를 솔선해서 받아들이고 있는 데다, 전시에는 농민군 지휘관이 될 중요한 인재.

하지만 불만을 품게 한 채로 있으면 타국과 내통해서 에르윈 가문에 칼날을 겨누고 반항할지도 모르는 인재이기도 하다.

그러니 그들이 불만을 품기 전에 이번 채찍에 대한 당근을 준다.

"이해합니다. 촌장 업무에 따르는 이득이 있기에 그 귀찮은 일을 해주셨다는 것을 저는 알고 있습니다. 그러니 촌장 여러분께는 새로운 특권을 준다는 것으로 이야기를 해놨습니다. 상속세 면제입니다. 여러분이 노력해서 모은 돈을 자식에게 물려주고 싶다는 건 부모로서 당연한 마음입니다. 그러니 징수 업무를 대행해 주는 여러분들한테서 자식에게 상속하는 재산에는 과세하지 않겠다는 약속을 받아내었습니다. 이 특권으로 어떻게든 징수 건은 납득해 주실 수 없겠습니까."

"상속세 면제……."

에르윈 가문의 세제(稅制)에서는 자식이 부모의 재산을 이어받을 때 상속하는 재산의 3할을 화폐로 제출하지 않으면 토지나 자산 상속을 인정하지 않고 있었다.

뭐, 그렇긴 하지만 제대로 된 장부를 만들지 않은 에르윈 가문에서는 대가 바뀐 촌장 집안에 가신을 파견해서 적당한 금액을 뜯어내서 상속세로 삼고 있을 뿐이었다.

꾸준히 모은 돈을 자식에게 남겨주려 하면, 죽었을 때 자동으로 에르윈 가문에 뜯기는 것이다.

머리가 좋고 돈에 여유가 있는 촌장은 자기가 죽기 전까지 자식에게 새로운 농촌을 개척시켜 촌장에 앉힘으로써 자기 유산을 먼저 이어받게 해두는 것이 상속에 관한 지금의 유행이라는 듯하다.

물론 새로운 농촌 개척 비용은 부모가 부담하게 된다.

그렇게 자식에게 농촌 개척을 시켜 에르윈 가문의 상속세 대책으로 삼는 녀석도 있었다.

하지만 신규 농촌 개발은 어지간히 유복하지 않은 한 힘든 것이 현실이다.

그래서 많은 촌장은 돈을 뜯으러 온 귀인족에게 상속세를 내고 대물림하고 있다.

이번에 주는 당근은 에르윈 가문에 의한 공갈 행위라고도 할 수 있는 상속세를 면제하겠다는 이야기다.

촌장들이 세를 빼돌려서 재산을 축적하는 건 자식에게 조금이라도 많은 재산을 남겨주고 싶은 마음이 태반이기에, 상속세 면제는 그들의 마음을 크게 흔들었다.

"알베르트 공…… 그건 정말인가?"

"예, 이곳에 마리다 님의 친필 허가장도 있습니다. 공인된 계량기구로 계량하는 것에 응한 '촌장'에게만 특권을 주겠다고 말이죠."

"오오! 친필 허가장이라니!"

상속세 면제 이야기는 촌장들에게 충격으로 받아들여진 모양이다.

촌장들이 착복하는 세액과 상속세로 에르윈 가문에 들어오는 금액을 비교해서 계산하면 압도적으로 착복하는 세액 쪽이 많다고 생각되기에 이 당근으로 납득해 준다면 고마운 일이다.

안뜰에 모여 있던 촌장들이 머리를 맞대고 받아들일지 어떨지 상담하고 있다.

의논은 끝난 모양이라 대표자가 내 앞에 왔다.

"알겠습니다. 이제부터 공인된 저울추와 용기로 계량하는 것을 받아들이겠습니다. 그러니 아무쪼록 상속세 면제 건은 잘 부탁드립니다."

"이야~, 감사합니다. 협력해 주셔서 살았습니다. 아, 그렇지. 뭔가 곤란한 일이 있으면 제게 상담해 주십시오. 여러 가지로 편의는 봐 드리도록 하겠습니다. 이쪽도 여러 가지로 부탁드리고 싶고, 여러분들이 에르윈 가문의 영지 운영에 더욱 참여할 수 있도록 당주님께 요청해 나가겠으니 말입니다."

대표 촌장의 어깨를 툭툭 두드렸다.

이번에 클레임을 제기한 촌장도 이쪽이 준 당근으로 납득해 준 모양이다.

유력자들을 회유해 두면 여러 가지로 편해지기에 은혜를 입히는 스타일로 간다.

그리고 여담이지만 촌장들에게 맡기고 있었던 계량을 우리가 한다고 해서 수고가 늘어나는 것도 아니다.

이쪽 문관들은 우수하고, 성에는 쓸데없이 나뒹굴고 있는 근육도 있으니까 말이지.

전쟁이 없어서 훈련, 훈련이라며 시끄러운 귀인족들한테 '육체 단련이 돼'라고 꼬드겼더니 자주적으로 창고에 반입하는 것을 도와주었다. 자주적으로 말이야. 자주적. 공짜 잔업이라고 말했던 사람, 그런 게 아니니까 말이야.

업무 시간 내에 놀고 있는 근육을 효율적으로 이용한 것뿐이다. 거기는 틀려서는 안 된다.

'사려 깊게, 만사를 생각하며 행동합니다'를 철저히 하며 효율적인 업무 수행에 의한 노동 시간 저감을 추진해 나갈 생각이다.

우리는 중요한 자산인 가신의 의욕을 착취하는 블랙 기업이 아니다.

주식회사 에르윈은 인재를 소중히 사용하는 화이트 기업을 지향하고 있다고.

그런 생각을 하면서, 촌장들과 헤어지고 밀레비스와 함께 창고에 가니 이레나도 열심히 계량을 돕고 있었다.

"이레나, 계량 쪽은 어때?"

"네. 계량에 관한 혼란도 몇몇 보입니다만, 창고에 넣을 때는 귀인족 분이 분발해서 하시고, 납세 최종 체크와 장부 기입은 저희가 하고 있으니 안심해 주세요."

처음으로 시행하는 영주 측 계량 세납 제도가 잘 진전되고 있는 건 올해 채용한 문관들에게 사전에 장부 작성 방법이나 병참 관리를 가르쳐 둔 덕분이었다.

그중에서도 이레나는 이해력이 발군으로 높고, 상인 집안의 딸이라 사람 응대가 뛰어나며, 내 상대까지 해내는 만능선수다.

공적이 뛰어난 이레나는 올해 승진 심사를 통해 종자에서 나와 밀레비스와 같은 종자장으로 승진시킬 생각이다.

문관으로 채용한 사람들의 승진 심사는 내게 일임되어 있다.

신설된 문관은 현시점에서는 종자장까지밖에 올라갈 수 없지만, 그쪽도 직역 제도를 개편할 생각이다.

그리하면 에르윈 가문의 가신으로서 문관이 출세하는 코스도 머잖아 생겨날 터다.

"순조로워 보여서 다행이야."

"재고 관리 쪽은 이미 오래된 것을 알베르트 님께서 정리하셨고, 밀레비스 공이 대장을 정리해 주고 있어서 순조롭게 정리되고 있습니다."

"그런가. 그러면 창고 재고 관리 대장 기입이 끝난 장부는 집무실로 가져다줘. 나중에 내가 확인하겠어."

"알겠습니다. 나중에 가져다드리겠습니다."

근육 뇌들이 올해도 장부를 작성하지 않고 징수했다면, 빚도 있어서 또 농촌에서 임시 징수를 해야 하는 나날이었을지도 모른다.

"그건 그렇고 작년의 마굴과는 일선을 달리하는 정리된 창고에는 감격이군요. 이걸로 제작 중인 각종 대장이 갖춰지면 제대로 된 징세를 할 준비가 될 겁니다."

조세 기초 대장의 기초가 될 자료를 제작하는 중인 밀레비스가 깔끔하게 정리, 정돈된 창고 안을 보며 감격했다.

"하나씩 해결해 나가면 분명 에르윈 가문의 세 수입은 더욱 윤택해질 거다. 그걸 위해서는 밀레비스한테도 이레나한테도 또 무리한 말을 할지도 모르겠지만 부탁해. 그리고 문관은 또 가까운 시일 내에 보충할 생각이니까 그 신인들 교육도 부탁해."

"예. 알베르트 님이 상사라면 한층 더 출세하는 것도 가능하리라 생각되니 노력하겠습니다!"

"저도 알베르트 님을 위해, 마리다 님을 위해 제 능력을 최대한으로 쓸 생각이에요."

서서히나마, 근육 뇌들이 힘을 지니고 있던 에르윈 가문에도 새롭게 내정단이 형성되고 있다.

이 내정단 정비는 에르윈 가문이 더욱 높은 작위를 목표로 하기 위해 필요한 조치다.

귀인족만이 아니라 영지 안팎에 사는 인재도 적극적으로 포섭하여 가문을 크게 만들 생각이다.

'인재(人材)'는 '인재(人財)'라는 말도 있고, 다종다양한 능력을 가진 사람을 갖춰 두면 무언가에는 도움이 된다.

이리하여 에르윈 가문이 처음으로 실시한 계량 징수 작업도 월말까지 걸렸지만, 큰 혼란을 일으키는 일 없이 완료했다.

참고로 촌장들이 계량에 손을 대서 빼돌렸던 양은 납입 예정량의 3할을 넘었다.

제법 빼돌리고 있을 거라고는 생각했지만, 실태를 나타내는 숫자가 나오고 나서 머리를 감싸 쥐었다.

상속세를 면제하는 것을 미끼 삼아 에르윈 가문이 징수하는 식량을 철저히 계량하였기에 내년부터는 빼돌리는 건 불가능해졌지만……

올해만 특별히 그런 것도 아닌 모양이기에 지금까지도 같은 비율로 빼돌리고 있었던 거라고 생각된다.

촌장들이 횡령한 양을 보고, 에르윈 가문이 임시 징수를 해도 태연한 얼굴로 응했던 이유가 납득이 갔다.

에르윈 가문이 실시하는 엉성한 임시 징수를 연 2회까지라면 빼돌렸던 양으로 보충할 수 있었기 때문이다.

징세에 관해서는 상당히 얕보고 있었다.

하지만 이제부터는 그런 부정은 하게 두지 않을 거고, 물론 근육 뇌들한테 임시 징수도 시키지 않을 거다.

내가 확실하게 징수하고 예산 계획을 세워, 과부족 따위 발생시키지 않을 생각이다.

농촌에서의 병참 징수라는 큰일을 끝낸 해방감으로, 아내와 아내의 애인한테 격렬하게 힘냈다. 주로 내 허리가. 덕분에 사흘 정도 지팡이를 짚는 생활이었지만.

제국력 259년 감람석월(橄欖石月)(8월)

병참 징수도 촌장들의 협력으로 무사히 끝났지만, 조세에 관한 문제는 아직 남아 있었다.

'조세 기초 대장'의 작성! 이것이 시급히 완료해야 할 안건으로 급부상하고 있는 것이다.

어느 마을에 어느 정도의 마을 사람과 농지가 있고, 거기서 나오는 농작물 수확량은 어느 정도인지를 정리한 대장.

이것이 있으면 호랑이한테 날개? 아니, 근육 뇌한테 프로틴이라고 할 정도로 내정 무쌍이 가능하다.

'조세 기초 대장'이 있으면 도량형 통일로써 촌장들의 횡령을 일소시킨 것 이상의 세수가 더 추가될 터다.

다만, 촌장들이 적당히 자기 신고한 조세액과 이쪽이 각종 조사를 정확하게 해서 확정시킨 조세액에 큰 차이가 나면 '네 녀석들, 징세를 맡겨 뒀더니 수량을 속이고 있었던 거냐!'라며 분노한 근육 뇌들의 칼날이 촌장한테 휘둘러질 가능성도 있다.

하지만 나는 촌장들을 지키는 쪽에 서겠다. 왜냐면 촌장들은 중요한 징세 현장 지휘관이기 때문이다.

그러나 촌장들도 오냐오냐해주기만 하면 기어오르는 원인이 된다.

그러니 기본 방침은 채찍을 휘두르면서, 마지막에는 맛있는 당근을 확실하게 제시할 생각이다.

그런고로, 이번에는 전 당주였던 브레스트한테 악역을 부탁하고 내가 회유하는 역할에 서서 촌장들이 지닌 자기 마을에 관한 각종 자료를 흔쾌히 제출하게 만듦으로써 '조세 기초 대장'을 완성하기로 했다.

그런 생각을 하고 있자, 귀찮아하는 듯한 표정의 브레스트가 집무실에 얼굴을 내비쳤다.

"알베르트. 나는 바쁘다고. 이제부터 훈련 예정이 있어서 말이지."

"호오, 필두 장로인 브레스트 경은 에르윈 가문의 장래는 어떻게 되든 상관없다고 말씀하시는 겁니까?"

"으윽! 그런 말은 안 했잖냐. 기껏해야 농촌 시찰에 내가 동행할 필요도 없을 거라고 생각한다만……."

"호오, 호오. 전 당주이면서도 징세에 관한 장부도 작성하지 않고, 조세액을 스스로 신고하게 시켜 촌장들한테 계량을 맡기고, 창고나 금고에 멋대로 출입시키고는 그거면 됐어, 됐어, 하고 끝냈던 장본인이 그런 말씀을 하는 겁니까."

"하지만 그건 선조 대대로 그 방법으로……. 형님이나 마리다가 당주일 때도……."

역대 당주의 무능한 내정을 이어받았을 뿐이라고 변명하는 브레스트의 얼굴에 자료를 들이밀었다.

"조용히 하십시오! 이 알베르트가 정무 담당관이 된 이상 빈틈없이 관리시키겠습니다! 그걸 위한 첫걸음을 대단치 않은 일이라고 말씀하시는 겁니까!"

"크으윽. 그렇게는 말하지 않았다."

떫은 표정을 지은 브레스트가 맥없이 어깨를 떨궜다.

"그럼 확실하게 도와주시길 부탁드립니다."

"어쩔 수 없지. 다들, 가자!"

나와 브레스트는 촌장에게 각종 자료 제출을 요구하는 교섭을 하기 위해 가신을 이끌고 농촌으로 향했다.

미안하다. 내 생각이 물렀다.

나는 근육 뇌들의 난폭함을 잘못 가늠했던 모양이다.

"자식들아아아아! 이 마을 대표자 나오라고 해라아아아! 물어 볼 게 좀 있다! 얼른 안 쳐 나오냐!"

이 근육 뇌 장로를 선봉으로 농촌에 돌입시킨 것을 후회했다.

완전히 ㅇ쿠자가 상납금을 내지 않은 음식점에 호통을 치며 들어가 눌러앉는 그거다. 그거.

어이쿠, 마을 사람들이 겁먹고 집 안으로 도망쳤다.

아닙니다. 그런 게 아니에요. 평화적인 교섭을 하러 온 것뿐──.

무슨 일이 일어난 건가 하고 촌장이 달려왔다.

"브, 브레스트 님! 이건 무슨 일입니까? 저희 마을에 무슨 볼일이? 올해 조세는 이미 할당된 양을 확실하게 납부했습니다."

'선혈귀' 마리다와 같은 정도의 무력을 지닌 '홍창귀' 브레스트의 약속 없는 돌격 방문에 촌장의 얼굴이 새파래졌다.

"아아앙? 내가 마을을 순시하면 곤란하냐?"

"수, 순시입니까? 브레스트 님이?"

"그렇다! 나쁘냐!"

"당치도 않습니다!"

브레스트의 기백에 압도당한 촌장은 파래진 얼굴로 파들파들 떨면서 대답했다.

"그리고 하나 더 볼일이 생각났다. 들은 이야기로는 이 마을은 농작물이 잔뜩 수확된다더군. 지금부터 이 마을에서 임시 징수를 하기로 했다. 설마 저항 따위 하지 않겠지? 아니, 해도 괜찮다고. 인마아아아아! 덤벼 봐라!"

마치 도적 두목 같은 말투로 약탈이라도 시작할 것 같은 기세인 브레스트를 보고, 촌장은 허릿심이 빠져 지면에 주저앉았다.

"히, 히이익. 그런 생각은 하고 있지 않습니다. 곧바로 공납품을 준비하겠사오니 모쪼록 목숨만큼은 살려주시기를……. 히이이익."

난폭하다. 너무 난폭해. 수법이 너무 난폭하다고. 브레스트.

덕분에 촌장 오줌 지리고 있으니까.

근육 뇌를 너무 무르게 본 결과. 공갈 정도로 끝나려나 싶었더니 약탈 레벨에 도달했다.

진짜, 이래서 근육 뇌들은…….

"좋아, 좋아. 훌륭한 마음가짐이다. 나는 고분고분한 녀석은 좋아한다고. 하지만 말이다, 나한테 뭘 속이는 건 싫어해서 말이다. 그런 녀석의 목을 꺾어 버리고 싶어지지. 알겠지? 이 마음?"

알고 싶지 않아. 아니 그보다, 촌장의 목에 브레스트의 굵은 팔을 걸치는 건 곤란하잖아.

똑, 하고 꺾어 버릴 거라고. 똑, 하고.

"브레스트 님을 소, 속이려 한다니…… 그그그, 그러한 당치도 않은 짓을."

촌장, 엄청나게 다리가 떨리고 있다. 아~, 이건 숨기는 게 제법 많아 보이네.

"그러냐! 그러냐! 너는 좋은 녀석이군. 이 브레스트, 네 얼굴을 단단히 기억했다."

"히이이이익! 그런! 저 같은 것의 얼굴 따위 잊어 주십시오!"

앗, 발치에 물웅덩이가 생겼다. 실금했네. 이건 뒤가 구린 게 완전 많으려나.

슬슬 도와주지 않으면 촌장이 쇼크사하고 말 것 같으니까 나서도록 할까.

"브레스트 경. 촌장분을 괴롭히는 건 그 정도로 해주시게."

"아, 알베르트 님! 이건, 대체 어떻게 된 일입니까?! 성에서 계량할 때 올해는 임시 징수를 하지 않겠다고 말씀하셨을 터입니다만?!"

근육 뇌가 아니라 대화가 통하는 인물이 왔음을 알게 된 촌장이 이쪽에 도움을 요청하는 시선을 보냈다.

"확실히, 임시 징수는 하지 않겠다고 약속했습니다만……. 실은 전 당주이신 브레스트 경이 저희가 전력으로 제작 중인 '조세 기초 대장'에 대단히 흥미를 가지셔서 말입니다. 그걸 위해 필요한 건 뭐냐고 소란을 피우셔서……. 저로서는 촌장분들이 싫어하니까 그만두자고 만류했습니다. 하지만 그 왜, 그게. 아시지 않습니까~. 브레스트 경은 이런 분이고……."

촌장이 힐끔 브레스트를 봤다.

"뭐냐? 내 얼굴에 뭔가 묻어 있냐?"

히죽 웃은 브레스트의 얼굴은 그야말로 악귀라고 해도 과언이 아니었다.

밤중에 저 얼굴이 어둠 속에서 튀어나오면 나일지라도 분명 허릿심이 빠진다.

"히이이이익! 아무것도 아닙니다. 흑, 흐으윽! 알베르트 님……

도와주시게나, 이렇게 빌 테니까, 부탁드립니다. 죽고 싶지 않아 아아아!"

나이를 먹을 대로 먹은 어른이 엉엉 울고 있다고. 아니 뭐, 걸려 있는 게 자기 목숨이니까 그 기분은 잘 안다.

나도 지금의 촌장 입장이었다면 엉엉 울 거다.

근육 뇌 귀인족 손에 자기 목숨이 달려 있다고 생각하면 살아도 산 느낌이 나지 않겠지.

"자, 자, 그렇게 무서워하실 건 없습니다. 촌장께서는 임시 징수를 도와주시고, 나중에 별실에서 상담하는 흐름으로 부탁하고 싶군요."

"그, 그걸로 갠찬습니다! 그걸로 갠찬흐니가아아아!"

"그럼, 급히 임시 징수를 시작하도록 하겠습니다. 그러면 소중히 보관하고 계신 대장을 제출해 주십시오."

"예?! 대장 말입니까?!"

"예, 대장을 보고 임시로 징수할 액수를 결정하라고 브레스트 님의 얼굴이 말하고 계십니다."

"대장이라는 걸 제출하면 곤란한 거냐? 아앙?! 나한테 알려지면 곤란한 거냐? 아아앙?!"

"히끄으으으윽! 제출하겠습니다! 제출할 테니까! 목숨만은!"

촌장이 브레스트의 팔에서 벗어나 주저앉는 것을 지켜본 뒤 임시 징수라는 명목으로 농촌 사정(査定)을 개시하기로 했다.

많은 마을에서 다음 대 촌장이 되는 아들에게 이어받게 하기 위한 대장이 작성되고 있다.

어째서냐고? 아들이 뒤를 이을 때 마을 상태를 아무것도 몰라서야 곤란하기 때문이다.

대를 이은 아들이 대장을 기초로 마을 상황을 파악하고 새로운 촌장으로서의 일을 하는 것이다.

무능한 내정을 계속하는 에르윈 가문보다 촌장들 쪽이 훨씬 나은 영지 운영을 하고 있다.

이번에는 그 대장을 에르윈 가문의 영지 운영에 활용하고자 **자의**로 제출하게끔 한다.

"이, 이것이 저희 마을의 대장입니다. 이걸로, 목숨만은 살려주시기를!"

대장을 가지러 돌아간 집에서 헐레벌떡 뛰어 돌아온 촌장이 지면에 이마를 대고 엎드려 빌었다.

"괜찮습니다. 브레스트 님도 임시 징수를 지체 없이 수행하기 위해 **자의**로 대장을 제출해 주신 분을 베어 버리실 수는 없으니 말입니다."

나는 겁을 먹은 촌장을 달래면서, 받아든 대장의 내용을 팔락팔락 넘겨 확인했다.

대장을 정비하고 있다고는 생각했지만, 이렇게까지 정확한 자료이리라고는 생각지 않았다.

마을의 총인구수, 경작지 권리자의 이름과 넓이, 작물 재배 상황, 가축 수, 경작지 수확량의 등급 분류, 예상 수확량까지 기입된 대장이었다.

촌장들은 매우 잘 정비된 이 대장을 보고 조세를 자기 신고하고 있는 모양이다.

단지, 신고하는 양은 상당히 축소한 것이기는 하지만.

그 커닝 페이퍼를 보며 마을의 밭이나 인구를 확인했고, 대장 내용에 미비한 점이 없는지를 체크했다.

이야~, 실로 편한 작업이다. 농지를 측량해 보지 않으면 모르겠네, 라고 생각했던 것을 간단히 확인할 수 있다. 응, 이건 편하다. 촌장, 진짜로 유능하다.

이만큼의 정보가 있으면 밀레비스가 작성하는 조세 기초 대장의 진척이 크게 진전된다.

나에 의한 마을 내 조사가 진행되고 잇따라 자기 신고와는 다른 결과가 보고될 때마다 브레스트의 이마에 핏줄이 툭툭 불거진다.

옆에 서 있는 촌장은 시종 파래진 얼굴로 정신을 잃으려 하고 있었다.

그날 저녁.

하루를 들인 농촌 조사가 끝나고 제출된 대장이 대체로 정확했다는 것이 확인되었다.

그에 따르면 실제로 이 마을은 자기 신고의 두 배의 세수가 기대되는 곳이었다.

응, 이건 에르윈 가문이 터무니없이 얕보이고 있었네.

게다가 납세도 스스로 계량해서 속이고 있었던 분량도 있고. 이 촌장뿐만이 아니라 다른 농촌 촌장도 마찬가지로 속이고 있을 거라고 생각됐다.

다들 수완가구만. 듬직하기도 해라.

재력을 쌓은 유력자가 영내에 우글우글한 에르윈 가문은 흉악한 인간이 계속 당주를 해온 덕분에 가문이 유지되고 있다는 걸 재확인할 수 있었다.

압도적인 전투력을 가지지 않은 평범한 영주였다면 이미 반란이 일어나 영주가 바뀌었어도 이상하지 않은 상황이다.

나이스, 근육 뇌. 이번만큼은 근육 뇌 일족이었던 것에 감사해 두겠다.

하지만 이대로 재력을 가진 촌장들을 방치하다가는, 다음 대도 억제할 수 있을 거라는 보장은 없다.

서서히 촌장들의 힘을 줄여 두지 않으면 당하는 건 이쪽이다.

하지만 힘을 줄이기 위해 억지로 조세 인상을 추진하면 촌장들의 불만이 폭발한다.

그건 그것대로 곤란하다.

그래서 나는 브레스트의 분노 오라를 받아 완전히 초췌해진 촌장을 별실로 불러냈다.

"아, 알베르트 님! 어떻게든, 어떻게든 브레스트 님이 분노를 가라앉혀 주시도록 조처해 주십시오! 이대로라면 저는……."

촌장은 별실에 들어오자마자 내 앞에 엎드려 빌었다.

이대로 목이 베여 마을 광장에 내걸리는 것이 결정된 것처럼 무서워하는 모습이었다.

실제로 납세액을 상당히 속여 자기 품속에 챙기고 있었으니 머리가 내걸려도 이상하지 않다.

"자, 자, 그렇게 무서워하지 않으셔도. 브레스트 님도 저래 보여도 잘 이야기하면 이해해 주실 겁니다."

"무, 무리, 무리입니다아아! 저 얼굴은 반드시 저를 죽이겠다고 생각하고 계신 겁니다. 부탁드립니다. 뭐든 할 테니 목숨만은 살려주시기를!"

나한테 필사적으로 구명을 바라는 촌장.

뭐, 확실히 촌장이 납세액을 속인 것을 안 브레스트는 '나한테 거짓말을 한 놈은 반드시 쳐죽인다맨'으로 진화한 상태였다.

귀인족의 사고는 단순해서, '적'인가 '아군'인가의 판단밖에 없다.

납세액을 속인 촌장은 브레스트한테서 '적' 판정을 받았다.

이대로라면 촌장의 목을 치는 건 시간 문제.

그러니 두려워하는 촌장에게 구명 조건을 슬쩍 내보이기로 했다.

"브레스트 님의 저 분노를 가라앉히려면……. 이번에 제출해 주신 대장을 기초로 산출되는 납세액을 내년에는 정확하게 납부하겠다고 약속하지 않으면 납득하시지 않겠지요. 어디 보자, 분명 올해 납부된 양의 두 배였던가요?"

"그, 그건 무리입니다! 두 배를 납부해 버리면 마을의 비축이 없어지고 맙니다!"

나는 엎드려 빌고 있는 촌장의 고개를 들게 하고 싱긋 웃으며 선고했다.

"아~, 그건 괜찮습니다. 제가 산정해 본 바로는 두 배의 양을 납부해도 이 마을은 아직 여유가 있을 테니까요. 괜찮습니다, 문제없어요, 문제없어. 게다가 기근 때는 에르윈 가문의 정무 담당관인 제가 책임지고 식량을 제공하겠습니다. 어떻습니까? 이걸로 목숨을 살 수 있다면 싼 축이겠지요?"

"히익, 악귀! 악마! 그러고도 사람이냐! 남의 약점을 이용하다니!"

"어라? 그러면 브레스트 님의 분노를 그 몸에 받아 목이 잘리는 편이 좋으려나요?"

촌장의 목을 손으로 툭툭 가볍게 두드렸다.

"히끄윽. 싫어어어!"

"그럼 어떻게 할 수밖에 없는지, 아시겠지요?"

"아아아아아아아! 젠장! 가져가라, 도둑놈아!"

내 다리에 매달려 있던 촌장이 구명 조건을 받아들이고 그대로 무너져 내리듯이 바닥에 주저앉았다.

하지만 이대로 방치하면 반항심이 쌓일 테니 그에게 맛있는 당근을 주었다.

"좋은 대답을 받아서 기쁩니다만, 아무리 그래도 이래서는 촌장만 손해를 보는 게 됩니다. 저로서는 징수에 협력해 주시는 촌장들께 감사하고 있습니다. 그러니까, 납세액이 두 배가 되는 당신에게는 새로운 특전을 드리고자 생각합니다."

"어아? 새로운 특전?"

바닥에 주저앉아 정신을 놓은 상태로 울고 있던 촌장이 '특전'이라는 말에 반응했다.

"예. 납세액이 두 배가 되면 여러 가지로 불편하실 테니, 촌장께서 대행해서 징수해 주시고 있는 마을 내의 시설 사용세. 이걸 촌장께서 챙기실 수 있도록 당주님으로부터 허가를 받았습니다. 제 체면을 세워 주신다고 생각하고, 이것과 맞바꿔서 납세액 증가를 참아 주십시오."

"어? 어어? 시설 사용세를 납부하지 않아도 괜찮다는?"

촌장의 얼굴에 조금 미소가 돌아왔다. 세금을 왕창 뜯길 거라고 생각하던 차에, 일부 세금을 영주 공인으로 자기가 챙길 수 있다는 말을 들었기 때문이다.

"항상 무리한 부탁을 들어 주시는 촌장께 제가 드리는 최소한의 답례입니다. 답례. 이 세상은 돈이니까 말이지요."

나는 주저앉아 있는 촌장의 어깨를 안고는 나쁜 미소를 띠었다.

"어, 어찌 이런! 알베르트 님! 당신은 어찌 이리도 훌륭하신 분인가! 제 목숨을 구해주실 뿐만 아니라 주머니 사정까지 걱정해 주실 줄이야……."

촌장은 목숨을 건졌다는 것과 거두어진 세금 일부가 돌아온다는 걸 알고 환희했다.

이 세상은 머니라고요. 머니.

뭐, 말은 그렇게 해도 이쪽 재정에는 실질적으로 타격이 없기에 촌장들한테는 통 크게 베푸는 겁니다.

조세 기초 대장이 확실하게 만들어지면 식량 징수량이 적어도 두 배로 뛰어오르기에, 농촌에서 징수하고 있던 시설 이용세 정도를 촌장에게 환원해도 막대한 거스름돈이 생긴다.

게다가 시설 이용세를 촌장한테 이양하면 세를 내는 마을 사람들의 불만을 에르윈 가문이 직접 받을 일도 없다.

농촌의 시설 이용세를 촌장에게 양도하는 건은 세제 개혁의 일환으로 주민에게 공표하여 알릴 것이기에 불만은 촌장들한테 향하게 된다.

시설 이용세를 촌장에게 양도하는 목적은 에르윈 가문의 무거운 세금에 불만을 가진 마을 사람들에 대한 방파제 역할을 촌장한테도 짊어지게 하기 위해서였다.

시설 이용세가 촌장의 품에 들어가게 되고, 그 액수가 비싸 마을 내의 분위기가 나빠지면 촌장들은 자기방어를 위해 마을 사람들한테서 받는 시설 이용세 징수액을 낮추지 않으면 목숨이 위험하게 된다.

그렇게 되면 촌장들의 수입도 낮아진다. 게다가 자기 재량으로 정한 것이기에 에르윈 가문에 불만 없이, 다.

시설 이용세 양도는 촌장들의 재력을 줄이는 일석이조의 계책이라고 자화자찬해 두겠다.

"그렇게까지 감격해 주시니 저도 당주님께 진정을 올리는 수고를 한 보람이 있군요. 그리고 하나 더, 촌장께 부탁이 있습니다만──."

"예, 알베르트 님의 부탁이라면 무엇이든 들어드리겠습니다!"

목숨을 구한 것과 새로운 수입원을 받은 것으로 촌장의 태도는 급변했다.

"이 마을에서 했던 농촌 조사를 다른 마을에서도 하고 싶습니다만, 각 촌장을 설득해 주셨으면 합니다. 조건은 지금과 동일하게 제시할 수 있습니다. 다만, 조사를 거부한 마을은 에르윈 가문이 강제로 실시할 예정입니다. 에르윈 가문이 강제로 실시하는 곳은 철저하게 할 예정임을 알려주셨으면 하는 겁니다. 어떻습니까? 해보지 않겠습니까?"

이쪽으로 끌어들인 촌장을 이용하여 다른 마을 촌장도 포섭하는 공작을 진행한다.

같은 역할을 짊어진 동료인 촌장이 설득해서 장점을 말해 주면, 이쪽이 하는 것보다도 일이 신속하게 진행될 것 같다.

"뭐라고요?! 각 마을 촌장한테……."

"예, 당신만이 할 수 있는 일이라고 생각해서……. 아아, 그렇지. 다음에 에르윈 가문이 또 종자를 증원하는데, 촌장님의 장남이나 차남은 어떨까 하고 생각하고 있습니다. 문관 채용이라면 제 독단으로 채용할 수 있거든요. 이 제안에 응해 주신다면 우선 채용 인원으로 준비하도록 하지요. 내정단의 수장인 제가 한층 힘을 가지게 되면 문관인 아드님이 출세해서 새롭게 영지를 받을 수 있을지도 모르겠네요. 어떻습니까? 하겠습니까?"

문관으로 채용한 건 가문 상속을 받지 못하는 삼남 이하였지만, 촌장의 후계자 겸 농촌 지휘관 후보로서 남아 있는 차남이나 장남도 에르윈 가문에 끌어들일 계획을 세우고 있다.

유복한 촌장들이기는 하지만, 새로운 농촌을 개척하는 것도 돈이 들기에 촌장에게 아드님들을 에르윈 가문의 가신으로 보내게 하여 출세시키는 길을 제시했다.

"알베르트 님이 한층 더 힘을 얻으면 에르윈 가문에서도 인족한테 영지를 하사하는 일도 있을 수 있다…… 라는 겁니까."

"예, 뭐, 그렇습니다. 에르윈 가문이 커지면 가신은 늘려야만 하고, 유능한 가신한테는 영지를 하사해야만 하니까 말이죠. 제가 당주 마리다 님께 그런 조언을 할 수 있는 지위에 있다는 건 알고 계실 터입니다."

촌장은 잠시 생각에 잠겼지만, 일어서더니 내 손을 잡았다.

"하겠습니다! 하고 말고요! 제게 전부 맡겨 주십시오!"

이야기를 들은 촌장은 엄청나게 의욕을 보였다.

아들을 종자로 추천하는 건 실제로는 인질 대신이지만, 지옥에서의 생환으로 텐션이 이상해져 있었던 촌장은 힘이 넘치고 있었다.

"이야~, 감사합니다. 감사합니다. 의지할 건 촌장분들이군요. 잘 부탁합니다."

에르윈 가문이 제대로 된 내정을 하기 위한 최대의 난관, '조세 기초 대장 작성'.

여기에 필요한 것이 협력적인 촌장이었는데, 이번에 설득된 촌장들이 잇따라 자기 마을의 대장을 제출하여 매우 우호적인 분위기로 진행되었다.

다만 촌장들이 세액을 대폭 속이고 있었다는 걸 알게 된 브레스트만이 화나서 날뛰었지만, 당주 일을 하지 않은 게 잘못이라고 일언지하에 내쳐 버렸고, 남은 혈기는 다른 곳에서 활용하기로 했다.

농촌 촌장들에 의한 **자주적**인 대장 제공 운동에 더해 밀레비스와 우리 내정단이 온 힘을 기울여 **빠른** 속도로 '농촌'의 조세 기초 대장을 제작한 결과.

밀레비스한테서 연말에는 상당히 정확한 수지 보고 결산서가 완성될 것이라는 보고가 올라왔다.

에르윈 가문이 이 땅에 온 이래로 처음으로 정확한 수지 보고 결산서가 탄생하기까지 앞으로 조금이다.

게다가 농촌 지역 인구도 거의 확정되었다.

농촌 수 20곳, 인구 10,960명. 농촌 평균 주민 수는 548명이라는 숫자가 나왔다.

농촌 인구 확정을 통해 농민군으로 에르윈 가문이 동원할 수 있는 병사 수도 확정되었다.

동원 가능한 농민군 수는 최대 2,100명.

이건 전투에 버틸 수 있는 연령층에서 농촌 유지에 필요한 최소한의 수를 빼고 남은 숫자다.

어딘가의 나라와 달라서, 농민은 지면에서 솟아나는 게 아니니까 농촌을 정상적으로 유지할 수 있을 만큼의 사람은 남겨 둬야만 한다.

청년부터 장년까지의 일손을 전쟁에 총동원했다가 대패하기라도 한다면 노동력을 잃은 농촌이 눈 깜짝할 사이에 소멸하고 만다.

농촌이 소멸하면 에르윈 가문에 들어오는 식량도 돈도 없어져, 성조차 뜻대로 유지할 수 없게 되는 것이다.

농민군은 보조 전력. 가능하면 마지막의 마지막까지 동원하지 않는 편이 좋다.

나로서는 인건비가 든다고 하더라도 직업 군인인 에르윈 가문 가신을 늘려 갈 생각이다.

단지, 그들은 전투에 종사할 뿐이고 평시에는 밥만 축내는 식충이다.

그 식충이들을 고용할 돈을 벌기 위해서라도, 농촌이 피폐해지는 걸 유발하는 농민군 동원은 최후의 수단으로 신중히 보관해 두고 싶다.

그런 생각을 하면서, 애슐리령의 인구수를 쓴 서류를 훑어봤다.

일전에 확정되었던 성 아랫마을의 인구 5,236명을 합하면 애슐리령의 총인구는 16,196명.

상당한 인구수이기는 하지만 영지로 주어진 영내에는 아직 일손 부족으로 경작하지 못하고 있는 평지가 잔뜩 있다.

내가 본 바로는 이 애슐리령은 성실하게 내정에 힘쓰면 인구 5만 정도는 여유롭게 먹여 살릴 수 있을 것 같은 넓은 토지와 풍부한 물, 상업용 땅과 평지가 갖추어져 있다. 에르윈 가문이 한층 더 충실해지기 위해서는 더욱 사람을 모아야 한다.

△ △ △

※오르그스 시점

"폐하, 왕국군 출병이 승인되었습니다."

에란시아 제국에 대규모로 출병하는 안을 후견인인 재상 자잔이 수개월에 걸쳐 승인시켰다.

"이제서야? 고작 5천의 병사를 동원하기 위해 몇 개월을 들인 것이지."

"아무래도 전쟁이 계속되어 피폐해진 자츠바룸 지방 영주들의 반대가 거세다 보니……"

"무능한 녀석들! 뭐, 됐다. 이번 침공으로 에란시아 제국에 빼앗긴 즈라, 자이잔, 베니아를 되찾으면 폐하께서도 기뻐하실 거다."

"옙! 총대장인 전하께는 티아나로 가셔서 전쟁을 지휘해 주십사 하고."

머리를 숙인 재상 자잔이 한 말을 들은 순간 머리에 피가 확 솟았다.

"무슨 멍청한 말을 하고 있는 거냐. 침공군은 베드윈 경에게 지휘시키고 네가 대리로 티아나에서 상황 관리 정도는 해라! 나는 전쟁 따위에 참가하지 않는다!"

고귀한 핏줄을 지닌 왕족인 내가 어째서 피비린내 나는 전장에 가까이 가지 않으면 안 되는 거냐.

후견인이라면 내가 그런 일을 하지 않고 그치도록 지혜를 쓰라고.

이 녀석이고 저 녀석이고, 전부 쓸모없는 녀석들뿐이다!

"전하, 그래서는 총대장이 되신 의미가——."

"시끄럽다! 총대장인 나한테 훈계하지 마라! 나는 너한테서 오는 보고를 듣고 왕도에서 지시를 내린다! 알겠냐!"

재상 자잔은 아직 뭔가를 말하고 싶어 하는 듯한 얼굴이었지만, 입을 다물고는 머리를 숙이고 방에서 나갔다.

"망할 신관 놈이 남긴 편지가 없었다면 이런 귀찮은 짓을 하지 않아도 됐는데! 젠장할!"

그것도 앞으로 한 달이면 끝난다.

즈라, 자이잔, 베니아를 되찾으면 모든 건 없었던 일로 되고 후계자로서의 내 지위도 안정된다.

그렇게 되면 나한테 창피를 준 고란의 목숨은 빼앗아야만 하겠지.

두 번 다시 내 지위를 위협하지 못하도록 말이야!

나머지는 에르윈 용병단에 끌려가 종적을 감춘 신관 알베르트의 행방을 밝혀내서 반드시 죽인다.

나를 업신여긴 녀석은 평민이라 할지라도 반드시 후회시켜 죽여 주마.

"침공군이 전과를 올리고 돌아올 날이 기대되는군."

나는 내가 계획한 침공 작전이 그려진 지도를 바라보며 득의에 찬 미소를 지었다.

제7장 ♥ 싸움의 법식

제국력 259년 청옥월(靑玉月)(9월)

영내 세제 개정이나 조세 기초 대장 정비를 진행하는 내게 성가신 정보가 도착했다.

마리다가 복귀 선물로 마왕 폐하께 헌상한 국경의 세 성에 진주했던 스테판 형님의 군대에 알렉사 왕국군을 포함한 주변 영주들의 연합군이 습격해 왔다는 듯하다.

마침 보리 수확도 끝나 손이 비어 있던 농민군을 동원할 수 있었기에 '이 자식들아아아! 우리 영토를 빼앗다니, 아주 끝장내주마! 하는 김에 창고에 있는 보리도 빼앗아 주지!' 같은 느낌의 기세로 공격해 온 것이리라.

진짜, 봉건시대 녀석들은 귀찮다.

적군은 총 5,000명. 그렇긴 해도 영주들이 이끄는 상비군은 전부 해서 500명 정도.

대다수는 농한기가 되어 동원된 농민군이었다.

알렉사 왕국의 침공을 알게 된 마왕 폐하로부터 곧바로 국경 주변 영주에 동원 명령이 내려져, 우리 에르윈 가문에도 출진을 촉구하는 사자가 왔다.

안뜰에는 당주 마리다의 소집 명령을 받고 필두 장로 브레스트, 아들인 라토르도 포함하여 모든 귀인족 가신이 전부 모여 있었다.

전투 직전이기에 모인 전원에게 긴장감이 감돌고 있다.

이미 레더 아머를 착용한 내가 당주 마리다 옆에 척척 다가가 전원을 똑바로 바라봤다.

"잘 모여 주었습니다. 우선은 에르윈 가문의 새로운 가훈부터 외치도록 합시다. 마리다 님, 부탁드립니다."

"'사려 깊게, 만사를 생각하며 행동하자'이니라!"

"""'사려 깊게, 만사를 생각하며 행동하자'!"""

한 걸음 앞으로 나선 마리다가 내가 새롭게 가훈으로 정한 말을 창화하자, 그 자리에 있던 사람 전원이 창화했다.

전투 종족인 귀인족을 조금이라도 일반인과 가깝게 만들고자 도입한 가훈 창화이지만, 효과가 어느 정도일지는 미지수다.

애초에 본능대로 살아왔던 귀인족한테 머리로 생각한다는 완충 장치가 있을까 싶은 레벨이지만, 안 하는 것보다는 하는 편이 좋기에 시켰다.

"좋습니다. 그럼 본론으로 들어갑시다. 마왕 폐하로부터 이 에르윈 가문에도 국경에서 버티고 있는 스테판 경을 도우라는 지시가 왔습니다. 즉, 전쟁 참가 요청이 왔다는 것입니다."

"우오오오오오오오오오오오오오오오! 드디어 전투인가! 좀이 쑤시는군! 나도 드디어 첫 출진인가아아아!"

"나도 오랜만의 실전이구나아아아아! 최근에는 인장 찍기 담당이 되어 짜증이 쌓이고 있었으니 말이다! 이 대검에 적의 피를 마시게 해줘야만 하겠느니라아아아아!"

라토르도 마리다도 하아, 하아, 하고 거친 숨을 내쉬며 눈에 핏발이 서 있었다.

아니, 정정. 라토르와 마리다뿐만이 아니라 귀인족 모두가 핏발 선 눈으로 피에 굶주려 있었다.

전투 종족은 싸우는 것 말고는 스트레스를 발산할 수 있는 게 없는 건가.

"멍청한 놈들이이이이이! 이 싸움을 지휘하는 건 나다아아아!"

또 한 명, 귀찮은 사람이 있었다.

필두 장로인 브레스트다. 이쪽도 텐션이 높다.

"하아, 하아. 몸이 쑤시는군. 내 몸이 뜨거워. 하아, 하아."

알렉사 왕국이 대군으로 국경을 넘었다는 보고를 접한 후로 마리다의 밤일도 더욱 격렬해졌다.

원래부터 성욕은 강하지만, 싸움이 가까워지니 나도 허리가 못 버틸지도 모르겠다는 생각이 들 정도로 성욕이 강해졌다.

"마리다 님은 전장에서 혈기를 좀 빼는 편이 좋을지도 모르겠군요."

"저도 역시나 그렇게 매일 격렬하게 당하면 버티지 못하니 리셀 님의 의견에 찬동해요."

조교 담당인 리셀도 상대 역인 이레나도 지친 기색이었다.

역시나 싸움을 앞둔 귀인족의 성욕은 장난 아니군.

욱신욱신하며 아픈 허리를 문지르며, 안뜰에 모인 귀인족 사람들을 봤더니 피로가 확 늘어났다.

"싸움, 싸움, 싸움————————!"

"빨리, 싸우게 해 줘어어어어어어어어!"

"더는 못 버티겠어! 부, 부탁이야! 싸움――――――!"

그건 그렇고 근육 뇌 일족의 축제 회장이냐, 여긴.

전쟁에 참가하지 않는 인족 문관들은 시끄럽게 떠드는 근육 뇌들을 곁눈질하면서 조용히 일에 힘쓰고 있다.

그들 문관의 전장은 이 성안이다.

숫자와 싸우고, 정확한 장부를 만들며, 세금을 거두어 에르윈 가문이 발전하는 길을 만드는 것이 일이다.

대량의 장부를 품에 안고 복도를 오가는 문관들의 모습을 확인하고, 축제처럼 소란을 피우는 근육 뇌들을 조용히 시키기로 했다.

"자, 그만 적당히 축제처럼 떠드는 걸 멈춰 주십시오. 마리다 님, 브레스트 님, 지금부터 작전 지시를 내리겠으니 이후 누군가가 떠들면 전원 이 성에 남게 시킬 겁니다."

"조용히 해라! 알베르트가 계책을 말할 것이다. 다들, 조용히 해라! 떠는 자는 내가 베겠느니라!"

노출도 높은 칠흑 레더 아머를 입고 전투 준비를 갖춘 마리다가 가신을 침묵시키자, 안뜰에 설치된 임시 의자에 앉았다.

"자, 조용해졌느니라."

"감사합니다. 그럼 다시금 이번 작전에 관해 설명하겠습니다. 스테판 경의 보고에 의하면 적은 베드윈 경이 이끄는 알렉사 왕국군. 총 5,000명 정도. 시기를 생각하면 마리다 님께서 빼앗은 국경의 세 성에 대한 보복 행동이라고 생각됩니다."

"호오, 내가 한 일에 대한 보복인가. 이 '선혈귀' 마리다도 어지간히 얕보였군. 농민군이 주체가 되는 5,000명 정도로 나와 형부를 몰아낼 수 있을 거라고 생각하다니."

에르윈 가문의 영지인 애슐리령은 알렉사 왕국과 국경을 접한 최전선 영지다.

마르제 상회로부터 얻은 정보에 의하면 스테판이 진주한 즈라, 자이잔, 베니아에 주력이 모여 있고, 그 주력을 측면 지원하는 움직임을 보이는 군의 존재가 확인되었다.

"국경 경비 중인 스테판 경이 적 주력을 끌어들여 줄 것 같고, 스테판 경에게 파병될 원군에는 주변 영주도 동원되었으니 질 일은 거의 없습니다. 그러니 우리는 적 주력의 측면 지원을 위해 동원된 알렉사 왕국 국경 영주군을 격파하는 것을 최우선으로 삼겠습니다."

마르제 상회에 의해 존재가 확인된 측면 지원군은 알렉사 측에 붙은 국경 영주들이 그러모은 군으로, 전의는 상당히 낮다는 보고를 받았다.

"으음, 약한 군을 공격하는 거냐?"

"브레스트 경. 손해는 적게, 무공은 크게, 입니다. 의욕이 없는 알렉사 국경 영주군을 무너뜨리면 알렉사 왕국군의 주력도 그 이상의 진군은 무리라고 판단하고 퇴각하겠지요. 그렇게 되면 제일가는 무공을 올리는 것은 틀림없습니다."

"제일가는 무공!"

……이 될지 어떨지는 마왕 폐하의 생각 여하에 달렸지만.

적어도 적은 손해로 적을 격퇴할 수 있을 터다.

적의 약한 부분을 발견하여 철저하게 친다. 싸움의 기본이다.

적은 손해로 이기면 방어 전쟁일지라도 얼마간 포상을 받을 수 있을 거라고 생각한다.

"좋다! 알베르트의 작전대로 우리는 알렉사의 국경 영주들의 군을 노린다. 그렇다면 장비는 가벼운 편이 좋겠군. 농민군은 출진시키지 않겠느니라. 가신단만으로 싸우러 가는 거다."

"예, 그편이 좋을 것입니다. 이번에는 병사 수보다 속도가 중요합니다."

"알았다. 1번대 100명은 내가 이끈다. 2번대 75명은 숙부님, 후방 부대 25명은 라토르가 이끌고 알베르트를 호위하는 거다. 다들, 출진한다!"

"""오오!"""

마리다의 호령으로 가신들이 안뜰에서 나갔다.

마침내 피에 굶주린 근육 뇌들이 전장에 풀릴 때가 온 것이다.

"알베르트 님, 마차가 준비되었습니다."

"라토르가 호위해 주니까 걱정할 건 없다고 생각하지만, 리셸도 조심해 줘."

"알겠습니다. 라토르 님도 부탁드립니다."

"오우, 맡기라고! 무사히 전장까지 보내주지!"

후방 부대 병사는 첫 출진인 라토르가 지휘를 맡기에 나는 병참 부대 책임자에 불과하다.

내가 직접 검을 휘두르며 싸울 때는 에르윈 가문이 패주할 때뿐이다.

그런 사태가 되면 인생 종료라고 생각할 수밖에 없다.

그렇게 되지 않도록 현지에서도 손을 쓸 수 있는 게 있다면 쓸 생각이다.

리셸이 입혀 준 레더 아머를 쩔그럭거리며 마차에 올라타, 전장으로 향하기로 했다.

에르윈 가문 군세 200명과 병참대 50명을 이끌고 애슐리성에서 이틀, 거리로는 30㎞ 정도 이동한 장소에서 진을 쳤다.

이곳은 알렉사 왕국과의 국경인 강을 내려다볼 수 있는 약간 높은 구릉 위다.

눈 아래의 강가에서는 원군을 더한 스테판의 군세가 침공해 온 알렉사 왕국군 주력과 전투 중이다.

「뒤져라아아아아아아! 인마아아아아! 뭘 우리 영역 어지럽히고 있냐아아아!」

「시끄럽다고! 얼간아아아! 너희가 멍하게 있으니까 우리 것이 된 거다! 얼른 대가리 내려놓고 꺼져어어어어!」

「너 같은 썩을 ○○○ 잡병이 목을 딸 수 있겠냐! 멍청이가!」

「시끄러어어어! ○○○인 주제에 허세 부리지 말라고! 개허접 자식아!」

일단, 시야에 들어온 스테판군과 알렉사 왕국군의 전투 상황에 실황 중계를 달아 봤습니다.

지금은 무척 폭력적인 시대라고는 해도, 무섭군, 무서워.

원군을 더한 스테판군은 4천으로 알렉사 왕국군 주력 3천을 끌어들이고 있었다.

그런 전투 와중에, 총 200명의 에르윈 가문 군세는 오니(鬼)의 머리에 검이 교차하는 자기 가문의 문장을 그린 깃발을 내걸지 않고 있어서, 무시당하며 전장이 보이는 작은 구릉 위에서 방치되고 있었다.

악명 높은 전투광인 에르윈 가문의 깃발을 내걸고 있지 않기에 스테판군에 합류하는 것이 늦어진 다른 영주군이라고 여겨지고 있는 것이리라.

강가에서의 전투는 후퇴하기 시작한 스테판군에 알렉사 왕국군 주력이 유인당함으로써, 전의가 낮은 알렉사 국경 영주들의 군대가 뒤처져 고립되어 가는 것을 확인할 수 있었다.

"사냥감들이 알렉사 왕국군 주력한테서 상당히 뒤처졌군요. 지금이 모조리 먹어 치울 기회. 마리다 님, 의욕 없는 녀석들에게 이곳이 전장이라는 걸 가르쳐 주시죠."

"흠, 이제야 겨우 '기다려'를 풀어주는 모양이군. 야한 알베르트는 전쟁도 야비한 수를 쓰는구나."

옆에 앉은 마리다가 혀로 입술을 핥으며 대검을 손에 들고 일어섰다.

눈 아래의 강가에서 스테판군을 쫓는 알렉사 왕국군 주력. 그리고 그 주력에서 떨어지고 있는 영주들의 군세 2,000명. 마리다의 시선은 그 2천 명한테 향했다.

전의, 장비, 숙련도. 모든 것이 낮은 2천의 병사를 에르윈 가문의 일기당천 근육 뇌 전사단으로 쫓아내 버리면 방어 측인 에란시아 제국군의 승리는 거의 확정이다.

반대로 강 때문에 퇴로가 막히는 모양새가 되는 알렉사 왕국군은 대패 플래그가 서게 될 터다.

"우오오오오오! 드디어냐! 드디어 싸움을 할 수 있는 거냐!"

필두 장로 브레스트가 우렁차게 외치며 무기인 커다란 창을 짊어졌다.

근육 뇌 전사단의 진가가 발휘되는 시간이다.

아니, 근육 뇌 일족의 쇼타임 시간이었다.

전장에 도착하여 진을 치고 나서 3분마다 출진 재촉을 받고 애태우디 애태운 결과, 역전의 병사들조차 지금 그들의 전의 앞에서는 소변을 지릴 거라는 생각이 들었다.

"내가 이끄는 1번대는 좌익. 브레스트 숙부님의 2번대는 우익에서 공격한다! 첫 출진인 라토르는 그대로 알베르트를 호위해라. 실패하면 그 머리는 없을 거라고 생각해라!"

"마리다 누님, 호위는 전장에 도착할 때까지라는 이야기였잖아! 전장에 도착해서도 기다리고 있으라는 건 좀 아니지! 나도 싸울 수 있다고."

첫 출진을 맞이한 라토르가 자기도 싸우고 싶다고 당주 마리다한테 요청했다.

그 모습을 본 아버지 브레스트가 창 자루로 아들을 마구 쿡쿡찔렀다.

"멍청한 녀석이! 전장에서 당주한테 말대꾸하지 마라! 여긴 어린애 놀이터가 아니란 말이다! 힘을 인정받고 싶으면 당주가 내려준 임무를 확실하게 완수하고 나서 말해라!"

"아버지! 나도 귀인족 남자야. 싸움에 관해서는 뒤처지지 않는다고! 부탁이니까——."

"안 된다. 알베르트를 호위해라! 당주가 너한테 배정한 임무다. 제멋대로 고집을 부릴 거라면 전장의 관례를 따라 네 머리를 날려 버리지 않으면 안 된다!"

아버지인 브레스트가 알아볼 수 없을 만큼 빠른 속도로 라토르의 목에 창날 끝을 바짝 가져다 댔다.

"라토르, 제 호위를 해준다면 절호의 상황에서 활약하게 해줄 테니까 여기서는 참아 주십시오."

험악해지려는 분위기를 알아차리고, 라토르한테 출진을 자제토록 하는 미끼를 던져 봤다.

어차피 후방에 남는 라토르한테는 마리다와 브레스트가 흩뜨린 적 병사를 알렉사 왕국군 주력이 있는 쪽으로 유도하는 사냥개 역할을 시킬 예정이었다.

"저, 정말이냐. 알베르트. 날 위해서."

라토르가 울먹이면서 내 손을 잡았다.

첫 출진이라고는 해도 마리다, 브레스트 뒤를 잇는 무예의 소유자인 라토르는 장군으로 육성할 예정이기에 근육 뇌 일족의 가르침에 물들기 전에 제대로 된 지휘관 교육을 시작할 생각이다.

사전에 확인해 두었던 라토르의 능력치는 이렇다.

이름 : 라토르 폰 에르윈

연령 : 15 성별 : 남 종족 : 귀인족
무용 : 85 통솔 : 70 지력 : 5 내정 : 4 매력 : 71
지위 : 에르윈 가문 전사장

무용은 마리다와 브레스트한테 뒤처지지만, 통솔과 매력 능력
치가 높기에 지휘관으로서 대군을 이끄는 장군이 될 수 있도록
교육할 생각이다.

"라토르. 얌전히 알베르트의 지시를 지키고 있어라!"

브레스트는 라토르의 목덜미에 갖다 댔던 창끝을 거두고는 마
리다를 향해 무릎을 꿇고 머리를 숙였다.

"제 아들이 실례를 저질렀습니다. 아들의 무례는 이 전장에서
활약하여 갚겠사오니 아무쪼록 용서해 주시기를."

"됐다, 나도 첫 출진 때는 브레스트 숙부님께 민폐를 끼쳤으니
까 말이지. 이걸로 대신하는 것이니라. 다들, 전장에서 머리를 사
냥해 오자꾸나! 가자! 에르윈 가문의 깃발을 들어라!"

"마리다 님의 뒤를 이어, 브레스트 부대도 진군하라!"

"""오오오!"""

풀린 근육 뇌 전사들은 배 속까지 전해지는 땅울림 같은 함성
을 지르며, 구릉을 내려가 적을 향해 달려갔다.

"자, 그럼 라토르. 한동안은 관전하게 되겠지만 곧바로 출진할
수 있는 준비는 해둬."

내가 이끄는 병참 부대를 호위하기 위해 라토르가 이끄는 25명
이 남아 있었다.

"아아, 맡겨줘. 나는 알베르트의 지시를 제대로 따르겠어."

라토르는 분한 마음을 애써 참는 표정으로, 출격한 마리다와 브레스트를 지켜봤다.

△ △ △

※마리다 시점

"햣하──! 오랜만의 큰 싸움이로다! 이번에는 알베르트한테서 마음대로 해도 좋다는 말을 들었느니라! 적을 모조리 사냥하는 거다!"

""""우오오!""""

말을 타고 달리며 병사들을 이끌고 알렉사 왕국 영주군에 뛰어들었다.

적은 전방에 있던 형부 스테판의 군에 주의를 빼앗겨 있던 모양이라, 접근할 때까지 이쪽 존재를 무시한 채였다.

적군에 뛰어들고는 손에 든 대검을 휘두르자, 무리 지어 몰려온 농민군들의 몸이 상하로 분단되어 지면에 내장을 흩뿌리며 무너졌다.

"켁?! 에르윈 가문의 깃발! 에르윈 가문이 참전했다는 말은 못 들었다고!"

"에란시아 제국령을 약탈만 한다는 이야기였잖아! 에르윈 가문이 있다니 수지가 안 맞아!"

"도망치는 게 목숨을 보전하는 길이다! 싸우는 건 멍청한 짓이야!"

에르윈 가문의 깃발을 본 적 농민군들이 당황하여 적군은 금세 대열이 흐트러지기 시작했다.

"적병은 우리 에르윈 가문의 깃발을 보고 겁을 먹었다! 사냥해라! 사냥하고 또 사냥해서 모조리 사냥하는 거다! 전진해라!"

"마리다가 사냥감을 전부 가져가지 않도록 우리도 전진해라! 에르윈 가문의 깃발을 피로 물들여라!"

숙부 브레스트도 큰 창을 휘두르며 풀을 베는 것처럼 적 병사를 잇달아 죽이고 시체의 산을 쌓아 올렸다.

"에르윈 가문의 광견 놈들! 무공을 원하는 마음에 전장에 나온 게—."

화려한 갑옷을 입고 말에 타고 있던 기사 옆을 스쳐 지나가면서 그대로 일도양단했다.

지면에 떨어진 기사의 머리를 가신이 곧바로 베어, 주위에 보이도록 창에 내걸었다.

"대장의 머리는 받았느니라! 나야말로 강자라고 생각하는 자는 내게 덤벼라! 에란시아 최강의 무인의 실력을 보여주겠노라!"

"괴력의 바즌 님이 '선혈귀'한테 당했다! 이젠 틀렸어! 죽기 전에 도망쳐!"

"저런 흉악한 여자는 본 적이 없다고."

대장의 머리를 벤 것으로 인해 겁을 먹은 주위 농민군들은 뒷걸음질 치기 시작했다.

"도망치는 것을 내가 용납할 거라고 생각하나?"

씨익 미소를 띠자, 적 병사들이 움직임을 멈췄다.

"멍청한 놈들이! 전장의 적이 마리다만이라고 생각하지 마라!"

숙부 브레스트가 움직임을 멈춘 적 병사의 배후를 달려 지나가며 커다란 창으로 몸통을 베어 넘겼다.

"숙부님! 그건 내 사냥감이다!"

"전장에서는 빠른 사람이 임자라고 형님도 말씀하시지 않았더냐! 나는 좌익의 적을 처리하겠다! 마리다한테는 그쪽을 주마!"

그런 말을 남기고 달려나간 숙부 브레스트는 말에 탄 농민군 지휘관으로 짐작되는 병사의 몸통을 큰 창으로 꿰뚫었다.

"괴물이 다른 곳에도 있어! 저건 '홍창귀' 브레스트다! 에르윈의 광견도 있다고!"

"마리다와 브레스트가 있다는 말은 못 들었어! 이번에는 측면을 지원하는 편한 싸움이라고 들었는데!"

당황하여 우왕좌왕 도망치기 시작한 적 병사를 헤치며, 화려한 갑옷을 입고 말에 탄 기사를 노리고는 말을 몰아 달려나갔다.

"방해된다! 내 앞을 가로막는 자는 전부 베겠느니라!"

이쪽 목소리에 반응하여 적 병사가 좌우로 갈라져 길이 트였다.

생겨난 길을 말을 타고 달려나갔다.

"멍청한 놈들이! '선혈귀' 마리다를 접근시키지 마라! 막아라!"

자기가 표적이 되었음을 알아차린 기사는 부하 병사를 질책하며 방패막이로 삼는 것처럼 앞에 세웠다.

"늦었느니라!"

휘두른 대검은 방패막이가 된 부하와 함께 기사의 몸을 양단했다.

"대장의 머리 두 명째! 다음은 저쪽이다! 비켜라, 비켜! 내 길을 막지 마라!"

전장에서 도망치려 하는 기사를 발견하고 세 명째 사냥감으로 노렸다.

말을 몰아 단숨에 달려가서는, 스쳐 지나가면서 그대로 머리를 날려 버리는 데 성공했다.

"피가, 피가 부족하다! 더 머리를 베는 거다!"

뒤에서 싸우고 있는 가신들도 손에 든 무기로 잇따라 농민군들을 죽여, 적군의 손해는 커지고 있다.

"공주님만 머리를 베게 두지 마라! 우리도 무공을 나타내 보여라!"

기세를 따라 그대로 적군 사이를 달려 빠져나간 뒤 반전하여, 혼란에 빠진 적한테 두 번째 돌진을 감행했다.

숙부 브레스트도 적군을 종횡무진으로 베면서 전과는 점점 커졌다.

△ △ △

※알베르트 시점

시장에서 산 망원경으로 전장을 관찰하던 리셸이 마리다군이 올린 전과를 보고했다.

"마리다 님은 최강의 전사라고 할 수 있겠군."

"전장에서 마리다 누님의 검을 받아낼 수 있는 녀석이 그리 있을까 보냐!"

내 아내는 전투 국가 에란시아 제국에서도 최강의 근육 뇌…….

아니, 전사다.

잡초를 베는 것처럼 농민군을 사냥하며 전장을 달리는 그 모습은 귀인족이 전쟁의 여신이라고 떠받드는 것도 수긍이 된다.

"게다가 라토르의 아버님도 분발하고 계시잖아."

"아버지……. 젠장, 제법 하잖아!"

브레스트도 마리다한테 뒤떨어지지 않는 흉포함을 보이면서 적군을 공포의 구렁텅이로 떨어뜨리고 있었다.

'수천 정도의 농민군이 주체가 된 군대를 격파하는 건 식은 죽 먹기'라고 말했던 브레스트의 얼굴을 떠올리고, 그를 상대하는 알렉사 왕국군 영주군에 동정심을 느꼈다.

항상 싸움을 생각하며 생활하는 귀인족은 막상 전투가 일어나니 정말로 행동이 빨랐다.

이쪽의 예상보다도 한나절 이상이나 빠르게 성을 출발했고, 도착 예정도 하루 정도 앞당겼기 때문이다.

덕분에 여유롭게 진을 치고 휴식을 취할 수 있었다.

싸움에 관해서 귀인족은 3중 O를 줘도 될 정도로 준비가 좋다.

다만 그만큼 내정에 관해서는 5중 X가 붙지만.

"지휘관의 목이 베여, 우리 근육 뇌들한테 두려움을 품은 농민군이 의욕을 잃었어. 그러니까 우리 승리다."

재돌입한 두 사람의 부대가 적 본진이라 생각되는 장소에 도달한 걸 확인하고는 관전하고 있던 라토르의 어깨를 두드렸다.

"좋아, 라토르. 드디어 나설 차례다. 여기서 봤을 때 적을 효율적으로 구축할 수 있는 계책을 생각해 봐. 정답이면 그걸 실행하게 해주지."

"효율적으로 구축이라……. 흐음."

요 몇 개월로 귀인족을 다루는 방법은 다소 이해했다.

싸움에 관한 것이라면 그들은 엄청난 능력과 집중력을 발휘한다.

그렇기에 첫 출진인 라토르한테는 전쟁에서 '효율적으로 적을 구축하는 방법'을 생각하게 시켰다.

잠시 주위 상황을 살피던 라토르가 답을 찾아낸 모양이다.

"적은 지휘관을 잃고 혼란에 빠져 있다. 부하들 전원이 말에 타고 있는 내가 후방으로 돌아 들어가 본진에서 날뛰고 있는 아버지와 마리다 누님 쪽으로 몰아넣으면 적은 도망칠 곳을 잃고 한층 혼란이 생겨나 전과를 확대할 수 있을 거다. 어떻지, 알베르트!"

"첫 출진이니 아슬아슬하게 합격점인 걸로 쳐 주지. 그러면 여기서부터는 정답을 비교해 볼까. 합격점을 얻으려면 전의를 상실하여 혼란 상태인 농민군을 알렉사 왕국군 주력 쪽으로 몰아내서 적군의 혼란을 한층 확대하는 것이 최선의 수다."

우리가 진을 치고 있는 장소는 약간 높은 구릉 위에 있기에 스테판군과 싸우고 있는 알렉사 왕국군 주력의 모습이 시야에 들어온다.

몰아넣을 곳의 위치를 손가락으로 가리켜 라토르한테 알려줬다.

"오오오! 그렇군! 역시나 알베르트야. 그렇게 되면 적 주력도 끌어넣은 커다란 전과가 되겠어!"

"그런 거야. 이건 무척 중요한 임무다. 두 사람과 합류하면 내 의도를 제대로 전해 줘."

"오오! 알았다!"

"좋아, 그럼 바로 출진을! 사기를 잃은 패잔병으로부터 나를 호위하는 건 병참 부대 병사만으로도 가능해."

"알았다! 라토르 부대, 출격하지!"

손도끼를 치켜든 라토르가 부하를 불러 모으고는 말을 타고 달려나갔다.

라토르 부대는 사냥개 역할을 하기 위해 전원 기병으로 구성, 기동력을 높였다.

해방된 광견들은 이쪽이 가르쳐준 대로의 움직임을 보이며, 에르윈 가문의 근육 뇌 투 톱 무쌍&라토르의 후방 공격으로 200명의 병사가 2천의 영주군 병사를 가뿐히 분쇄했다.

병사의 질의 승리다. 애초부터 전투 경험에 차이가 너무 많이 나서, 처음 몇 번의 공격으로 대장의 머리가 날아가 농민군들이 전의를 상실하고 동요하던 차에, 최후방에서의 기병 공격으로 완전히 군이 붕괴했다.

전투 전문가인 에르윈 가문의 가신과는 다르게 상대는 파트타임 병사인 농민군이 주체였던 것도 적의 붕괴가 빨랐던 요인이리라.

"라토르 님이 마리다 님, 브레스트 님과 합류한 것 같네요. 세 분이 협력해서 스테판 님이 붙잡아 두고 있는 알렉사 왕국군 주력을 향해 적의 패잔병을 몰아넣기 시작한 모양입니다. 정말로 교활한 싸움 방식이네요. 역시나 예지의 지보라 불렸던 알베르트 님의 계책이에요."

"적은 우리가 보고 있는 시야를 가지고 있지 않으니까 말이지.

어디로 도망치면 좋을지 망설이다가 세 사람한테 쫓기고 있는 것뿐이야."

"그래서 이 장소에 진을 치는 것을 강행한 것이군요."

"그래. 시야 확보가 전황 판단에 크게 기여하니까 말이지. 그건 그렇고 라토르도 기마로 잘 싸우는걸."

내 망원경으로 전과를 확대하는 에르윈 가문의 세 사람을 바라봤다.

"세 사람이 서로 협력해서 패잔병을 잘 몰아넣어 혼란을 확대하고 있는 모양입니다. 이제 이걸로 알렉사 왕국군은 대패하는 길밖에 남지 않았네요."

리셸이 전황을 보고 냉정하게 알렉사 왕국군의 말로를 추측하여 보고했다.

참모로서의 재능을 가지고 있는 그녀다 보니 이후의 전개가 예상된 듯하다.

"뭐, 그렇게 되겠지. 이쪽의 신호로 반전할 예정인 스테판군, 우리한테 쫓겨 몰린 패잔병, 게다가 강을 등지고 있어. 이 상황에서는 내가 알렉사 왕국군을 지휘하고 있었어도 이길 수 있다는 생각이 안 드네."

이제부터의 전투 추이를 상상하며 다시금 눈 아래에서 펼쳐지고 있는 전투로 시선을 옮겼다.

근육 뇌들이 양 무리를 몰아넣고 있는 목양견처럼 패주병을 알렉사 왕국군 주력을 향해 몰아댔다.

"상황은 갖춰졌어. 스테판 경에게 봉화로 알리도록 해. 그리고 전령도 보내겠어."

"네. 봉화 담당이랑 전령 군~."

리셸이 병참 부대에 소속된 근처 병사에게 지시를 내리자 잠시 후 봉화가 올랐다.

봉화가 오르자 연기를 발견했다고 생각되는 스테판의 군세가 후퇴를 멈추고 반전하여 왕국군을 도로 밀어내기 시작했다.

갑자기 반전한 스테판군에 의해 진격이 멈춘 알렉사 왕국군 주력은 우리의 근육 뇌들한테 내몰린 영주군 패잔병이 섞인 것으로 인해 혼란이 초래됐다.

혼란 속에서 알렉사 왕국군 주력은 패잔병을 쫓고 있던 에르윈 가문의 강습에 노출되고 반전해 온 스테판군의 대응에도 쫓겨 잇따라 병사가 죽자 사기가 붕괴하였고, 이탈을 노린 수뇌진은 강에 가로막혀 속속 포로로 잡히는 바람에 참패에 가까운 패배가 확정되었다.

이로써 전쟁의 승리는 에란시아 제국군한테 들어왔다.

이미 승패는 결정지어졌고, 이 전쟁의 책임자인 스테판이 내린 지시는 '추격하지 마라'였다.

총대장의 지시를 거스르면 마왕 폐하가 우리한테 품는 인상이 나빠질 수 있기에, 근육 뇌들한테 얌전히 있게 시키고 포로와 포기 물자 회수를 명하는 전령을 보냈다.

물론 우리도 전장에 더 가까운 장소로 이동하기로 했다.

여기서 이 세계의 전쟁 사후 처리에 관해 해설하겠다.

· 사망자와 포로 선별

· 사망자 화장

· 노획한 물자 회수

· 포로들 중에서 기술자와 노예를 선별

· 영주급 포로의 몸값 청구

· 수급 실검(實檢)

이런 식으로 진행된다.

무기를 버리고 저항을 멈춘 자는 포로로 삼고, 빈사의 중상자는 편히 보내주고, 전의를 보이는 자를 둘러싸서 죽인다.

그동안에도 적이 포기한 식량, 말, 무기와 방어구 등도 동시에 주워 모아 짐마차에 포로와 함께 싣는다.

모은 물자와 포로는 우리의 소중한 수입원이 된다.

이걸 노리고 장물아비나 노예상이 슬슬 모여들 터다.

전장의 청소가 끝나자 주위에는 사망자를 화장하는 연기가 길게 뻗치고 있었다.

해설 순서가 좀 바뀌겠는데, '수급 실검'이란 이번 전투의 총대장인 스테판에게 전장에서 벤 적측 수급의 신원을 판정받아 논공행상의 중요한 판정 재료로 삼기 위해 이루어지는 작업이다.

정말로 신고한 본인의 전공인지를 확인하는 자리이기도 하다. 적측 수급의 확인은 포로나 배신한 자가 한다.

자른 목을 죽 늘어놓고 '이 썩을 ㅇㅇ놈은 내가 필살의 일격으로 머리를 날려 줬다고. 핫하──!' 같은 걸 하는 보고회라고 생각해 주었으면 한다.

참고로 마리다가 영주급 여섯, 농민군 지휘관급 아홉의 머리를 베었고, 브레스트도 영주급 다섯, 농민군 지휘관급 아홉을 베었으며, 라토르도 영주급 셋과 농민군 지휘관급 다섯을 베었다.

너희들, 너무 분발하잖아. 아니 그보다 에르윈 가문만 너무 목을 많이 베었다고.

확실히 지휘관급을 노리는 건 굉장히 효율적이지만, 스테판이나 다른 영주가 무공을 세우게 해주지 않으면 시기를 받을 거라고.

전쟁이 끝나면 스테판과 이번에 참가한 영주들한테 감사의 공물을 보내 둬야겠군. '일전의 싸움에서는 저희의 그것이 폐를 끼쳐 죄송합니다'라는 서한도 곁들여 둘까.

근처 이웃과의 교류는 소중하다. 침공당했을 때 이쪽을 도와줄 것인지 이쪽에 칼날을 겨눌 것인지는 평소에 어떻게 지낼지에 달렸기 때문이다.

그러나 근육 뇌 일족인 에르윈 가문은 지금까지 일절 그런 이웃 귀족과의 교류를 하지 않았다.

교류가 있는 건 마왕 폐하와 마리다의 언니가 시집간 곳인 스테판 형님의 집안뿐이다.

근육 뇌이자 무슨 짓을 할지 알 수 없는 에르윈 가문과는 얽히고 싶지 않다고 생각하는 귀족 가문은 많다.

내가 다른 귀족 가문을 섬기고 있었다면 절대로 교류를 가지고 싶지 않은 가문 넘버 원으로 밀고 있다.

하여튼 마리다와 브레스트, 라토르는 그 '수급 실검'에 참가하기 위해 스테판의 진영에 가 있었다.

전장 처리가 거의 끝나자, 노예상과 장물아비들이 전장 한가운데 시장을 열어둔 장소에 포로와 물자를 가득 실은 짐마차를 가지고 갔다.

노예상은 포로를 노예로 사들여 주고, 장물아비는 벗겨 낸 중고 무기와 방어구, 말 등을 사들여 준다.

"아, 거기 자네. 포로는 조심히 다루도록 해. 중요한 상품이니까. 영주 일족의 포로도 말이지. 성에 데리고 돌아가서 몸값 교섭을 할 거니까 조심히, 조심히. 얼굴은 안된다고. 몸으로 해 둬."

짐마차에서 내린 포로들을 노예상에게 팔기 전에 기술을 가진 대장장이나 목공이 있는지 확인했다.

기술을 가진 포로는 중요한 자원이니까 영내에 데리고 돌아갈 예정이다.

뭐, 노예가 되는 건 변함없지만 중노동을 당하지 않는 것만 해도 낫다.

기술자의 확인이 끝나면 남은 포로 중에서 노예상에게 가격을 매기게 한다.

젊고 건강한 사람 한 명에 제국 금화 90닢.

제국 금화 1닢=1만 엔 정도의 가치이기에 대략 90만 엔이다.

이건 노예상한테 파는 가격이기에, 노예를 사는 사람은 더 냅니다.

참고로 노예를 살 때는 대략 두 배인 180만 엔 정도다.

하지만 이 돈은 노예로서 팔리는 자에게는 일절 지불되지 않는다.

나머지는 나이에 따라 줄어드는 느낌. 너무 어려도 안 되고, 너무 나이가 많아도 안 된다.

팔려 가는 곳은 광산, 배를 젓는 사람, 농촌의 농노가 태반이다.

이번에는 기술을 가지고 있지 않았던 농민군 포로 50명을 팔아넘겼다.

상시 전쟁 상태인 에란시아 제국에서는 일손의 수요는 높으니까 날개 돋친 듯이 팔렸다.

노예를 팔아 얻은 매상은 4,500만 엔 정도.

에르윈 가문 사람들은 무기와 방어구에 관해 매우 까다로워서, 농민군한테 빌려주는 것의 품질까지 신경 쓰는 무기 마니아들이었다.

무기 마니아의 눈에 차지 않은 중고 무기와 방어구, 노획 물자를 매각하여 3,000만 엔 정도의 이익이 나왔다.

역시 중고품은 인기가 없다. 그저 가난한 영주가 농민군을 무장시키기 위해 장물아비한테서 사들이는 정도라고 한다.

노예와 중고 무기, 방어구 매각으로 7,500만 엔의 매상을 올렸다.

대박이라고? 아니, 가신들의 봉급, 무공에 대한 포상, 출병 비용, 손실 물품 보충을 생각하면 조금 더 벌고 싶다.

수급 실검과 노획 물자 및 노예 판매가 끝나고 총대장인 스테판한테서 귀환 명령이 내려져 성으로 돌아온 뒤 사로잡은 지휘관급 포로들한테서 몸값 뜯어내기를 개시했다.

몸값을 교섭하는 건 주로 영주나 그 일족, 그리고 농민군 지휘관을 맡고 있던 촌장 일족과 같은 경제력을 지닌 인물에 한정된다.

몸값 교섭은 수고가 들기에 어느 정도 경제력을 지닌 사람 이외에는 비용 대비 효과가 적기 때문이다.

이번에는 전선이 빨리 붕괴하여 여러 명의 지휘관급 포로를 얻을 수 있었다.

영주 한 명, 영주 일족 세 명, 농민군 지휘관 촌장이 세 명으로 총 일곱 명이다.

본래라면 이 교섭은 당주의 일이지만, '나는 전투에서 썼던 무기와 방어구 손질로 바쁘니 알베르트한테 맡기마'라는 말을 들었다.

"알베르트 님, 몸값 교섭 준비가 끝났기에 면담을 부탁드리겠습니다."

성에 돌아와 정무를 보고 있던 내게 리셸이 몸값 교섭 준비가 되었음을 알렸다.

"알았어. 금방 갈게."

준비된 연금용 저택에 들어가자 몸값을 낼 수 있다고 판단한 지휘관급 포로가 밧줄에 묶인 상태로 나란히 세워져 있다.

"자, 여러분은 이제부터 자신이 지불할 수 있는 금액을 한 명씩 신고해 주셔야 하겠습니다. 제가 상정하는 가격과 맞으면 나름의 대우를 약속하지요. 맞지 않을 경우에는── 머리만 남아 우리 가문의 무공에 보탬이 되어 줘야겠습니다. 아시겠지요?"

늘어선 포로들은 말없이 고개를 끄덕였다.

사로잡은 포로들과 일대일로 얼마를 준비할 수 있는지 사정 청취를 개시했다.

　가장 먼저 스스로 자신의 목숨 가격을 스스로 매기게 했다.

　돈을 내지 못하면 죽음이 기다리고 있기에 포로들은 영지에 있는 자산을 아슬아슬한 금액까지 내는 사람도 있었다.

　몸값은 상대 나라의 화폐가 아니라 귀금속인 금괴로 요구하고, 노획한 재화는 태반을 녹여 금괴로 만들었다.

　하지만 개중에는 가난한 영주라 돈을 낼 수 없는 사람도 당연히 있다.

　이번에는 가격이 맞지 않았던 한 명을 제외하고 전원이 몸값 액수 합의에 이르렀다.

　액수에 합의함으로써 그들은 몸값을 지불할 때까지는 우리 가문의 객인(客人)이 된다.

　포승줄도 풀고 연금용 저택 안이라면 행동도 자유다. 영지에 보낸 사자가 몸값을 확실하게 가지고 오면 포로로서의 일은 종료되고 무사히 영지에 돌아갈 수 있는 것이다.

　단, 돈을 가진 사자가 오기 전에 도망치면 묻지도 따지지도 않고 처형된다.

　상대도 그걸 이해하고 있기에 쓸데없이 탈주를 생각하지는 않는다.

　받아내는 데 성공한 몸값은 총액으로 3억 5천만 엔이다.

　평범한 포로 매매나 중고 무기, 방어구 매각으로 번 돈과 합치면 4억 2천 5백만 엔의 돈이 손에 들어온 게 된다.

에르윈 가문으로서는 큰 흑자를 낸 싸움이 되었다.

몸값을 낼 것을 합의하고 우리 가문의 객인이 된 포로분들은 곧바로 포승줄이 풀리고 방을 제공받았다.

자, 여기서 합의하지 않았던 한 명의 이야기를 하자.

참고로 능력치는 이쪽이다.

이름 : 리제 폰 아르코

연령 : 18 성별 : 여 종족 : 인족

무용 : 34 통솔 : 55 지력 : 42 내정 : 50 매력 : 76

쓰리 사이즈 : B75(C컵) W51 H78

지위 : 아르코 가문 당주

그의 이름은 리제 폰 아르코. 18살이다. 이번 전투가 첫 출진이었다는 듯하다.

아르코 가문은 촌장 일족 출신으로 선선대 당주가 주위 농촌을 실력으로 지배하여, 악정을 계속했던 알렉사 왕국 영주를 쫓아내고 에란시아 제국에 소속되어 남작가가 된 가문이었다는 모양이다.

에란시아 제국에 소속되어 남작이 된 선선대가 전쟁에서 급사하자 가문의 내분으로 집안이 어지러워지고, 혼란스러운 와중에 선대도 병사했다.

새롭게 당주가 된 리제가 영지를 이어받았을 때는 내분의 영향으로 에란시아 제국에서 이탈하여 알렉사 왕국의 세력권에 포함

되는 바람에 이번 전쟁에 동원된 것 같다.

그렇기에 리제의 가문은 피폐해진 상태라 이쪽이 산정한 몸값과 그가 자기 신고한 금액이 맞지 않은 것이다.

면담 자리에서 선언한 대로 돈을 내지 못하면 죽음. 이라는 것도 괜찮았겠지만…….

실은 '그'는 '그녀'였다.

리제 폰 아르코는 여자 당주임을 숨기고 있었던 것이다.

처음 대면했을 때부터 무척 아름다운 이목구비를 지닌 남자군, 이라고 생각했는데 능력을 확인해 봤을 때 성별에 여성이라고 나와서 깜짝 놀랐다.

본인에게 자세한 이야기를 들어보니, 집안싸움 와중에 선대 당주의 적남인 오빠가 의문사하여 직계 자손이 젊은 여자인 리제뿐이었기에 알렉사 왕국으로부터 가문 말소를 당하지 않고자 남장하여 당주의 자리에 앉았다는 듯하다.

'큭! 죽어라! 나한테서 몸값은 받을 수 없다고'라면서 무려 '큭 죽'까지 해주니 엄청나게 꼴렸다.

"알베르트. 남장한 여인도 좋은 법이구나. 나는 여인을 좋아한다만 리제 같은 애도 엄청나게 좋아한다. 하아, 하아."

무기와 방어구 손질을 끝내고 교섭 장소에 얼굴을 내비친 마리다가 묶여 있는 리제를 보고 침을 흘렸다.

기가 드센 그녀의 태도가 마리다의 성벽을 자극하고 만 모양이다.

전투 후이기도 해서 마리다의 성욕은 높아져 있는 모양이라 그

걸 발산할 곳을 원하고 있다.

"좋구나, 흥분되는군. 맛을 봐도 괜찮겠느냐."

마리다가 번쩍이는 야수 같은 눈으로 묶여 있는 리제를 쳐다봤다.

"히익. 나는 죽는 건 무섭지 않다! 안 무서우니까 말이다! 얼른 죽여라!"

몸값을 낼 수 없다면 리제한테는 미안하지만 마리다의 애인으로서 성욕 발산을 도와주는 역할을 해줄 수밖에 없다.

"마리다 님, 리제 공은 몸값을 준비할 수 없는 모양입니다. 어떻게 하시겠습니까?"

"그런가, 그런가. 리제는 돈을 낼 수 없는 건가…… 그건 곤란하겠군. 그렇다면 나한테는 다른 방법으로 지불해 줘도 괜찮으니라."

마리다는 이쪽의 의도를 알아차린 모양이라, 리제의 몸을 시선으로 훑었다.

"다, 다른 방법?"

리제가 마리다의 애인이 되면 마리다의 애인=내 것이라는 도식도 자동으로 성립된다.

그렇게 되면 이익이 되는 효과를 에르윈 가문에 하나 더 가져다준다.

그 이익이 되는 효과란, 영지를 합병할 수 있다는 것이다.

아르코 가문은 에르윈 가문의 본거지 애슐리령 남쪽에 인접한 영주다.

원래는 에란시아 제국 측이기도 하여서, 두 영지를 잇는 길도 여럿 정비되어 있고 서로의 영내에 친척도 많이 있다.

가까우면서도 멀어져 있던 이웃이 아르코 가문이다.

　그 아르코 가문의 당주 리제와 내 사이에 태어난 아이한테 아르코 가문을 잇게 하면 에르윈 가문과의 친척 관계가 되어 영지 합병은 사실상 문제없게 된다.

　가까우면서도 멀어져 있었던 아르코 가문을 혈연으로 천천히 에르윈 가문과 일체화시켜 영토를 확대할 수 있다.

　리제는 그런 이익이 되는 이야기를 짊어진 남자아이. 아니, 정확히 말하자면 남자 말투를 쓰는 남장 여성이다.

　"마리다 님은 리제 공이 몸값을 낼 수 없다면 애인으로서 그 몸을 바쳤으면 한다고 말씀하고 계십니다."

　"뭐?! 자, 잠깐 기다려! 나는!"

　갑자기 제안받은 안건에 놀란 리제가 거절을 표시했다.

　"그대는 내게 몸값을 낼 수 있는 것이더냐? 하아, 하아."

　하아, 하아, 하고 거친 숨을 내쉬며 리제를 노리고 있던 마리다가 놀랄 정도의 빠른 솜씨로 그녀의 몸을 안아 올리고는, 핏발 선 눈과 역전의 전사라도 겁먹을 정도의 기백으로 으름장을 놓았다.

　"아으, 낼 수…… 없습니다."

　마리다의 기백 앞에서 항변할 의욕이 꺾인 리제가 울먹이며 고개를 돌렸다.

　그런 리제를 안고 있던 마리다가 한쪽 손으로 리제의 턱을 잡고 슥 들어 올려 자기 쪽을 보게 한 뒤 쐐기를 박는 말을 내뱉었다.

　"그렇다면, 나한테 뭘 하면 될지 어린애가 아니니까 알 테지?"

　"우으으, 난 처음이라고. 부드럽게, 부드럽게 해줘."

"맡겨 둬라. 나는 여인한테는 다정하니라. 자, 자, 내가 지금 바로 극락으로 데리고 가 줄 테니 말이다. 자, 가는 거다."

리제를 안고 있던 마리다가 연금용 저택에서 번개 같은 속도로 달려나가서는, 사저의 침실로 뛰어 들어갔다.

"전투 후이고, 마리다 님의 성욕은 최고조로 높아져 있겠죠. 저 작은 몸집의 리제 님의 몸이 버틸 수 있을까요?"

잠자코 상황이 흘러가는 것을 지켜보고 있던 리셸이 내게 말을 걸었다.

"못 버티겠지. 그나저나 교섭으로 지쳤으니까 차를 한잔 준비해 줘. 그 뒤에 우리도 침실로 가자고."

"알겠습니다. 곧바로 준비하겠습니다."

거실로 돌아가 리셸이 준비해 준 차를 맛보고 있자, 침실에서 훌쩍여 우는 소리와 흐느껴 우는 소리가 들려왔다.

"마리다 님은 리제 님이 상당히 마음에 드신 모양이네요."

정무 뒷정리를 끝내고 거실로 돌아온 이레나가 침실에서 들려오는 목소리에 미소를 띠었다.

"그런 것 같네. 뭐, 실제로 근사한 애라고 생각해."

"남장하신 리제 님의 모습을 봤습니다만, 무척 중성적인 외모였죠."

"이레나 씨도 마음에 드셨나요? 저는 지금부터 기대돼요."

리셸은 손을 쥐었다 폈다 하며 야한 미소를 띠었다.

"저도 흥미진진해서 일을 빨리 끝내고 왔네요."

이레나도 오늘 밤의 향연을 기대하고 있는 모양이라 이미 뺨이 빨갛게 물들어 있다.

안쪽 침실에서는 리제의 비명이 다시 들려왔다.

"슬슬 우리도 가는 편이 좋겠군."

"그러네요. 마리다 님도 제법 즐기신 모양이고요."

"알베르트 님, 리제 님한테도 제대로 부드럽게 해주세요."

"그래, 알고 있어."

컵을 테이블에 내려놓고, 리셀과 이레나와 함께 침실로 향했다.

침실에 들어가자 마리다가 히죽히죽하며 이미 전라로 벗겨진 리제를 침대에 깔아 눕히고, 하복부에 슬그머니 손을 넣고 있었다.

이미 리제는 몇 번인가 절정을 맛봤는지, 침대 위는 수많은 얼룩 자국이 보였다.

"극락이지? 리제 땅은 귀엽구나. 하아, 하아."

"하아, 하아, 마리다 님……. 이런 거 나는 못 버텨. 하웅, 안 된다니까."

"리제 땅, 나를 부를 때는 '마리다 언니'라고 부르라고 명령했을 터이다만?"

"흐으으응! 마리다 언니! 그만해애!"

마리다가 리제의 가슴 끝을 핥자, 리제의 몸이 활처럼 휘며 크게 신음했다.

리제는 이미 남자가 아니라 완전히 여자의 얼굴을 하고 있다.

"봐라, 알베르트랑 다른 애들도 온 모양이군. 이제부터가 본격적인 시작이니라."

"꺄아! 보지 마!"

이쪽을 알아차린 리제가 부끄러움 때문인지 자신의 가슴을 손으로 감췄다.

중성적인 외모의 리제는 얼핏 보면 젊은 남자로 보이지만, 잘 보면 확실히 여성의 몸매를 지니고 있었다.

"가슴이 큰 쪽도 좋지만 이건 이것대로 흥분되네요. 리제 님에게 입힐 야한 속옷을 고르는 게 기대돼요."

리제의 몸을 흥미진진하게 바라본 리셸은 뭔가 꾸미고 있는 모양이라 싱글벙글한 표정이었다.

"리제 님, 저는 이레나라고 합니다. 마리다 님의 애인과 알베르트 님의 비서를 맡고 있습니다. 앞으로 잘 부탁드려요."

곧바로 옷을 벗고 알몸이 된 이레나가 리제의 가슴을 마구 주물렀다.

"자, 잘 부탁—— 흐웅!"

"정도껏 부탁해. 그녀는 우리의 중요한 객인이 될 거라고 생각하니까."

"알고 있어요. 리제 님은 저와 마찬가지로 알베르트 님의 아이를 가져야만 하니 말이에요."

"알베르트 님은 몇 명의 여성에게 아이를 낳게 할 생각이려나요~. 뭐, 저도 머잖아 가지게 될 것 같은 느낌은 들지만요."

리셸이 자기가 입고 있던 옷을 벗고는 리제와 마리다, 이레나가 얽혀 있는 침대 위로 올라갔다.

"리제 님, 실례하겠습니다."

"햐읏! 뭘——."

"알베르트 님이 제대로 여성으로 만들어 주실 수 있도록 조금 더 준비하도록 해요."

"그래. 알베르트가 리제 땅을 훌륭한 여인으로 만들어 줄 것이니라. 이히히히. 그 준비를 해야겠지."

야한 미소를 띤 마리다와 리셀, 이레나한테 둘러싸여 걱정되는 듯한 표정을 지은 리제의 시선이 내게 향했다.

"나, 날 여자로 만든다니——."

"괜찮아. 내일 아침에는 분명 훌륭한 여자가 되어 있을 테니까. 마리다 님, 리셀, 이레나. 준비는 맡길게."

"알겠다. 리제 땅의 입술은 내 것이니라!"

마리다는 리제의 얼굴을 억지로 끌어당겨 입술을 포갰다.

리제는 필사적으로 마리다한테서 벗어나려 했지만, 리셀과 이레나한테 몸을 희롱당하는 바람에 마음대로 저항하지 못했고, 눈물을 머금은 채 세 명의 짐승한테 당하고만 있었다.

"푸하아, 리제 땅은 맛있구나. 구히히."

"부탁이니까 이제 그만해. 그만해 줘. 나, 머릿속이 하얘질 것 같아!"

"안 돼요. 밤은 길고 아직 입구에도 서지 않았으니까요."

"그래요. 저희랑 같이 타락하면 될 뿐이에요."

"하으응! 안 돼, 그만, 안 돼애애애애앳!"

리제의 하복부에 은밀하게 들어간 리셀의 손이 격렬하게 움직임에 따라 목소리가 높아졌다.

"흐으으응! 이거, 안 돼애!"

미간을 찡그리며 입술을 깨문 리제의 몸이 팽팽하게 경직됐다.

"리제 땅, 갈 때는 간다고 말해야만 하느니라. 자, 한 번 더."

거친 숨을 내쉬며 축 늘어진 리제의 하복부에 마리다의 손도 들어갔다.

"무리, 무리야, 무리이이, 마리다 언니! 안 돼, 지금은 정말로 안 돼애애애애애!"

"오호, 이건 좋은 느낌으로 반응하는군. 리제 땅은 훌륭한 여인이 될 소질이 있는 거다. 우히히."

얼굴이 빨개지고 숨을 거칠게 쉬며 축 늘어진 리제의 다리를 두 사람이 벌렸다.

"알베르트 님, 슬슬 리제 님을 여자로 만들어 주세요."

"그래. 허나 격렬한 건 안 되느니라. 내 소중한 리제 땅이니까 말이지. 시간은 잔뜩 있고, 천천히 여인으로 만들어 주는 거다."

"알겠습니다. 그럼 리제 공은 확실하게 여성이 되어 주도록 할까요."

세 사람의 주문을 받고 나는 옷을 벗은 뒤 리제가 있는 침대로 올라갔다.

사로잡힌 가련한 가난한 영주인 남장 여자아이는 성욕 대마왕인 여자 당주와 음란한 메이드와 적극적인 비서와 속이 시꺼먼 군사에 의해 그 몸을 몇 번이나 유린당하고, 여성으로서의 쾌락이 새겨지게 되었다.

"우으으, 내 리제 땅이, 알베르트한테 좋을 대로 희롱당했느니라. 게다가 나도 같이 그러한 치욕을 당할 줄이야······."

창문 틈새로 아침 햇살이 비쳐 들어오고, 침대 위에서 알몸 미녀 네 명이 서로 얽히는 것처럼 누워 있었다.

"마리다 언니, 미안. 내가 알베르트의 여자가 되어 버린 탓에 그런 부끄러운 짓을 당하게 해서······."

"괜찮다, 나는 리제 땅을 위해서라면 그 정도는······ 참는 것이니라. 게다가 나도 알베르트의 여자가 되고 말았으니 거역할 수 없는 것이었다."

"뭐, 알베르트 님은 호색한이니까 말이에요. 그 정도로 끝내주셔서 다행이었던 것 아닌지? 그건 그렇고 마리다 님도 리제 님도 무척 귀여웠어요. 그렇죠, 이레나 씨?"

"네, 무척 귀여웠네요. 저도 여러 가지로 만족할 수 있었고요."

"네 사람 다 나를 뭐라고 생각하고 있는 거야?"

"""호색한 군사님.""""

네 명의 목소리가 겹쳤다.

틀린 말은 아니기에 부정하지는 않았다.

"그래도 리제 땅은 이걸로 내 애인 겸 알베르트의 측실이니라."

"하지만, 정말로 괜찮아? 나를 당주로 밀어준 사람들은 이번 전투에서 대부분 죽었고 우리 영지는 가난하고 내분은 아직 수습되지 않았어. 내가 말하는 것도 뭣하지만 거의 끝장난 영지라고 생각하는데."

"괜찮아, 괜찮아. 에르윈 가문의 객인이라는 형태로 리제를 보호하고 아르코 가문을 보호령으로 만들 계획은 이미 세워 놨어. 그러니까 아르코 가문의 세수를 에르윈 가문이 관리하는 대신 영지를 방어할 생각이야. 물론 영지 운영도 제대로 하겠어. 그리고 나와 리제 사이에 남자아이가 생기면 아르코 가문을 잇게 할 거고, 반대파도 나와 마리다 님이 침묵시키겠어."

남장한 여자 당주 리제는 이번 전투에서 뒷배인 유력자를 잃어, 영지로 돌아가도 여자 당주 반대파한테 살해당할 위험성이 있었다.

"아버지가 같은 아이가 각각 당주가 되면 친척이지 않으냐. 나는 친척을 공격하지 않고, 목숨을 걸고 지킨다."

"그런가, 그럼 나는 노력해서 알베르트의 아이를 낳아야겠네! 나를 위해서도, 아르코 가문을 위해서도, 마리다 언니를 위해서도."

"그런 것이니라. 이제부터는 나와 함께 매일 밤 알베르트를 덮치러 가야만 하는 거다."

"응, 마리다 언니랑 같이 분발할래!"

매일 밤 아이 만들기 선언을 한 리제의 시선이 내게 향했다.

나와 시선이 마주치자 쑥스러운지 얼굴을 빨갛게 물들이며 눈을 돌렸다.

리제는 마리다와 리셀한테 유린당한 뒤 상냥하게 애프터 케어를 해주고 여성으로서 개화시킨 내게 절대적인 신뢰를 보내주었다.

나는 시선을 돌린 리제의 머리를 부드럽게 쓰다듬어 줬다.

"살살 부탁합니다."

"귀찮은 당주 일은 알베르트가 전부 해주니까 리제 땅은 나와 같이 알베르트의 밤 시중 담당에 힘쓰는 거다!"

"저도 알베르트 님의 밤 시중 담당에 끼워 주세요."

"저도 같이요."

마리다와 리제의 대화를 듣고 있던 리셸과 이레나도 마찬가지로 끼워 줬으면 한다고 부탁했다.

"내 애인들은 알베르트를 너무 좋아하는구나. 뭐, 나도 정말 좋아하지만 말이다."

침실 창문으로 아침 햇살이 비쳐 들어오는 침대 위는 오늘도 소란스럽다.

하지만 이것이야말로 내 이상이기도 하다

아내의 애인이라는 명목을 이용해서 합법적으로 내 아내를 늘리고 싶다.

목숨이 가벼운 이 살벌한 세계에서 나는 내 욕망에 충실하게 살아갈 생각이다.

△ △ △

※오르그스 시점

"그런 바보 같은! 대패라고?! 말도 안 된다! 5천의 병사를 보냈다고!"

티아나에서 돌아와 방에 얼굴을 내비친 재상 자잔에게 가까이 있던 유리잔을 던졌다.

유리잔은 머리를 숙이고 있던 자잔의 이마에 맞았고, 깨진 유리에 이마가 베였다.

"송구하지만 아뢰옵니다. 동원한 5천의 병사는 8할이 미귀환. 영주들도 수많이 전사하고 포로가 된 자도 다수 나왔습니다. 즈라, 자이잔, 베이나 탈환은 실패했습니다. 도리어 저희는 아르코 가문의 스라트령을 잃었습니다."

"멍청한 놈이! 어째서 침공한 쪽이 영토를 잃는 거냐! 그런 어처구니없는 이야기가 말이 된다고 생각하는 거냐!"

"영토를 잃은 건 아르코 가문 당주가 저희를 배신하고 에란시아 제국에 붙었기 때문입니다. 전투에서 대패한 저희에게는 그걸 막을 힘이 없었습니다."

"제, 제기랄! 이 무능한 놈!"

두 개째 유리잔을 손에 들고는 재상 자잔을 향해 던졌다.

재차 이마에 맞은 유리잔이 깨져, 재상의 이마에서 피가 흘러 떨어졌다.

"능력 부족으로 이러한 결과가 되어 면목 없습니다."

"사과하면 된다는 이야기가 아니다! 이번 침공 작전은 내가 총대장이란 말이다!"

짜증을 억누를 수 없어서 엄지손톱을 세게 깨물었다.

젠장, 젠장, 어째서 이렇게 된 거지! 침공 작전은 대승리하고 나의 후계자 지위를 안정적으로 만들 터였는데! 어째서 이렇게 된 거냐고!

기대하고 있던 침공 작전의 결과가 예상도 하지 않았던 방향으로 흘러가, 후계자 지위가 위태로워지기 시작했다.

"송구하지만 아뢰옵니다. 이번 침공 전쟁에서 저희 군에 큰 타격을 입힌 것은 마리다가 당주로 복귀한 에르윈 가문이라는 모양입니다. 그 에르윈 용병단을 이끌고 있던 마리다가 어느샌가 에란시아 제국에 복귀하여 다시 당주 자리에 앉았던 것입니다."

예지의 신전을 습격하고 내 금괴를 빼앗았을 뿐만 아니라 즈라, 자이잔, 베니아를 공격하여 영주들을 죽인 놈들의 대장인가!

예지의 신전에서 뇌물을 받으려 했을 때, 뛰어들어서 행패를 부린 여전사의 얼굴을 떠올렸다.

외모는 괜찮지만, 광폭하며 막된 아인이었을 터.

국경 영주들을 죽인 뒤 모습을 감추고 있었는데…… 에란시아 제국에 복귀했었을 줄이야…….

"그 녀석이 침공군을 괴멸시킨 거냐."

"예. 그리고 이건 미확인 정보입니다만, 에르윈 가문 당주가 된 마리다의 남편 이름이 알베르트라는 것 같습니다."

재상 자잔의 입에서 나온 말에 분노가 터져 나왔다.

"그 녀석은 신관 알베르트다! 녀석이 틀림없다! 마리다한테 납치당해 행방불명이었는데, 에란시아 제국에 망명해서 약빠르게 아인의 남편이 되어 있었던 건가!"

망할! 그 음식물 쓰레기 자식! 나를 방해하다니!

알렉사 왕국의 돈으로 고아에서 신관까지 되었으면서, 왕국을 배신하고 에란시아 제국에 붙다니!

어디까지 썩어빠진 녀석이냐! 저번 건도 그렇고 이번 건도 그렇고, 절대로 용서 못 한다!

어떤 수를 써서라도 그 녀석을 내 앞에 무릎 꿇리고 목숨을 구걸시킨 뒤에 죽여 주마!

"자잔! 알베르트한테 건 현상금을 10배로 올려라! 에르윈 가문에서 유괴해서라도 좋으니까, 산 채로 내 앞에 데리고 오게 해!"

"하, 하아, 포고는 하겠습니다만…… 에란시아 제국에 있다고 생각되기에 달성은 어려우리라 생각합니다."

"시끄럽다! 닥치고 해! 나한테 훈계하지 마라!"

"넵! 곧바로 포고하겠습니다."

절대로 용서하지 않겠다! 알베르트!

"그래서, 본론으로 들어가겠습니다만 이번 패전을 폐하께는 어떻게 보고할까요. 원정에 가세한 자들에게는 엄한 함구령을 내리고 정보가 고란파에 흘러가지 않도록 해 두었습니다만."

"패전이라는 말을 가볍게 입에 담지 마라! 멍청이가! 원정은 아직 끝나지 않았다!"

"하지만 침공군은 이미——."

제기랄, 제기랄, 제기랄! 제가 총대장인 전투에서 패전했습니다, 라고 폐하께 보고할 수 있을 리가 없잖냐!

후견인인 재상 자잔의 우둔함에 짜증을 느꼈지만, 지금은 원정 실패를 흐지부지 덮지 않으면 폐하의 신뢰가 폭락할 위기였다.

"아직 지지 않았다! 원정에서 귀환한 자는 영지에서 격리해서 벽지의 수용소에 모아 관리하에 둬라! 그리고 원정군은 에란시아 제국군 격파에 성공하고 즈라, 자이잔, 베니아를 탈환하는 중이라고 보고해 둬라! 정보가 새어 나가지 않으면 폐하는 내 말을 의심하지 않으신다!"

"그, 그러한 허위 보고를 하셨다가 만약 사실이 알려져 버리면——."

"그렇게 되지 않도록 하는 게 네 일이잖냐! 누설됐을 때를 대비해서 대신 책임을 지게 할 녀석도 시급히 준비해 둬라!"

세 개째 유리잔을 손에 들었더니, 자잔은 서둘러 방에서 나갔다.

제8장 ♥ 마왕 폐하의 부름

알렉사 왕국과의 국경을 둘러싼 싸움이 에란시아 제국의 대승리로 끝나고 2주.

알렉사 방면군 방면사령관인 스테판이 싸움에 참가한 귀족 가문의 군공을 정리하여 마왕 폐하께 보고되었고, 이번 싸움의 논공행상이 발표되었다.

결과는 마왕 폐하 '에르윈 가문, 격찬한다'였다.

제일가는 공훈을 마리다가 받았습니다. 둘째 공훈을 브레스트가 받았습니다. 셋째 공훈을 라토르가 받았습니다. 에르윈 가문 원투쓰리 피니시입니다.

이래서는 수급 실검 때와 마찬가지로 싸움에 참가한 귀족한테서 또 비아냥을 듣게 된다.

하아, 근처 영주한테 보내는 사례 편지에 곁들일 공물의 질을 올려야겠어.

"해냈느니라! 내가 제일가는 공훈을 세운 거다! 축하다! 축하의 술이다! 오늘은 마시는 거다! 리제, 이레나. 나한테 무릎베개를 해주고 술을 따르거라!"

"우오오오오! 내가 둘째 공훈이라고오오! 마리다한테 뒤처진 기억은 없다고! 당주이기 때문이냐! 그런 거냐, 알베르트!"

"어째서 내가 셋째 공훈이야! 내가 기병으로 쫓았으니까 그 싸움이 대승리로 끝난 거잖아! 그렇지? 알베르트!"

사자한테서 논공행상 발표를 들은 근육 뇌들이 아침부터 술을 꺼내 야단법석으로 떠들고 있다.

까놓고 말해서, 당주가 솔선해서 소란을 피우는 건 좀 그렇잖아. 라고 생각은 하지만, 마리다니까 어쩔 수 없다.

브레스트도 전장에서의 침착한 분위기에서 확 변하여 아침부터 숨 막힐 듯이 떠들고 있었다.

물론 라토르도 아침부터 시끄럽다.

"마리다 님도 브레스트 님도 라토르 님도 아직 술은 이릅니다. 스테판 경의 사자가 가지고 온 포상 내용이 적힌 서한을 확인해야지요. 포상 내용에 따라서는 축하연 비용은 마리다 님의 용돈과 브레스트 경의 봉급에서 부담할 것이니 양해해 주시길."

"키히이익! 그럴 수가! 이기고 제일가는 공훈을 세웠는데 축하연을 내 돈으로 연다니 이상한 것이니라!"

"어쩔 수 없습니다. 저희는 가난하니까요. 정무 담당관으로서 쓸데없는 지출은 인정할 수 없습니다. 자, 포상 내용을 확인할 테니 대회합실로 이동해 주십시오."

술통을 꺼내려 했던 마리다를 타이르면서, 브레스트를 비롯해 야단법석으로 떠들고 있던 가신들을 대회합실로 이동시켰다.

대회합실로 이동하여, 마왕 폐하께서 보낸 서한의 내용을 내가 낭독했다.

"이번 싸움, 실로 훌륭하였다. 그대들의 공로를 인정하여 마리다 폰 에르윈을 공훈 제일, 브레스트 폰 에르윈을 공훈 제이, 라토르 폰 에르윈을 공훈 제삼으로 평가한다. 이번 공훈에 이하의 포상을 내린다. 하나, 아르코 가문의 에란시아 제국 복귀와 현 작위의 추인. 둘, 아르코 가문 영지 스라트의 에르윈 가문 보호령화 허가. 셋, 제국 금화 1만 닢, 명도 세 자루를 하사하는 것으로 한다."

""""우오오오오오!""""

귀인족들이 일제히 환성을 질렀다.

전투에서 세운 무훈을 칭찬받는 것이 삶의 보람인 일족이기에, 마리다와 브레스트, 라토르가 마왕 폐하로부터 무훈을 인정받음으로써 텐션이 엄청나게 높아졌다.

하지만 나도 예상보다 큰 은상이 내려져 텐션이 올라가 있다.

에르윈 가문이 올린 무공으로 생각하면, 아르코 가문의 에란시아 제국 귀족 복귀와 보호령화 허가는 나도 상정하고 있었다.

하지만 제국 금화 1만 닢, 엔으로 환산하면 1억 엔의 포상금을 받을 수 있으리라고는 생각지 않았다.

빚이 남아 있는 것이 판명된 에르윈 가문으로서는 수중에 자유롭게 쓸 수 있는 돈이 늘어나기에 무척 고마운 일이었다.

진짜로, 마왕 폐하 최고! 지금이라면 안겨도 괜찮을지도 몰라!

이 포상금은 새롭게 에르윈 가문의 보호령이 되는 아르코 가문의 영지 정비에 쓰도록 하자.

장래에는 에르윈 가문에 병합될 예정이기에 이전에 했던 도량형 통일이라든가 인구 조사, 작물 현황 조사 등도 팍팍 해나갈 예정이다.

또 업무가 늘어난다며 밀레비스가 입에서 영혼이 빠져나오며 승천할지도 모르겠군.

하지만 적어도 근육 뇌 일족보다는 제대로 영지 관리를 하고 있을 터이니까, 힘내 줘야겠어.

일단 추가 모집으로 30명 정도 문관을 확보했었는데, 아직도 더 필요하겠네.

바라던 것 이상의 포상이 주어짐으로써 싱글벙글하고 있던 나는, 다음 순간에 얼굴이 새파래졌다.

서한에는 아직 다음 내용이 있었다.

떨리는 손으로 서한의 글자를 좇으며, 소리 내어 읽어 나갔다.

"또한, 저번의 공훈에 더해 이번 전투에서의 에르윈 가문의 공로도 훌륭했다. 짐이 직접 포상을 내려주고 싶으니 짐의 거성으로 오라. 성으로 올 자는 마리다 폰 에르윈, 브레스트 폰 에르윈. 라토르 폰 에르윈. 그리고, 알베르트 폰 에르윈. 이상 네 명.

성으로 올 사람에 상상도 못 한 내 이름이 기재되어 있었다. 마왕 폐하의 호출이다.

현시점의 나는 에르윈 가문의 가신이기는 하지만, 제국 귀족은 아니기에 무위무관(無位無官)인 사람에 지나지 않는다.

저번에도 이번에도, 나는 표면에 나서서 무공을 세운 것이 아닌데도, 무위무관인 내 이름이 왜 올라가 있는 거지?

다만, 마왕 폐하께서 직접 부르신 것이다. 배신(陪臣)에 지나지 않는 나라도 불린 이상 갈 수밖에 없다.

나에 대한 수수께끼의 호출에 곤혹스러워하면서도, 마왕 폐하에 관한 소문을 떠올렸다.

마리다의 젖형제로, 에란시아 제국의 톱인 황제 자리에 있는 남자한테는 여러 소문이 존재한다.

나이 25세의 청년 군주. 황제가 될 수 있는 사황가 중 하나 슈게모리 가문의 당주.

모략을 구사하여 황제 자리를 차지하여 황제가 된 뒤 전 황제의 실정으로 축소된 에란시아 제국의 영토선을 다시 밀어내고 있는, 전쟁에 능통한 군주이기도 하다.

유능한 하급 귀족을 직신(直臣)으로 채용하고 에란시아 제국의 국력을 저하시키는 오래된 폐습 개혁을 지향하며 역대 황제한테서는 볼 수 없었던 강권적인 정치를 추진하고 있다는 듯하다.

그리고 마리다를 경유한 정보로는, 마리다한테는 엄청나게 무른 의지할 수 있는 오라버니라는 모양이다.

"알베르트. 복귀할 때 그대를 남편으로 삼겠다고 오라버니께 소개했었느니라. 그랬더니 말이지, '마리다를 아내로 맞아들이는 남자라니, 흥미롭군. 만날 자리를 마련해라'라는 이야기가 되어서 말이다. 이번에는 내 남편으로서 호출된 것 같구나. 이 기회에 오라버니와 대면해 두어도 나쁠 건 없겠지."

이번에 내가 같이 호출된 데에는 마리다의 한마디가 있었기 때문인 모양이다.

마왕 폐하 입장에서 보면 나는 가신의 가신인 배신이라는 형태다.

보통은 배신이 마왕 폐하를 알현하는 것은 불가능하다.

예외로서 주군의 사자로 성에 가는 것이거나, 이번처럼 무공을 올려 마왕 폐하로부터 직접 포상을 하사받는 경우에만 무위무관인 자가 알현할 수 있다.

그러니 사자로서도 아니고, 무공도 올리지 않은 내가 이번에 불린 것은 예외 중의 예외였다.

"마왕 폐하가 되신 크라이스트 경과는 쉽게는 만날 수 없었으니까 말이지. 오랜만에 만나 뵐 수 있는 거라면 선물을 가지고 가야만 하겠군. 프레이가 만든 그걸 가지고 가도록 할까."

브레스트도 마왕 폐하와는 안면이 있는 사이였다.

에르윈 가문은 에란시아 제국 남쪽을 수호하는 사황가 중 하나인 슈게모리 가문 파벌에 속한 가문이다.

내정에 무능한 근육 뇌 일족이 이 축복받은 영지에 자리 잡은 것도 몇 대 전의 슈게모리 가문 당주가 황제였던 시절이다.

그 이후로 에르윈 가문은 역대 슈게모리 가문 당주한테 쭉 편애받아 왔다는 걸 최근에 알았다.

에란시아 제국 귀족이며 탑 4라 불리는 사황가의 일각, 슈게모리 가문을 지키는 최강의 경호원이 에르윈 가문이었다.

근린 영주한테 전투광으로 두려움을 사는 에르윈 가문도 오랜 세월의 은의(恩義)가 있는 슈게모리 가문 당주 일족에게는 순종적인 것이다.

다만, 마리다의 결혼 건은 순종적인 에르윈 가문 사람이 드물게도 슈게모리 가문 당주한테 반발한 것이기에 큰일로 발전해 버린 듯하다.

뭐, 그래도 허락받고 복귀시켜 주었으니 지금의 마왕 폐하도 에르윈 가문에는 무른 모양이지만.

"알베르트. 오라버니께 소개할 테니까 곧바로 왕도로 출발하는 거다. 준비하거라. 다들, 축하 승리 연회는 내가 제도에서 돌아오고 나서 하겠다! 기다리고 있거라!"

마리다는 술통을 탈취하는 것을 포기한 모양이라, 곧바로 마왕 폐하를 알현하러 가기 위한 준비와 축하 승리 파티 예정을 은근슬쩍 끼워 넣고 가신들한테 통지했다.

"아, 네. 알겠습니다. 그럼 이것저것 지시를 내리고 나서 출발하도록 하지요."

제도까지는 왕복으로 2주는 걸리기에 그동안 정무가 막히지 않도록 여러 가지로 지시를 내려 둬야만 했다.

"그리고 마리다 님이 은근슬쩍 끼워 넣은 축하 승리 파티 비용은 제국 금화 30닢까지니까 말입니다! 그 이상은 자기 부담입니다!"

"크우우우우! 쩨쩨하다! 술을 마시고 날뛰고 싶단 말이다!"

"예산 증액은 용돈으로 하시길!"

"숙부님, 화려한 주연을 열기 위해 숙부님의 봉급에서 예산을 내자고."

"멍청이가! 그런 짓을 하면 내가 프레이의 분노를 사 버리잖냐!"

"그럼, 라토르. 그대는 내주겠지?"

"미안…… 어머니한테 봉급을 전부 압수당해서……."

"이럴 수가! 우리는 그만한 대승리를 축하하는 파티를 그런 참새 눈물만 한 예산으로 열어야 하는 건가?!"

마리다의 말에 브레스트와 라토르가 고개를 끄덕였다.

역시나, 가정을 지키는 것을 자신의 전장으로 삼고 있는 프레이 씨는 돈을 허투루 낭비하지 않는다.

아연한 표정으로 고개를 푹 숙인 근육 뇌 세 명을 곁눈질하며, 밀레비스와 이레나에게 내가 없는 동안에 진행해 두어야 할 내정에 관한 지시를 내렸다. 그리고 귀인족들에게 경비와 경계를 엄중히 하도록 전달하고, 객인인 리제한테 애슐리성 영주 대행을 맡긴 뒤 제도에 있는 황제의 거성으로 향했다.

"오, 도착한 모양이군. 숙부님, 알베르트, 내리자고."

자기 집처럼 홀가분하게 마차에서 내린 마리다 뒤를 브레스트, 라토르와 함께 걸어서 따라갔다.

내 시선 끝에는 별명 마왕성이라 불리는 에란시아 제국의 황제가 사는 궁전이 펼쳐져 있다.

안으로 들어가자 현란하고 호화로운 장식품이 늘어서 있고, 사치스럽게 만들어진 거대하며 훌륭한 궁전이었다.

정식 명칭은 덱트릴리스성. 에란시아 제국 초대 마왕 폐하가 인족에게 박해받던 아인종들의 왕이 될 것을 선언한 성으로도 알려진 장소다.

그 이후로 10대 260년에 걸쳐 이 땅을 다스리고 있다.

초대 마왕의 핏줄은 확실하지는 않지만, 은의가 있는 아인종을 위해 맨몸으로 시작하여 나라를 세우고, 주위의 인족 영토를 병합하여 생전에 대륙의 강국 에란시아 제국을 쌓아 올린 사람이다.

남겨진 서적에 의하면 너무나도 치트 냄새가 짙은 기록이 많아, 어쩌면 나의 전생 선배일지도 모른다는 생각이 들었다.

초대 마왕은 자신의 아이 네 명에게 각각 영지를 주고 '사황가'라 칭하며 황제가 될 수 있는 권리를 줬다. 자신의 패업에 공적이 있는 네 명의 중신에게도 영지를 주고 '사대공가'라 칭하며 황제 선거로 선출된 황제를 해임할 수 있는 권리를 주었다.

초대 마왕 폐하가 제정한 에란시아 제국의 독자적인 통치자 선출법인 '사황사대공제에 의한 황제 선거'.

투표권을 지닌 사황가와 사대공가의 당주들이 황제로 입후보한 사람들한테 투표하여 과반수를 얻은 자가 에란시아 제국의 황제 자리에 앉을 수 있는 시스템이다.

황제 선거 기간 중에는 온갖 모략, 가짜 정보, 협박, 암살, 매수, 파벌 간 항쟁 등이 일어나고 대외 전쟁은 아무리 불리한 조건이라도 휴전을 맺은 뒤 집안사람들끼리 싸운다는 모양이다.

초대 마왕은 어째서 이런 성가신 시스템을 후계자 지명 제도로 채용한 건가 하는 생각이 들었지만, 자기주장이 강한 아인종들의 연합체를 유지하려면 이 방법밖에 없었을지도 모르겠다는 결론에 이르렀다.

이야기가 벗어났는데, 현 마왕 폐하인 에란시아 제국 제10대 황제 크라이스트 폰 슈게모리 님에 관해 이야기하겠다.

어린 나이에 아버지를 잃고 15살에 사황가 중 하나 슈게모리의 당주가 되었다. 그 후, 황제 선거에 출마하여 모략의 재능을 여봐란듯이 내보이며 라이벌 황제 후보자를 떨어뜨리고 현 황제 지위를 얻어 영토 확대에 의욕을 불태우는 청년 군주다.

그런 남자와 대면하기 위해 마리다 뒤를 따라 궁전 내의 알현실에 도착했다.

바닥에 무릎을 꿇고 고개를 숙이고 있자, 조금 높은 위치에 만들어진 옥좌에 누군가가 앉는 낌새를 느꼈다.

"다들, 고개를 들라."

젊고 생기가 있으면서도 위엄이 느껴지는 목소리가 머리 위에서 들렸다.

""옙!""

황제를 똑바로 보지 않도록 머리를 숙이고 있었지만, 고개를 들라는 말을 듣고 머리를 들어 목소리의 주인을 확인했다.

옥좌에 앉은 남자의 시선은 이쪽을 향하고 있었다.

위엄이 느껴지는 예리한 안광을 지닌 눈 속에서 강한 의심의 기색이 슬쩍슬쩍 비쳤다.

흰 피부에 체격은 슬림하지만, 마리다한테 무예도 일류라고 들었기에 단련된 몸인 듯하다.

금색 머리카락 사이로는 둥글게 말린 뿔이 솟아나 있고, 아이스블루 색깔 눈동자는 매혹적이어서 젊은 여성이 좋아할 것 같은 외모였다.

슈게모리 가문은 몽마족이라는 아인종의 피가 흐르고 있어서, 일족 중에 미남미녀가 수많이 존재한다.

주군의 주군에 해당하는 인물이기에 확실하게 능력을 확인하기로 했다.

이름 : 크라이스트 폰 슈게모리

연령 : 25 성별 : 남 종족 : 몽마족

무용 : 74 통솔 : 91 지력 : 96 내정 : 79 매력 : 88

지위 : 에란시아 제국 제10대 황제

엄청나게 유능한 사람이었다. 진짜로 만능이라 빈틈이 없어.

황제가 바뀐 후에 알렉사 왕국이 전쟁에서 계속 지는 것도 납득이 간다.

"이번 전쟁 말이다만……. 마리다, 잘했다! 칭찬토록 하마! 포상은 사양 말고 받도록 해라. 결혼 축하연에 참석하지 못했던 짐이 주는 축하 선물이다."

에르윈 가문이 무공을 무척 많이 세웠다고는 해도, 방어 전쟁인 것치고는 묘하게 분발한 포상이라고 생각하고 있었는데…….

아무래도 마리다와 나의 혼인 축하금이라는 의미도 있었던 모양이다.

"나와 오라버니 사이이지 않나. 축하 선물 같은 섭섭한 말을 하지 않아도……. 그저 '축하한다'라는 말이면 충분해. 게다가 이번 싸움에서는 거물급인 대장도 없었고 말이지. 송사리뿐이었어."

얌전히 있는다고 생각했던 마리다가 예의 바르게 행동하는 것을 그만둔 모양이라, 알현실에 털썩 주저앉더니 책상다리 자세로 턱을 괴었다.

주군인 황제에 대한 예의라고는 생각되지 않는 버릇없는 행동을 보인 마리다를 보고, 나도 모르게 등에서 식은땀이 흐르기 시작했다.

황제이자 이 나라의 최고 권력자인 크라이스트와 젖형제라고는 해도, 이 무례한 행동은 몹시 곤란하다는 생각이 들었다.

"크라이스트 경은 여전히 마리다한테는 무르구만. 2년 전에 약혼자를 반쯤 죽여 놨을 때는 일을 원만하게 끝내기 위해 당주 자리를 박탈하고 추방할 수밖에 없으니까, 마리다를 쫓아가서 호위할 가신을 준비해 달라는 말을 들은 내 고생도 헤아려 줬으면 하는군."

브레스트도 마리다를 따라 알현실에 책상다리 자세로 털썩 주저앉고는, 친척 어린아이와 대화하는 듯한 편한 분위기로 마왕 폐하에게 말을 걸었다.

"크라이스트 님이 마리다 누님한테 무른 건 훨씬 전부터 그랬고, 아버지는 답례로 기사 작위를 받았잖아. 그것보다도 내가 아버지보다 밑이라는 게 납득이 안 돼! 나는 이번이 첫 출진이었다고. 첫 출진에서 그 전과라는 점을 평가해 줘!"

라토르가 마왕 폐하의 재정에 불만을 표하는 것을 보고 내 등에서 나오는 땀의 양이 30배로 늘어났다.

이번에는 공식 알현이며 상대는 자신들의 주군이다.

아무리 에르윈 가문의 근육 뇌들이 방약무인한 인간들이라도 최소한 지켜야만 하는 예의는 존재한다.

"마리다, 브레스트, 라토르도 이곳이 공식적인 알현 자리라는 걸 잊은 것이더냐?"

옥좌에 앉은 마왕 폐하의 아이스블루 색깔 눈동자가 냉철하게 세 사람을 꿰뚫어 보고 있는 걸 알 수 있었다.

이, 이건 마왕 폐하의 역린을 건드려 폐하가 직접 신하의 목을 베는 모드인가. 지, 진짜로 그런 사태는 좀 봐줬으면 한다.

내가 마왕 폐하라면 아무리 친한 사이라고는 해도 공식적인 자리에서 자신에게 이런 태도를 취하면, 주위의 눈도 있으니 자신의 위엄을 실추시키지 않기 위해서도 그들을 벤다는 선택지를 고를 것이다.

"마리다, 브레스트, 라토르. 짐의 말을 듣고 있는 거냐?"

마왕 폐하의 눈이 슥 하고 가늘어졌다. 이건 분명 직접 목을 베러 가는 플래그다.

완전히 목 베기 모드에 들어간 마왕 폐하의 태도를 보고 내 등에서 땀이 멈추지 않고 줄줄 흘러내렸다.

무례한 행동이라는 걸 알고 있지만, 세 사람 앞에 나서서 마왕 폐하에게 엎드려 빌면서 세 사람의 죄를 사과했다.

"죄, 죄송합니다. 마리다 님도 브레스트 경과 라토르 경도 예법에 관해서는 익숙지 않습니다만, 결코 폐하를 업신여기고 있는 건 아닙니다!"

배신이라는 입장이면서 주제넘게 나섰나 하는 생각이 들었지만, 이대로는 아내인 마리다와 그녀의 숙부인 브레스트, 그의 아들 라토르가 불경죄로 목이 날아갈지도 모른다.

그렇게 되면 연좌제로 나 역시 형장의 이슬로 사라질 가능성도 있다.

"알베르트, 뭘 그렇게 머리를 숙이고 있는 것이냐. 내 오라버니는 도량이 작은 남자가 아니니라."

"마리다의 말대로다. 크라이스트 경은 도량이 넓은 군주라고."

"크라이스트 님은 우리들 귀인족과 같이 지낸 기간이 기니까, 이 정도로 화내지 않는다고."

"하하하! 마리다, 실로 재미있는 남자를 손에 넣었구나. 너를 위해 짐한테 베일 각오를 한 모양이다. 네가 말했던 대로 훌륭한 남자다운 모습을 보여주는군."

쭈뼛쭈뼛 고개를 드니, 옥좌에서 내려온 크라이스트가 마리다와 마찬가지로 지면에 책상다리를 하고 앉아 이쪽을 보며 웃고 있었다.

"헤?"

"그저 마리다의 남편인 알베르트가 어떤 반응을 나타낼지 보고 싶었던 거다. 게다가 예법에 따른 형식으로 인사하는 마리다 같은 걸 봤다간 악몽에 시달릴 거다."

"오라버니, 그건 말이 심하군! 나도 하려고 마음먹으면 이 근방의 귀족 영애 흉내 정도는 할 수 있다고!"

"확실히 귀족 영애 정도는 가능할 것 같군. 짐이 추천한 약혼자를 반쯤 죽여 놓는 폭력적인 영애이지만 말이지."

"오라버니! 그건 사람의 형태를 한 돼지였단 말이다! 알베르트를 보면 알겠지만, 나는 상당히 얼굴을 따진다고!"

마왕 폐하는 조금 전까지의 엄한 시선을 누그러뜨리고, 진짜 여동생과 대화하는 듯한 편한 느낌으로 마리다와의 대화를 즐기고 있는 것 같았다.

"덕분에 전투에 2년 동안이나 나가지 못해서, 당주가 된 내가 손해를 봤지만 말이다."

"브레스트도 좋은 활약을 했다. 마리다를 추방했을 때는 고생을 끼쳤군. 상대방한테 사과하는 의미로 전투에 참가하는 것도 금지한 건 지금도 미안하게 생각하고 있다. 미안하지만 그 힘, 다시 마리다를 위해 써다오."

"물론. 에르윈 가문의 지보이자 전쟁의 여신인 마리다를 전력으로 도울 생각이다."

"그리고 라토르. 짐의 결정은 절대적이다. 불평은 용납하지 않는다. 하지만 첫 출진에서의 무훈은 훌륭했다. 바위도 쉽게 가르는 명도를 내려주었으니, 이번에는 그걸로 참도록 해라. 다음 전투에서는 제일가는 공훈을 기대하고 있으마."

"오우! 크라이스트 님이 그렇게까지 말한다면야 어쩔 수 없지. 다음 싸움에서야말로 마리다 누님과 아버지를 뛰어넘어 보이겠어!"

어라, 엄청나게 정상적인 말을 하는 사람이지 않습니까.

목을 베는 게 아닐까 하고 걱정해서 손해 본 기분이 든다.

수수께끼의 질투심이 솟을 정도로 마왕 폐하는 귀인족들에게 친숙하게 받아들여지고 있었다.

"그건 그렇고, 에란시아 제국 최강의 전사인 마리다를 이렇게 잘 제어하는 남자가 나타날 줄이야."

"형님조차 말괄량이인 마리다한테는 애를 먹었으니까 말이지. 하지만 추방된 곳에서 매우 우수한 기수를 손에 넣어 왔다고."

브레스트가 이쪽을 보며 크게 웃었다.

우수한 기수란 나를 말하는 모양이다. 확실히 밤에는 내가 올라타거나 내 위에 올라타고 있습…… 크흠, 크흠.

마왕 폐하도 이쪽을 보며 싱긋 미소 지었다.

완전 평범한 마음 좋은 형이다. 최고 권력자라고 들었었고, 여러 가지로 소문이 있는 사람이니까 겁먹어서 손해 봤다.

"자, 포상 이야기와 집안 내부 이야기는 여기까지로 하고, 이번의 본론으로 들어가지."

마왕 폐하가 조금 전까지 마리다와 브레스트, 라토르한테 보여주고 있던 온화한 표정이 일변하여, 날카롭게 꽂히는 듯한 엄한 시선이 재차 이쪽을 향했다.

"국경의 성을 훌륭히 빼앗은 솜씨도 그렇고, 이번 전투에서 마리다를 비롯한 귀인족들을 능숙하게 사용한 전술안도 그렇고, 스테판 녀석이 덮어놓고 알베르트를 칭찬하고 있었다. 그래서 어떠한 남자인지 신경 쓰였기에 부른 것이다."

"옙! 칭찬해 주시니 영광입니다."

"다만, 들은 이야기로는 너는 마리다 이외에 여자가 있다는 듯하더군? 이번에 포상으로 내려준 아르코 가문의 당주도 실은 여성이 아닌가 하는 말을 들었다."

마왕 폐하의 말에 알현실의 공기가 영하로까지 단숨에 내려갔다.

마왕 폐하의 차가운 시선이 주위 공기를 급속히 얼어붙게 만들고 있는 것처럼 느껴졌다.

위험하다. 위험하다. 위험하다. 이거, 100% 파멸 엔딩으로 가는 거지?

조금 전의 모습을 보면 이 크라이스트라는 사람은 마리다를 끔찍이 아낀다고 할지, 오냐오냐하며 어리광을 받아주고 있는 면이 많이 엿보였다.

그렇기에, 마리다의 남편이 된 나한테 다른 여자가 있다는 걸 알게 되면, 분노가 폭발하여 내 머리와 몸통이 분리되고 만다.

이 위기를 넘지 않으면, 아내와 아내 애인들과 보내는 알콩달콩 타임을 두 번 다시 즐길 수 없게 된다.

싫다. 그런 건 싫다. 생각해라. 뇌를 최대한으로 쥐어짜!

"오라버니, 리제 땅도 이레나도 리셸도 전부 내 애인이다! 알베르트한테는 조금 빌려주고 있는 것뿐이야! 거기는 정정해 두겠어!"

마리다가 리제와 이레나, 리셸은 자기 애인이라고 말했지만 크라이스트의 얼굴에서 험악함은 사라지지 않았고, '짐의 귀여운 여동생을 아내로 맞아들였으면서, 다른 여자한테 손을 대다니' 같은 느낌의 살의가 담긴 시선이 내게 꽂혔다.

무리무리무리! 무리이! 무리라면 무리야아!

이 수라장을 극복하기 위한 계책을 필사적으로 생각해 내려고 했지만, 마왕 폐하의 시선을 받으면 뇌가 위축되어 생각이 잘 정리되지 않는다.

"저는…… 마리다 님의 남편으로서…… 마리다 님 일편단심입니다."

"호오, 달리 여자가 있으면서 마리다 일편단심이라고 말하는 건가? 알베르트의 혀는 두 개인 모양이군."

마왕 폐하의 관자놀이에 핏줄이 불거졌고, '무슨 헛소리냐, 이 자식아아아아아!' 같은 느낌의 시선이 내게 꽂혔다.

마왕 폐하가 옆에 대기시켰던 종자에게 손짓하더니 애용하는 검을 받아들고 스릉 뽑았다.

사망 플래그를 회피할 수 없다. 이대로라면 서걱 베이고 만다.

"오라버니! 장난은 그만두는 거다! 알베르트의 지혜는 에르윈 가문의 보물이라고."

마리다가 분위기를 파악하지 않는 발언을 했다.

마왕 폐하의 눈이 날카롭게 번뜩이며 움직였고, 눈에서 내뿜는 시선의 압력이 커졌다.

"마리다. 알베르트는 너 말고도 좋아하는 여자를 거느리고 있는 거다. 그걸 용납하겠다고 말하는 건가?"

크라이스트가 검의 날 끝으로 내 목덜미를 툭툭 쳤다. 그때마다 서늘한 감촉이 목덜미를 타고 전해졌다.

생각해라! 이 위기 상황을 극복할 계책을 생각해 내! 살아남는 길은 분명 있을 터다!

목이 떨어지는 공포에 견디며, 필사적으로 회피책을 생각했다.

"오라버니! 알베르트는 여자한테 헤프고 밝히는 남자이긴 하지만, 내 소중한 서방님인 거다. 알베르트를 베겠다면 나를 먼저 베고 나서다!"

마리다, 좋은 말을 해줬어! 역시나 내 아내! 됨됨이가 훌륭한 아내를 가져서 나는 기뻐.

반해버릴 것 같다. 아니, 이미 완전 반했지만 말이지.

"마리다. 너는 또 짐을 곤란하게 해서 당주 자리를 박탈하게 만들 생각인가?"

권력 갑질 왔다아아아아. 최강의 갑질이잖아!

"우으, 그건······."

제아무리 야생아 마리다라도 들개 생활로는 돌아가고 싶지 않은 모양이라, 이 이상의 옹호는 무리인 듯하다.

이대로라면 머리와 몸통이 분리되어 인생이 종료되고 만다.

그런 건 무슨 일이 있어도 피하고 싶다.

나는 각오를 굳히고, 내 목에 검을 똑바로 겨눈 마왕 폐하에게 말을 걸었다.

"송구하오나 아뢰겠습니다! 지금 저를 베면 에란시아 제국에 의한 패업은 50년 늦어지게 될 것입니다! 제가 에란시아 제국 최강의 전투 집단 에르윈 가문의 방향타를 잡으면 마왕 폐하께 많은 영지를 헌상할 수 있을 터입니다! 그리고, 마리다 님과의 부부 간의 일에 관하여 마왕 폐하께 참견받을 이유는 없습니다!"

권력 갑질 공격으로 밀어붙인 마왕 폐하에게 약한 모습을 보이면 그 틈으로 파고들 거라고 느껴, 강경한 말로 받아쳤다.

정적이 알현실을 지배했다.

"흐하하하! 재미있는 남자다! 부부간의 일에 짐이 참견할 이유는 없다고 단언하다니! 이렇게까지 태도가 돌변하여 거센 자세로 나오니 도리어 시원시원하군! 알베르트! 잘 말했다!"

갑자기 웃기 시작한 마왕 폐하가 검을 던져 버리고는 내 어깨를 두드렸다.

"야생아라 불리는 마리다를 제어할 수 있는 유능한 남자를 죽일 생각은 원래부터 없었다. 오히려 짐의 직속으로 빼 오고 싶을 정도다. 마리다, 제국 금화 5만 닢으로 짐한테 알베르트를 양보하지 않겠나?"

안심할 틈도 없이 마왕 폐하한테서 스카우트가 왔다.

키히이이이. 돈다발 공격 안 돼애애애애! 이적금 5억 엔 제시 안 돼요오오오오!

"오라버니! 나를 난처하게 만들려고 알베르트를 괴롭히거나 돈으로 빼 가는 건 안 된다!"

마리다는 스카우트를 제의한 마왕 폐하한테 항의했다.

평범한 사람이라면 마왕 폐하의 권유는 기뻐해야 할 일이겠지만, 지금의 내가 느끼는 인상과 여러 소문을 종합하면 거절하는 것이 타당한 판단이라는 생각이 들었다.

이 마왕 폐하를 가신으로서 모시는 건 마리다에 비해 몇 배는 지칠 것이라고 생각됐다.

궁지를 벗어남으로써 뇌세포가 활발하게 움직였고, 곧바로 스카우트를 거절할 구실을 도출했다.

"등용해 주시겠다는 말씀. 정말로 감사한 이야기이기는 합니다만, 마리다 님의 가신이자 배신에 지나지 않는 저 같은 것이 폐하의 가신이 되면 다른 분들이 반드시 불만을 느끼리라고 생각됩니다. 그렇게 되면 폐하의 힘을 약화하는 결과가 될 수 있습니다. 그러니 이 이야기는 없었던 걸로 해주십사 합니다."

에란시아 제국은 황제 선거라는 후계자 지명 시스템에 의해 황제가 될 권리를 가진 탑4의 사황가 당주 간에 파벌 항쟁이 일어날 우려를 항상 품고 있어서, 포상에 대한 불만 하나로 내란으로 이어질지도 모르는 성가신 국가다.

'저 녀석보다 더 활약했는데 내 포상이 더 적어'라는 생각이 들면 적대 파벌이나 적측으로 달려가는 녀석들이 대량으로 나타난다.

즉, 별 대단한 전공도 세우지 않은 내가 갑자기 폐하의 직속 부하가 되면 질투하는 녀석이 대량으로 생겨나서 마왕 폐하한테 반항할 것이라는 말이다.

"알베르트의 말도 일리 있군. 어디서 갑자기 튀어나온 배신을 내 밑으로 등용한다면, 대대로 우리나라를 섬겨 온 신하들이 시끄러워지겠지."

마왕 폐하도 내 채용을 강행했을 때의 여파를 계산하고 있는 듯하다.

나와 같은 생각에 이른다면 채용은 마이너스 효과밖에 낳지 않는다고 판단할 수 있을 터다.

"여러 시책을 추진하고 계시는 폐하의 힘은 아직 불안정하다고 생각합니다. 그런 중요한 시기에 일부러 몸소 파문을 일으키지 않으셔도 괜찮지 않을까 합니다."

"음, 역시나 말보다 손이 먼저 나가는 마리다를 세 치 혀로 구워삶은 남자로군. 아픈 곳을 지적하는구나."

마왕 폐하도 자기 힘이 반석 같다고 말할 수 있을 정도로 강하지 않다는 걸 알고 있는 모양이다.

"상황을 생각하여 등용은 사양하겠습니다. 그 대신, 저의 주군인 마리다 님을 중용하여 주십시오. 제가 속한 에르윈 가문은 폐하의 출신 가문인 슈게모리 가문의 호위자임과 동시에 폐하의 호위자가 됩니다."

"오라버니! 나는 오라버니에게 검을 바쳤다! 알베르트의 지혜는 내가 있어야 비로소 빛나게 되어 있어!"

마왕 폐하는 잠시 걸으며 생각에 잠겨 있다가, 옥좌에 앉더니 이쪽으로 시선을 향했다.

"어쩔 수 없군. 알베르트, 그대는 이 말괄량이 젖형제인 마리다의 기수로서 짐을 받치는 힘이 되어라. 알겠느냐."

"옙! 저의 지략으로써 마리다 님을 제어하여 에르윈 가문의 힘을 폐하를 위해 사용할 것을 맹세합니다."

일단 권유는 거절할 수 있었던 모양이다.

"음, 부탁하지. 그리고 그대의 목에 칼을 겨눈 것은 지나치게 분방한 마리다를 조금 뜨끔하게 해주고 싶었던 것뿐이다. 용서해라. 그리고, 여자는 잔뜩 두어도 문제없다. 어차피 여자를 좋아하는 마리다가 멋대로 주워 올 테고 말이지. 단, 여자들은 제대로 돌봐 주어라."

"옙! 명심하겠습니다!"

직신이 되는 것을 회피했을 뿐만 아니라 그 자리에서 도망치지 않고 버팀으로써, 마왕 폐하 공인으로 애인을 두는 것을 인정받았다.

이걸로 불만을 제기하는 사람은 에란시아 제국 내에서 없어질 터다.

그 후, 마왕 폐하 자신이 주최한 사적인 주연이라는 흐름이 되어, 석상에서 마리다의 배우자로서 귀인족과 마찬가지로 예의를 차릴 필요는 없다는 특전도 받게 되었다.

제9장 ♥ 확대되는 에르윈 가문

제국력 259년 황옥월(黃玉月)(11월)

목숨의 위기에서 벗어나, 마왕성에서 안락한 우리 집으로 2주 만에 귀환했다.

일을 맡겨 뒀던 밀레비스와 이레나한테서 곧바로 부재중이었을 때의 보고서를 받고, 업무에 힘쓰고 있다.

돌아오는 도중에 마차에서 귀여운 아내인 마리다로부터 애정이 가득 담긴 격렬한 격려를 받아, 의욕이 솟구치고 있는 나는 해야 할 일 리스트 작성에 착수하기로 했다.

해야 할 일 리스트.
· 스라트 영내의 도량형 통일 추진
· 스라트 영내 농촌의 정확한 수확량 파악 및 납세 기초 대장 작성
· 애슐리 영내의 수리 충실
· 애슐리 영내의 인구 증가 시책 실시

일단 시급한 사항 네 가지를 썼다.

전투와 관련된 게 없다고? 그런 건 그 근육 뇌 집단이 있으면 송사리 영주군 따위 건드리기만 해도 분쇄할 수 있다고요.

전투 방면에서 무쌍임은 요전의 알렉사 왕국과의 싸움에서 보

여준 근육 뇌 일족의 전투력으로 확신했으니까 방치해도 괜찮다.

무용 100인 마리다와 무용 98인 브레스트를 무찌를 수 있는 호용(豪勇)을 지닌 자의 이야기는 마르제 상회의 정보 수집망에 들어오지 않았다.

일반적으로 무용에 뛰어나다는 말을 듣는 인족 지휘관이 무용 50 정도이고 평균적인 귀인족이 70 후반 정도라, 라토르는 약간 강한 정도다.

개인의 무용도 대단하지만, 귀인족은 전투에서의 결속력이 굉장히 높아서 집단전에서도 개인플레이로 치닫지 않고 팀으로 무훈을 세우는 역할을 확실하게 수행한다.

단지 아까운 건, 그 결속력과 훌륭한 판단력이 내정에는 전혀 작용하지 않는다는 점이다.

귀인족은 싸움에 관련된 것에는 무척 우수한 일족이지만, 싸움 이외의 것이 되는 순간 일반인 이하의 작업 능력밖에 없는 개성이 강한 일족이다.

그런 성질을 지닌 근육 뇌 일족이 몇 대나 계속해 온 주먹구구식 내정을 고치고, 내정단을 육성하여 영내를 발전시킴으로써 마리다를 비롯한 귀인족들에게 충실한 전투력을 지니게 하고, 전공을 거듭 쌓아 한층 더 큰 대귀족을 목표로 하는 것이 내 야망이다.

나와 마리다 사이에 생긴 아이한테 가난한 생활을 시킬 수는 없기 때문이다.

주군이 많은 전공을 세워 대귀족이 되면 가신인 내 영지도 또한 커지게 된다.

현재로서는 에르윈 가문의 가신 중 영지를 가진 사람은 필두 장로인 브레스트뿐이다.

이건 마리다가 복귀할 때 당주 자리를 양보한 브레스트에게 애슐리 영내 농촌 세 곳의 징세권을 양도한 것이다.

브레스트는 에르윈 가문 장로로서의 봉급과는 별도로 이 세 농촌에서 나오는 세수로 자신의 가신을 고용하고 있다.

영주의 가신 중에서도 영지를 가진 사람이기에 특히 발언력이 높다.

반대로 나는 당주의 배우자라는 입장이지만 일개 가신이고, 신규로 고용한 문관들의 봉급도 에르윈 가문에서 나오고 있다.

마리다가 당주 복귀의 답례로 농촌을 하나 주겠다고 말해 주었지만 사양했다.

그렇지 않아도 신참인 내가 당주의 데릴사위라는 입장에서 영내를 내 마음대로 휘젓고 있는데, 영지까지 받으면 목숨이 위험하다.

압도적인 성과를 내서 가신들로부터 내 능력을 인정받지 않으면 나에게 너무 과분한 것이다.

현재는 마리다의 절대적인 지지와 가로 브레스트의 응원, 힘겨루기로 얻은 존경, 그리고 마리다의 남편이라는 입장이 나를 지켜 주고 있다.

하지만 여기서 실적을 더 쌓지 않으면 머잖아 반발하는 사람도 나오리라.

일단 지금으로서는 마리다가 복귀하는 데 지혜를 짜내고, 조세 기초 대장에 필요한 각종 서류 작성이나 확보, 방어 전쟁에서의 지휘, 신규 영지 획득이라는 실적을 쌓았다.

하지만 아직 압도적인 성과라고 하기에는 부족하다.

실적을 팍팍 쌓아서 주민과 귀인족들한테서의 신뢰를 확보하지 않으면 당주한테 빌붙은 기둥서방이라는 말을 들을지도 모른다.

그러니 실적을 만들기 위해 일하는 데 한층 더 분발해야 한다.

후우, 그건 그렇고 내정을 할 수 있는 인재가 더 필요하네.

에르윈 가문 사람들은 근육 뇌라서 무리고, 새롭게 보호령이 된 아르코 가문의 영지에서 인재 발굴이라도 해볼까.

좋아, 이것도 해야 할 일 리스트에 추가.

· 아르코 가문에서 인재 발굴

전쟁 때문에 조금 늦어졌지만, 에르윈 가문의 첫 결산 보고서 작성도 시작되었다.

이제야 겨우 제대로 된 내정 기초 자료가 만들어지고 있기에, 내년부터는 더욱 적극적으로 예산을 편성할 수 있을 터다.

아아, 잊고 있었는데 국경 방어전에 참가한 가신에게 주는 포상은 마리다한테 맡겼다.

당주 마리다가 결정한 논공행상은 귀인족에게는 절대적인 모양이기에 내가 참견하기보다도 마리다가 자유롭게 정하는 편이 분쟁은 일어나지 않을 거라고 생각된다.

물론 포상금 한도액은 딱 제시해서, 이 이상은 단돈 한 푼도 내지 않겠다고 말해 뒀다.

마리다한테는 포상으로서 내려주는 물건은 금전과 무기 및 방어구만이라고 말해 뒀다. 그리고 술과 식량도 가능.

새롭게 얻은 아르코 가문의 영지는 보호령이라는 명목이기에 멋대로 에르윈 가문의 가신들한테 줄 수는 없다.

그렇기에 영지도 신규로 내려주는 건 금지했다.

나 자신은 마리다의 남편이기에 괜한 분란을 피하고자 이번 포상도 일체 사양했다.

일단은 마리다의 남편으로서 거성에 방을 받았고, 게다가 가신으로서 봉급도 받고 있다.

그리고 이레나한테 관리를 맡긴 마르제 상회도 궤도에 올라 이익을 내기 시작했기에 생활비가 부족하여 어려움을 느낄 일은 없다.

마리다가 정한 가신에게 줄 포상 물건과 포상액 리스트를 확인하고 결재 완료 상자에 넣었다.

돈도 필요하지만, 그 전에 진짜로 사람이 필요한데……. 사람이 늘어나면 세수도 늘고, 노동력도 늘고, 에르윈 가문에 이익을 가져다주는 사람이 될 가능성도 있다.

모든 건 사람이 우선이란 말이지……. 그렇게 되면, 이 안건도 진행하는 편이 좋겠군.

전쟁으로 주머니 사정은 좋아졌고, 내년 이후의 에르윈 가문의 성장을 위한 사전 준비를 해 둘까.

시선 끝에 있던 서류를 손에 들었다.

서류는 유랑민이나 도망병들이 리제의 영지인 스라트령의 농촌 마을에서 악행을 벌이고 있다는 이야기가 적힌 진정서였다.

리제의 영지인 스라트령에 유랑민과 도망병이 늘어난 이유.

그건 바로 얼마 전에 일어난 알렉사 왕국의 침략이 초래한 여파다.

일전의 전투에서 격파된 알렉사 왕국군 주력 및 영주 연합군의 병사들이 패주해도 고향으로 돌아가지 않고 도당을 지어 도적단이 된 자들이 있다는 정보를 입수했다.

유랑민이 늘어난 이유는 알렉사 왕국의 주민들이 거듭된 에란시아 제국과의 전쟁에 징집되고, 무거운 세금이 부과된 것이다. 이로인해 세금을 내지 못하고 마을에서 도망친 전 농민들이 유랑민이 되어 에르윈 가문의 지원으로 식량에 여유가 생긴 리제의 영지가 있는 스라트령에 흘러들어오고 있는 모양이다.

그 터무니없는 얼간이 왕자가 아직 후계자 지위에 있으면서 권세를 휘두르는 알렉사 왕국, 진짜 무능. 이런 말을 해봤자 아무 소용 없다.

도망병도 유랑민도 사람인 건 분명하다.

다행히 에르윈 가문에는 먹을 것은 잔뜩 있다.

게다가 곧바로 경작지로 쓸 수 있는 토지도 있다.

그리고 내가 인적 자원을 갈망하고 있다.

역시 여기서는 인간 사냥을 하자. 어이쿠, 인간 사냥이라고 하니 듣기가 안 좋군. 인재 모집. 응, 이게 좋겠어. 인재 모집을 하자.

그런 이유로, 성내에 틀어박혀 있는 근육 뇌들을 동원하여 스라트령에 원정을 가서 패잔병 사냥과 유랑민 사냥이라는 명목의 인재 모집을 시작하기로 했다.

"자, 그런 이유로 오늘부터 스라트령에 있는 패잔병 사냥과 유랑민 사냥을 개시하겠습니다. 마리다 님, 브레스트 경, 라토르, 제가 말한 룰을 이해했습니까?"

"즉, 나와 숙부님과 라토르끼리 누가 가장 많은 패잔병을 죽이는가 하는 승부로군."

"네, 틀렸습니다. 나중에 성에 귀환하면 인장 찍기 할당량 10장 추가입니다."

"어째서인 거냐! 틀리지 않았을 터이니라! 농담이라고 말해 줬으면 하는 거다아아아!"

"마리다 님, 바닥에서 떼를 써도 늘어난 할당량은 줄지 않습니다. 그럼, 브레스트 경은 알고 계시겠지요?"

"오우! 우리가 그 녀석들을 반쯤 죽여 놓고 데리고 오면 되는 거잖냐? 팔이나 다리 하나 정도는 없어도 괜찮은 것이지?"

"아깝군요. 하지만 틀렸습니다. 패잔병들은 성한 몸으로 포박하여 데리고 와주십시오. 그것이 이번의 지령입니다."

"내가 제일 먼저 치고 들어갈 테니까 아버지랑 마리다 누님은 나중에 천천히 오면 된다고."

"라토르, 너는 젊은 종사들한테 전투 경험을 쌓게 하는 걸 잊지 않도록 부탁해. 너만 싸웠다가는 포로들이랑 같이 제방 만들기니까 말이야."

"오, 오우. 알고 있다고."

본거지인 애슐리성을 지키는 역할을 리제한테 맡기고, 훈련하고 싶다며 성에서 날뛰고 있던 세 사람을 데리고 왔다만⋯⋯.

그대로 패잔병 사냥을 맡기면 전부 죽여 버릴 것 같았기에 이번에는 젊은 귀인족인 종사들을 같이 데리고 가, 그들한테 전투 훈련을 쌓게 하면서 패잔병을 생포한다는 고난도 미션을 주었다.

이번에는 약간 억지를 부려, 일반적인 전투에서의 상벌과는 기준을 바꿔 적을 더욱 많이 생포한 사람이 칭찬과 포상을 받는 미션으로 했다.

"에에이! 성가시다! 패잔병 따위 죽이면 되는 것 아니냐!"

"그들은 범죄자 집단이며 노예로서 우리 영지의 수로 제작에 투입하기 위한 무료 노동력입니다. 그래도 죽일 겁니까?"

"음, 알베르트는 잔혹한 녀석이군. 죽을 때까지 수로 만들기에 종사시키겠다니⋯⋯."

"아무도 죽을 때까지라고는 말하지 않았습니다. 개심해서 성실하게 일하면 몇 년간의 형기 후에는 노동자로서 임금은 제대로 줄 겁니다. 지금은 범죄자라도 좋으니까 일손이 필요한 겁니다, 마리다 님."

"일손인가. 그렇군. 싸움을 하려면 일손이 필요하지. 역시나 알베르트는 머리가 뛰어나다. 좋아, 그렇다면 패잔병을 몽땅 생포하는 것이니라!"

나와 마리다의 일손에 관한 인식이 명확히 다르다.

하지만 패잔병을 포획해야만 한다는 점에 관해서는 이해를 얻은 모양이다.

이젠 싫어. 근육 뇌는 어째서 싸우는 걸 좋아하는 거야.

"그럼 확실하게 패잔병 사냥을 해주십시오. 저는 유랑민들을 설득하고 오겠으니, 잘 부탁합니다."

"오우, 알겠느니라. 죽이지 않고 포획하는 건 조금 수고가 든다만, 단련이라고 생각하면 그것도 즐길 수 있을 것 같군. 숙부님, 라토르, 빨리 사냥을 시작하는 거다."

"알았다. 그럼 무기는 근방에 굴러다니고 있는 막대기로 해 둘까. 내 무기라면 서걱 베어 버릴 것 같으니까 말이지."

"우오오오오! 내 실력을 보여 주겠어어어어어!"

"그래, 그래. 죽이지 않고 말이야. 죽이지 않고. 패잔병 포획은 재빠르게 부탁합니다."

"오우, 나한테 맡기거라!"

종사들을 거느린 라토르를 선두로, 마리다와 브레스트가 패잔병들이 거점으로 삼고 있는 국경 근처의 폐기된 요새를 향해 달려나갔다.

아르코 가문 마을 사람들의 보고로는 패잔병 규모는 수십에, 많아야 100명 정도다. 저 세 명이라면 정면 승부에서 질 일은 없기에 나머지는 맡겨 두자.

게다가 성을 나가기 전에 라토르한테 세세하게 작전 계획을 전해 뒀기에 근육 뇌 두 명을 잘 다뤄 줄 터다.

근육 뇌들을 배웅하고, 나는 스라트령에 몰려들고 있는 유랑민한테 대응하기로 했다.

유랑민들이 원하는 것, 그것은 무엇인가?

'식사', '집', '안전한 장소' 이 세 종류겠지.

이 셋을 원하여 토지를 버리고 도망쳐 온 사람들이다.

태반이 성실한 전 농민으로, 이 셋을 보장하기만 해준다면 우리 영내에서의 좋은 납세자가 되어 줄 것이다.

그걸 위한 초기 투자로 다소의 돈은 들겠지만, 나중에 왕창 들어올 테니 문제 Nothing.

돈이라는 건 모아야 할 때는 모으고, 써야 할 때는 단번에 쓰는 게 최고다.

지금은 에르윈 가문의 대성장을 위해, 투자 자금을 아까워할 때가 아니다.

뭐, 전쟁으로 주머니 사정이 좋아졌으니까 투자하고 있는 거지만.

그 돈이 없었더라면 이렇게까지 적극적인 투자는 무리지.

아르코 가문 가신들과 호위 귀인족을 거느린 나는 알렉사 왕국과의 국경 요새 근처에서 캠프 중인 유랑민들한테 도착했다.

도착하고, 캠프 중인 유랑민들한테서 잘 보이도록 요새 터의 높은 장소에 진을 쳤다.

종이로 만든 특제 대형 메가폰을 입에 대고 큰 목소리로 유랑민들에게 말을 걸었다.

"너희들의 신병은 이 알베르트 폰 에르윈이 접수하기로 했다. 유감이지만 너희들에게 거부할 권리는 없다고 생각해라!"

아르코 가문 가신과 호위 귀인족 무장병을 거느린 내 모습을 보고, 유랑민들은 바들바들 떨면서 서로 몸을 맞댔다.

그들은 입을 옷도 식사도 부족한 모양이라, 전원이 수척하게 말라서 힘쓰는 일을 하기 전에 쓰러질 것처럼 보였다.

"하지만 그 전에 그런 비쩍 마른 몸으로는 우리 영지에서 일을 시킬 수는 없다. 우선은 살을 찌워야만 할 것이다! 지금부터 식사를 배급할 테니 배가 터질 때까지 먹을 것을 명한다! 배급 개시!"

짐마차로 가지고 온 식량을 배급하도록 무장병들에게 시선을 보냈다.

완전무장한 병사가 겁에 질려 바들바들 떨면서 서로 몸을 맞댄 유랑민들한테 빵과 소시지 그리고 따뜻한 수프를 나눠주기 시작했다.

유랑민들은 무서워하면서도 배가 고픈 것에는 거스를 수 없는 모양이라, 식사를 받아들고는 정신없이 먹어 치웠다.

"하아아, 맛있어, 맛있다고. 일주일 만에 먹는 제대로 된 식사야."

"아빠…… 저거 먹어도 돼?" "그래, 먹자꾸나. 일단 먹고 살아남는 거야!"

"젠장, 젠장, 에란시아 녀석들의 밥인데도 맛있어…… 젠장!"

"우리 가문의 식량은 잔뜩 있다. 초조해하지 말고 배부르게 먹도록 해라. 하지만 밥을 먹은 이상, 두 번 다시 알렉사에 돌아갈 수 있을 거라 생각하지 마라. 자, 더 먹어라. 반드시 살아남게 해줄 테니까 말이다!"

재차 무장병들에게 눈짓을 보내, 추가 식량을 유랑민들에게 나눠줬다.

올해도 에르윈령은 풍작이어서 성의 창고에 다 들어가지 않을 정도로 식량은 남아돌고 있다.

잠시 후, 배불리 먹은 유랑민들이 이쪽을 힐끔힐끔 보며 낌새를 살폈다.

종이로 된 대형 메가폰을 손에 쥐고 유랑민들에게 다음 지시를 내렸다.

"배는 가득 채운 모양이군. 그러면 다음은 그 추레한 행색을 어떻게든 하도록 하지. 더러운 몰골로 영내에 전염병을 퍼뜨리기라도 했다간 큰일이다! 지금부터 청결한 새 옷을 지급하겠다! 곧바로 그걸로 갈아입도록! 그리고 지금 입고 있는 것은 소각 처분한다!"

내가 손가락을 딱 울리자 무장병들이 유랑민한테 깨끗한 상·하의를 건네줬다.

"그걸로 빨리 갈아입어라. 따르지 않는 자는 벨 것이다!"

위압하다시피 갈아입기를 강요하자 겁을 먹은 유랑민들은 너덜너덜한 자기 옷을 벗고 깨끗한 옷으로 갈아입었다.

"아아, 구멍이 안 나 있어. 따뜻한 옷이야."

"에란시아 녀석들은 이런 좋은 옷을 주는 건가."

"아아~, 젠장. 이걸로 옷까지……."

무장병들은 유랑민들이 벗은 옷을 한곳에 모아 불을 붙여 소각했다.

"이걸로 너희들은 알렉사에 돌아갈 수 없다. 우리 영내에서 필사적으로 살아갈 각오를 굳혀라."

"젠장. 이제, 돌아갈 수 없는 건가…… 우리는 평생 에란시아의 노예인 거냐고."

"하지만 돌아가도 밥은 먹을 수 없고 좋은 옷도 입을 수 없어. 적어도 에란시아에 가면 밥은 먹을 수 있고 옷도 있어."

"살기 위해, 어쩔 수 없다. 객사하는 것보다는 노예가 나아."

유랑민들은 불타는 너덜너덜한 의복을 보고 고향에 돌아갈 수 없음을 자각한 모양이라, 눈물을 흘리고 있다.

울고 있는 유랑민들을 향해 대형 종이 메가폰으로 새로운 선고를 했다.

"알렉사 왕국은 너희들의 고향이지만, 살아남을 길을 주지 않았던 나라다! 하지만 우리 에르윈 가문은 다르다! 너희들을 살려주마! 인간다운 제대로 된 생활을 하게 해주마! 그걸 위해, 우리 주민이 되면 조세는 3년간 면제하고, 그동안은 식사와 옷과 농기구를 주고, 더 나아가 새로운 경작지를 줄 것을 약속하겠다."

"조세를 3년간 면제하는 데다 식사와 옷과 농기구를 보장해 주고, 게다가 토지까지 주는 건가. 그런 형편 좋은 달콤한 이야기가──."

"약속을 어겼을 때는 이 에르윈 가문 정무 담당관 알베르트의 목을 내어주어도 좋다!"

"귀족의 구두 약속 따위──."

"물론 구두 약속 따위 나도 할 생각은 없다. 우리 주민이 되는 자에게는 확실하게 증서를 넘겨주마."

증서를 넘겨주겠다는 내 말을 들은 유랑민들이 술렁이기 시작했다.

약속을 종이로 남긴다면 없었던 일로 할 가능성은 낮다고 생각하는 모양이다.

알렉사 왕국에서는 귀족들의 구두 약속에 주민들이 호되게 당하는 상황과 몇 번이나 조우했기에 이번 약속은 처음부터 종이에 남기기로 정해 뒀다.

"좋아, 받아들이지! 나는 에르윈 가문의 주민이 되겠다! 망할 알렉사 왕국 따위 작별해 주겠어!"

"나도 되겠어! 알렉사 따위 두 번 다시 돌아갈까 보냐!"

"우리는 알렉사 왕국과는 다르다. 자, 주민이 되고 싶은 자는 요새 입구에 줄을 서라. 우리 에르윈 가문에서 풍족한 생활을 얻고 싶은 녀석은 줄을 서도록 해라!"

그들에게는 아직 농지로 만들어지지 않은 경작지를 주어 개척 촌을 정비시키면서, 신규 수로 개착(開鑿)도 돕게 시킬 생각이다.

가혹한 노동이 되긴 하겠지만, 개척촌을 만들 자재도, 경작지를 갈 농기구와 소 그리고 식량도 전부 에르윈 가문이 준비한다.

그들이 대가로 에르윈 가문에 제공하는 것은 노동력뿐이다.

신규 수로를 뚫고 유랑민들에 의한 새로운 개척촌에 농지가 만들어지면 곡물 수입으로 상당한 세수를 획득할 수 있다는 전망이 서 있다.

유랑민들을 기존 농촌에 보내면 문제가 발생하지만, 유랑민들만으로 만든 새로운 개척촌이라면 알력다툼이 생겨나기 어렵고, 모두가 열심히 개척을 진행해 줄 터다.

"자아, 자아, 줄을 서라, 줄을 서."

몰려드는 유랑민들한테 말을 걸어 줄을 서도록 재촉했다.

알렉사 왕국의 무능한 국가 운영으로 인해 고향을 버린 자들에게 새로운 희망을 준다.

이 세계에서 인구는 힘이다. 많은 사람을 부양할 수 있는 영주가 많은 군사력을 지니고, 그리고 권력을 가진다.

그런 세계에서 살고 있는 나는 어떻게 해서든 사람을 늘려서 아내가 당주를 맡은 에르윈 가문을 확대하고, 커다란 권력을 갖게 하여 안정적으로 살 수 있도록 만들고 싶다.

그걸 위해서라면 어떤 수라도 써서 내 아내를 출세시켜 주겠어.

이리하여 추운 겨울이 오기 전에 패잔병 사냥과 유랑민 사냥이라는 이름의 인재 모집은 대성공으로 끝났다.

유랑민 설득을 끝낸 내게 마리다한테서 패잔병 사냥 보고서가 왔으니, 확인해 보자.

패잔병 토벌 보고서
마리다……포박 125명, 죽인 수 25명, 손해 없음
브레스트……포박 139명, 죽인 수 31명, 손해 없음
라토르 부대……포박 245명, 죽인 수 45명, 손해 경상 2명
총계 : 포박 509명, 죽인 수 101명, 손해 경상 2명

그런대로 괜찮은 전과다. 그리고 각자가 죽인 수만큼은 포로 수에서 제하도록 하겠어.

라토르는 병사를 이끌고 싸웠지만, 잘 지휘해서 젊은 귀인족들을 제어한 모양이다.

반면에 마리다와 브레스트는 혼자서 올린 전과치고는 죽인 수가 너무 많다.

이번의 제일가는 공훈은 라토르, 제이는 브레스트, 제삼이 마리다겠군.

다음 전투에서는 라토르를 선봉으로 기용할까.

개인의 화력이 높은 마리다와 브레스트는 병사 지휘보다는 개인전을 시키는 편이 효율적일 테고 말이지.

보고서 내용을 훑어본 뒤 품속에 넣었다.

자, 포로 509명은 제방 만들기 담당으로 힘내 줘야겠어.

뭐, 나도 악마는 아니니까 3년 정도 무상 노동을 시키고, 사람을 죽이지 않은 자에 한해서 방면해도 괜찮으려나 하고 생각 중이다.

다음은 방금 겨우 정리된 유랑민 쪽 보고서다.

유랑민 호적 등록 보고서
성인 남성……458명
성인 여성……346명
어린아이 남자……192명
어린아이 여자……112명
총계 : 1,108명
수로 건설조 : 540명
신규 농촌 개척조 : 568명

1,000명 이상의 유랑민이 우리 주민으로 새롭게 등록되었다.

이번에 등록한 유랑민에 한해서 3년간 모든 세금 면제다.

지나친 편애라고? 아니, 그들은 이쪽에서 자재를 원조해 준다고는 해도 개척촌이나 수로를 처음부터 만든다는 커다란 부담을 지고 있다.

그런 사람한테 곧바로 세금을 부과했다가는 또 도망쳐서 유랑민으로 되돌아갈 것이다.

그래서는 이번에 투자한 돈을 헛되게 낭비한 것이 된다.

신규 수로 개착에 성공하면, 그들한테서 3년 정도 조세를 거두지 않아도 에르윈 가문은 흔들리지 않는다.

왜냐면 내년부터 촌장들의 횡령을 금지하였기에 식량 수입이 두 배가 되는 것이 거의 확정이기 때문이다.

기근이 일어나면 위험하지만, 그때는 창고에 쌓여 있는 식량을 방출해서 견뎌내면 된다.

유랑민들이 3년 안에 수로를 완공하고 개척촌을 궤도에 올린다면, 훌륭한 납세자로 탈바꿈한다.

비옥한 토지인 애슐리령은 신규 수로와 개척촌에 의해 농산물 생산이 극적으로 늘어나 5년, 10년 후에는 투자한 금액을 넘는 이익을 낳고 있을 터다.

그때 에르윈 가문은 에란시아 제국에서도 유수의 재력을 지닌 가문이 되어 있을 것이다.

제10장 ♥ 에르윈 가문 첫 결산 보고서

제국력 260년 석류석월(石榴石月)(1월)

우으, 춥다. 추워. 상시 여름 기후인 알렉사 왕국 생활이 길었기에 에란시아 제국에서도 온난한 지역이라 불리는 애슐리령의 겨울 추위조차 몸에 사무친다.

에란시아 제국 북부의 겨울은 진짜로 못 버틸지도 모르겠다.

아내와 아내의 애인들 몸의 온기로 몸을 따뜻하게 데워야겠어······.

오른쪽에 리셀, 왼쪽에 이레나, 그리고 위에 리제와 마리다.

완전 방한 여체 이불의 완성이다. 가슴의 부드러움과 살결이 따뜻하다.

이것이야말로 남자의 본망(本望). 꿈의 하렘 색활. 어이쿠, 글자가 다르다. 생활이다.

오른쪽에 가슴, 왼쪽에 가슴, 위를 봐도 가슴. 고마우이, 고마우이. 극락, 극락.

"아앙, 마리다 언니. 내 귀를 깨물면 앙 대애."

"리제 땅은 내 애인이니까 알베르트한테 과시하는 거다. 자, 리제 땅은 여기가 좋은 거지? 하음, 하음. 리제 땅의 귓불은 부드럽구나. 이레나, 그대는 내가 주무를 수 있게 가슴을 이리 대거라. 손을 데우고 싶다."

"앗. 흐응, 마리다 언니이. 나······ 나아······."

"아으응. 마리다 님, 손이 제법 차가워져 계시네요."

내 몸 위에서 마리다와 리제와 이레나가 애정행각을 벌이고 있다.

조금 분했기에 마리다한테는 벌을 주기로 했다.

"하으웃. 알베르트! 무슨 짓을! 나는 리제 땅과 이레나랑 알콩 달콩하고 싶은 거다, 앗, 이 녀석, 거기는…… 하으으으응!"

장난이 과했던 마리다는 그 후에 모두한테 귀여움을 받아, 남아도는 체력을 다 쓰고 축 늘어졌다.

"으뮤우우우우…… 다들 나를 괴롭히고…… 기분 좋았던 게 원통하구나…… 흑흑."

"마리다 님이 리제 님과 이레나 씨하고 알콩달콩하는 게 나쁜 거예요. 저하고도 알콩달콩해 주세요."

리셸이 마리다의 귀를 하음, 하음, 하고 살짝살짝 깨물었다.

"귀는 안 되느니라! 리셸! 그만두는 거다! 하으으으으."

"마리다 님, 제가 도움이 되어서 영광이에요."

"나는 그렇게 도움이 되지는 않았지만…… 아앙."

아니아니, 네 사람 다 충분히 나한테 도움이 되고 있습니다요.

출렁출렁하는 가슴이라든가. 그거 말이지. 정말로, 여러 가지로 말이야.

이건 이미 아침까지 코스군. 어디 보자, 리셸이 제도에서 공수해 온 영양 드링크 어디였더라. 아아, 있다, 있어.

그럼, 이제부터 분발해서 아내와 아내의 애인과의 알콩달콩 타임을 보낼 테니, 내 알콩달콩 타임 중에는 밀레비스가 땀을 뻘뻘 흘리며 완성한 에르윈 가문의 첫 결산서라도 보고 있어 주십시오. 잘 부탁해.

에르윈 가문 제국력 259년 결산서

인구 : 애슐리성(본령) 17,813명 스라트성(아르코 가문 보호령) 불명 합계 17,813명

가신 총수 : 378명 농민군 최대 동원수 : 2,100명

조세 수입 총계 8,654만 엔

조세 외 수입 총계 : 5억 5,500만 엔(포로 매매 4,500만 엔, 노획품 매매 3,000만 엔, 몸값 3억 5,000만 엔, 포상금 1억 엔, 방출품 매각 이익 3,000만 엔)

수입 총계 : 6억 4,154만 엔

인건비 : 1억 4,520만 엔

기타 잡비 총계 : 1억 9,906만 엔(당주 생활비 500만 엔, 사룃값 58만 엔, 성 수선비 269만 엔, 장비 수선비 954만 엔, 패잔병과 유랑민 대책비 1억 2,595만 엔, 근린 귀족에 대한 우호 비용 2,530만 엔, 수로 개착 준비 비용 3,000만 엔)

지출 총계 : 3억 4,426만 엔

수지 차감 : 2억 9,728만 엔

차입금 변제 : 1억 9,000만 엔

차입금 잔액 : 3억 엔

이월금 : 1억 728만 엔

후우, 끝났다. 끝났다. 확인은 다 되었으려나. 개운해진 건 좋지만.

응? 뭐가 개운하냐고? 내 허리도 그렇지만, 가문 내부 사정도 말이지.

알렉사 왕국의 침공이 없었다면 여러모로 자금 부족 때문에 움직이지 못할 가능성이 있었다.

가신의 인건비가 영지 수입에 걸맞은 금액이 아닌 것이 최대 원인이지만, 그렇다고 해서 가신을 줄이면 얕보여서 침공당할 가능성도 있다.

안전지대에 있는 영지가 아니기에 방어하기 위한 전력에 돈을 아껴서는 안 된다.

내년도에는 스라트령에서도 최소한의 세를 거둘 수 있게 되었고, 힘내서 조세 기초 대장을 완성했고, 지대와 인두세로 이루어진 식량 수입은 촌장들의 협력으로 배로 증가할 예정이다.

마굴이었던 창고도 정리되어 비축 식량 상황도 파악되고 있기에, 잉여 식량 매매 계획도 세울 수 있다.

그쪽에서 부족한 수입을 보전하면서 영지를 발전, 확대해 나갈 생각이다.

아직 차입금도 남아 있지만, 정확한 세수가 판명되었고 갚지 못할 정도의 금액은 아니기에 재무 상황의 전망은 상당히 밝아졌다.

내정 무능 상태를 벗어난 에르윈 가문은 이제부터 더욱 커질 포텐셜을 내포하고 있다.

그 포텐셜을 최대한으로 끌어내 가는 것이 군사로서의 내 일이다.

그걸 위해서 올해 중에 해야 할 일 리스트를 갱신했다.

해야 할 일 리스트 260년.
· 영내 도량형 통일(애슐리령 완료→스라트령 시작)
· 영내 농촌의 정확한 납세 기초 대장 작성(애슐리령 완료→스라트령 시작)
· 영내 세제 개혁(일부 완료)
· 영내 제방 수리 개발(착수)
· 개척촌 신설(착수)
· 에르윈 가문의 정보 수집 조직 확충(추가)
· 주변 정보 수집(추가)
· 새로운 아내 애인 후보 탐색(분발하겠음)
· 올해는 아이 만들기(매우 분발하겠음)

자, 에르윈 가문 확대를 위해 새로운 한 해도 힘내자——!

번외편 ♥ 훤히 비쳐 보이는 바니 슈트의 유혹

"침대는 큰 걸 넣는 거다. 거기다, 거기. 흠, 좋아."

당주로 복귀한 마리다가 가신 귀인족들을 지도하며 브레스트 가족이 살던 당주의 사저에 새롭게 준비한 가구를 운반시키고 있다.

"마리다 님, 의복은 이쪽에 넣겠습니다?"

"옷 같은 건 리셸한테 맡겼느니라. 마음대로 해라."

나도 남편으로서 방 하나를 받아, 알렉사에서 가지고 온 책과 새로 사들인 책을 새로 맞춘 책장에 나란히 꽂아 나갔다.

귀인족 당주가 사는 장소이지만 화려한 가구는 없고, 투박하기는 하지만 이건 이것대로 진정되는 공간일지도 모르겠다.

내게 주어진 석조 방에는 최소한의 가구와 조명 등이 늘어서 있을 뿐이었다.

단련 등으로 야영하거나 전쟁에 나갈 일이 많은 귀인족한테 집은 최소한 쉴 수 있는 장소면 된다는 인식이라고 마리다가 이전에 말했던 것을 떠올렸다.

방을 둘러보고 있자, 마리다 전속 시녀로 채용된 리셸이 문 너머로 얼굴을 내밀었다.

"알베르트 님의 침대는 마리다 님과 공용으로 되어 있습니다. 갈아입을 옷도 저쪽에 한꺼번에 두는 게 좋을까요?"

"아아, 그렇게 해줘. 같이 자는 게 되니까 말이야. 그러고 보니 리셸도 시녀용 방을 받았었지?"

"네, 훌륭한 방을 받았습니다. 혼자서는 감당하지 못할 것 같을 정도의 방이에요."

당주의 사적 거처는 우리가 알렉사에서 살던 집의 몇 배는 되는 넓이고 말이지.

역시나 귀족이 사는 장소라는 생각이 들었다.

"잘 때는 다 같이 자니까 안심해 줘. 마리다 님이 말했던 대로 방은 각각 자유롭게 쓰자고."

"네, 저는 알베르트 님이 구해주신 덕분에 마리다 님한테서도 후한 대우를 받을 수 있었으니 이 몸으로 성심성의껏 두 분을 모실게요."

"그래, 리셀한테는 기대하고 있어."

배운 건 없지만, 소문을 수집하는 능력이 뛰어나고 머리가 잘 돌아가는 리셀은 여러 가지로 내가 생각하고 있는 것을 도와줘야 할 테니까 말이다.

"그러니, 오늘 밤의 밤일 의상은 이쪽입니다."

리셀이 품에 안고 있던 의복 중에서 왕도에서 샀던 속이 훤히 비쳐 보이는 하얀 바니 슈트를 꺼내서 보여줬다.

진짜냐! 마침내 이날이 온 건가! 이걸 위해 브레스트가 내게 창을 겨누어도 참고 견딘 것이었다.

"호오, 그건 기대되는군."

"네, 저는 알베르트 님이 이쪽에 계시는 동안에 먼저 즐겼습니다만, 상당했어요."

"그런가, 마리다한테 입힌 건가."

"네, 알베르트 님이 보셨던 대로, 매력적인 마리다 님한테는 딱 맞는 의상이었습니다."

왕도에서 대기하는 중에 마리다한테 입히겠다고 말했는데, 진짜로 실행했던 건가.

리셀, 무서운 아이.

그래도 그 옷을 입은 마리다와 리셀을 볼 수 있는 게 무척 기대된다.

"흠흠, 마리다 님도 기대되지만, 나는 리셀이 입고 있는 것도 기대하고 있다고."

"알고 있습니다. 알베르트 님께서 만족해 주실 수 있도록 저도 이걸 입고 힘낼게요."

속이 훤히 비치는 하얀 바니 슈트를 입은 미녀 두 명. 상상하는 것만으로도 여러 가지 것이 들끓어 오르고 만다.

그건 그렇고 에란시아 제국에서는 알렉사 왕국에 없었던, 현대 일본에 있을 법한 의상이나 물건도 드문드문 보인다.

역시 이 세계로 전생한 사람이 나 이전에도 존재했던 것일지도 모르겠군.

"리셀! 내가 쓰는 전신 거울은 어디에 두면 좋지?!"

"네, 네, 지금 갈게요. 알베르트 님, 일단 밤을 기대하면서 기다려 주세요."

리셀이 내게 머리를 숙이고는 의상을 품에 안고 마리다가 있는 안쪽 침실로 사라졌다.

이건, 밤이 기대되는군.

"자, 나도 기합 넣고 방을 정리할까."

밤일의 즐거움을 기대하면서, 나무 상자에서 꺼낸 책을 손에 들어 책장에 나란히 꽂는 작업을 재개했다.

저녁 식사를 마치고 몀을 감아 몸을 깨끗이 한 뒤 방으로 돌아오자, 먼저 몸을 씻은 마리다의 비명이 들려왔다.

"리셀, 이 의상은 무리라고 말했을 터다! 이러한 파렴치한 의상으로 알베르트 앞에 나가라는 말을 들어도 무리이니라!"

"안 돼요. 알베르트 님은 이 의상을 마리다 님한테 입히기 위해 자신의 목숨을 걸고, 브레스트 님을 납득시킨 것이니까요!"

"허, 허나! 이건 너무 파렴치한 것이다! 이렇게 속이 훤히 비치는 건 터무니없는 옷이라고 말했을 터!"

"괜찮아요! 알베르트 님이 마리다 님한테 반드시 어울릴 거라고 제일 추천한 옷이에요. 게다가 저도 같이 입고 있으니까요!"

"리셀은 처녀니까 신경이 안 쓰이는 거다! 이런 꼴을 할 바에야 알몸인 편이 낫다!"

"안 돼요. 아내로서 서방님인 알베르트 님의 요망에 답하지 않으면!"

마리다가 그 의상을 꽤 창피해하고 있는 모양이다.

한 번은 입었다고 리셀한테서 들었는데, 역시 부끄러운 것일까.

평소에도 선정적인 차림으로 돌아다니고 있는데, 어째서인지 침대 위에서는 저런 차림을 부끄러워한다.

뭐, 그래도 그게 무척 귀여워서 흥분해 버리지만.

숨을 죽이고 침실 문에 바짝 달라붙어, 문 틈새로 실내를 힐끔 엿봤다.

호오~, 이건 역시 마리다한테 최고로 어울리는 의상이었군.

리셸한테 만들게 한 토끼 귀도 찰떡같이 잘 어울리고 있다.

아니, 이건 오늘 밤에는 엄청나게 힘내 버릴지도 모르겠어.

시선 끝에는 속이 훤히 비치는 하얀 바니 슈트에 풍만한 가슴을 담은 마리다가 부끄러운 듯이 서 있었다.

상상을 아득히 뛰어넘는 아내의 귀여운 모습을 보게 되어 여러 가지 것이 마구 들끓어 오르는 것을 멈추지 못했다.

"누, 누구냐?! 알베르트인가! 안 된다! 지금은 들어와서는 안 되느니라!"

문 틈새로 엿보고 있던 내 낌새를 알아차린 마리다가 황급히 가슴을 손으로 가리고 방에 들어오지 않도록 목소리로 제지했다.

"알베르트 님, 준비는 갖춰졌기에 부디 들어와 주십시오."

리셸이 마리다와 반대로 내게 입실을 촉구했다.

"알겠어, 들어가도록 할게."

"아, 안 된다! 보면 안 되느니라!"

문을 열어 침실에 들어가, 방 한구석에서 가슴을 가리고 움츠러든 마리다한테 시선을 향했다.

크으, 내 아내 너무 귀엽잖아! 최고냐고!

"마리다 님, 거기서 그러고 계시면 모처럼의 의상이 보이지 않습니다만?"

"크으, 알베르트는 저질인 거다! 나한테 이러한 파렴치한 의상을 입히고 기뻐하다니…….”

“자, 서 주세요. 알베르트 님한테 차분히 보여 드리도록 해요.”

“리, 리셸! 기다려라! 이런 모습을 보였다간 부끄러움에 몸부림 치면서 죽고 말 거다!”

“괜찮아요, 죽지는 않아요.”

리셸이 주저앉은 마리다를 안아 올리고는, 침대에 앉은 내 앞에 섰다.

두 사람 다 바니 슈트를 통해 속살이 비쳐 보이고 있네. 야한 옷차림을 하고 있어.

마리다는 너무나도 긴장한 나머지 살짝 땀을 흘렸는지, 리셸보다도 살이 더 잘 비쳐 보인다.

“핥듯이 보지 말거라! 이제, 버, 벗어도 되겠지?”

““안 됩니다.””

“키히이익! 두 사람 다 악마다! 나한테 이런 치욕을 주다니…….”

“마리다 님, 가슴은 손으로 가려서는 안 돼요. 자, 이렇게 알베르트 님을 유혹하는 게 예법이랍니다.”

리셸이 가슴을 강조하는 것처럼 팔을 붙이고 몸을 앞으로 숙였다.

“거짓말이다! 그런 파렴치한 짓을 할 리가——.”

“리셸, 완벽한 예법을 보여줘서 고마워. 마리다 님도 할 수 있겠지요?”

“으아아?! 정말로 그런 예법인 거냐? 거짓말이 아니야? 정말이냐?”

"예, 빨리 저랑 똑같이 해주시지 않으면 알베르트 님한테 창피를 주게 돼요."

리셸이 마리다한테 생각할 여유를 주지 않고 곧바로 포즈를 취하도록 재촉했다.

"크, 크으으윽! 이, 이렇게냐? 이걸로 괜찮은 것이냐?"

리셸을 흉내 내어 마리다도 팔로 가슴을 모으고 몸을 앞으로 숙였다.

두 사람 다 커다란 가슴이 훤히 비쳐서 한층 야한 모습이 되었다.

"좋군요. 역시나 마리다 님입니다. 저는 남편이 되어서 행복합니다."

"나는, 아, 아내로서 잘하고 있는 것이냐?"

"예, 충분히 아내로서의 본분을 다하고 있습니다. 덕분에 오늘은 두 사람 모두 재우지 않을 정도로 여러 가지로 들끓고 있으니 말입니다."

내가 히죽 미소를 띠자 이제부터 일어날 일을 알아차린 마리다의 뺨이 빨갛게 물들었다.

"그럼 알베르트 님, 이쪽을 사용해 주십시오."

리셸은 테이블 위에 놓여 있던 유리 물병을 내게 건넸다.

물병을 건네는 리셸의 의도를 가늠하기 어려워서 어떻게 할지 질문했다.

"이건?"

"이렇게 사용합니다."

물병을 든 내 손을 살며시 자기 가슴으로 가까이 가져다 대서,

안에 든 물을 가슴에 흘렸다.

물을 흡수한 하얀 바니 슈트는 비치는 면적이 한층 늘어났고, 의상이 달라붙은 피부가 방의 불빛을 반사하여 에로틱하게 반짝였다.

그야말로 완벽한 에로함. 리셀, 역시 무서운 아이다.

"너무 파렴치하다…… 나는 알베르트한테 그런 꼴을 당하는 건가."

덜덜 떠는 마리다의 모습은 전장의 용맹한 모습과는 정반대여서, 작은 동물처럼 겁먹은 모습이었다.

야한 짓을 할 때 겁이 있는 내 아내, 너무 귀엽군.

"그렇군요. 부디 꼭, 그렇게 해보고 싶습니다만. 안 되겠습니까?"

"아, 아, 아아, 안 된다. 그것만큼은 용서해다오."

"각오를!"

리셀이 마리다의 뒤에서 팔을 잡아 꼼짝 못 하게 하고선, 내게 시선으로 물을 흘리도록 재촉했다.

"안 대애애애애애앳! 알베르트, 제발 부탁이니라! 나한테 자비를 베풀어 주는 거다!"

애원하는 마리다한테 말없이 고개를 가로저었다.

그리고 손에 든 물병에서 마리다의 바니 슈트에 물을 흘려 나갔다.

"아, 아, 아, 아, 아아아. 비쳐 버린다! 파렴치한 꼴이 되어 버리는 거다!"

바니 슈트가 물을 흡수하여 살결이 드러날 때마다 마리다의 얼굴이 빨갛게 물들었다.

비쳐 보이는 아내의 살결이 너무 에로틱하다.

살결이 점차 드러나는 마리다를 보고 있었더니, 어느샌가 내 숨이 거칠어져 있었다.

"아, 알베르트! 어째서 그렇게 거친 숨을 쉬고 있는 거냐!"

"마리다 님, 이건 정말로 밤에는 안 재워 주실 것 같은 느낌이 드네요."

리셸도 내 시선을 받고, 몸을 부르르 떨었다.

"그럼, 셋이 함께 밤을 즐기도록 할까요."

나는 마리다를 안아 올린 뒤 침대에 던지고, 리셸과 함께 밤일에 힘쓰기로 했다.

"알베르트! 부드럽게 해줬으면 하느니라! 겨, 격렬한 건 안 된다고!"

"알베르트 님, 지, 진정해 주세요! 아직 준비는――."

"무리네. 너희들이 애태운 게 잘못이야."

나는 들끓어 오르는 것을 억제할 수가 없어져서, 두 명의 미녀에게 충동을 발산하기로 했다.

"알베르트, 그 의상은 금지니라…… 내 몸이 버티지 못해……."

"그, 그러네요. 저도 몸이 못 버틸지도 모르겠어요."

내 양팔을 베개로 삼고 있는 둘은 밤새 철저히 희롱당하고, 나른하게 아침 햇살을 쬐고 있다.

어젯밤 공방의 흔적이 침대의 온갖 곳에 남아 있어서, 격전이 펼쳐졌음을 나타내고 있었다.

여러 가지로 들끓어 오르는 것을 참지 못하여 두 사람한테도 분발하게끔 했지만, 아무래도 도가 지나치고 만 모양이다.

역시나 그 의상의 파괴력은 높았다. 그래도 또 입어 주도록 조르기는 해 두자.

"내가 여러 가지로 힘내면 또 입어 줄 수 있겠어?"

"크윽, 몹시 파렴치한 의상이기는 하지만, 서방님의 요망이라면 조건 여하에 따라 입어도 괜찮은 거다."

"알베르트 님이 바라신다면 분발하겠지만요. 그리고 보니, 또 새로운 의상을 발견해서——."

리셸의 말을 듣고 의욕이 300배 정도 올랐다.

"다음에는 그쪽 의상도 확인해 봐야만 하겠네. 바로 구매해 줘."

"아, 알겠습니다."

"기, 기다리거라! 이 이상으로 파렴치한 옷은 용납 못 한다! 그 옷으로 그만한 짓을 당한 거다! 이 이상의 짓을 당하면 내가 너무 창피해서 죽고 마느니라!"

마리다가 내 가슴을 토닥토닥 두드렸다.

나는 귀여운 아내의 머리를 살며시 쓰다듬었다.

이세계 최강인 아내입니다만,

밤의 전투는

내가 더 강한 모양입니다

후기

처음 뵙는 분은 처음 뵙겠습니다. 알고 계시는 분은 오랜만입니다. 신교 가쿠입니다.

이번에 저의 첫 문고본 간행을 본 작품「이세계 최강인 아내입니다만, 밤의 전투는 내가 더 강한 모양입니다 ~지략을 살려 출세하는 하렘 전기~」로 이루게 되었습니다.

마침 저의 첫 상업 완결 작품인「성검의 소꿉친구」시리즈가 완결된 타이밍에 본작 간행을 타진 받아 같은 담당자님과 이인삼각으로 서적화 작업을 해 왔습니다.

참고로「성검의 소꿉친구」시리즈는 원작 완결&만화화도 되었습니다. 본작과는 180도 다른 진지한 이야기이기에 아직 읽어 보지 않았다고 하시는 분은 흥미가 있으시면 읽어 주신다면 기쁘겠습니다(선전 성공!).

자, 선전을 끝냈으니 본 작품 쪽 이야기를 하겠습니다.

본 작품은 WEB상에서 게재되고 있는 작품을 대폭 리메이크했습니다. WEB판에서는 갈색 근육녀인 마리다 씨였습니다만, 캐릭터를 리메이크하여 서적판에서는 귀여움을 증가시켰습니다. WEB에는 없었던 설정이 추가되기도 했습니다.

그런 본 작품의 주역은 뭐라 해도 전투 무쌍이며 내정 무능한 귀인족들입니다! 아니지! 귀인족들을 교묘하게 조종하여 미녀를 거느리고 가문 발전에 힘쓰는 속물 알베르트 군이었지.

전생자이면서 능력의 한계치가 보이는 치트를 받은 그가 전국 난세의 양상을 띠고 있는 이세계에서 근육 뇌 여장군의 남편으로서 노력하는 이야기로 되어 있습니다.

엄청나게 개성이 강한 아인 종족인 귀인족들은 쓰고 있는 것만으로도 즐거워져서 주역인 알베르트 군을 곤란하게 만드는 존재이기는 합니다만, 그는 이들을 잘 다루면서 앞을 막아서는 난제를 차례차례로 해결해 주는 유능함을 보여주었습니다.

앞으로도 여러 가지로 난제가 덮쳐 오리라고 생각합니다만, 그라면 침착하고 여유롭게 해결해 주지 않을까 합니까.

쓸 수 있는 페이지 수도 줄어들기 시작했으니, 이 작품을 제작하는 데 관여해 주신 많은 분께 감사 인사를.

일러스트를 담당해 주신 온 선생님, 매력적인 히로인들뿐만 아니라 진짜 야한 삽화라든가 감사합니다! 또한 문고 간행 기회를 주신 몬스터 문고 편집부 여러분, 감사합니다! 그리고 담당 편집자님께는 언제나 여러 가지로 폐를 끼치고 있습니다! 앞으로도 폐를 끼치게 되리라고 생각하니 잘 부탁드리겠습니다!

마지막으로 이 책을 손에 들어 주신 여러분, 정말로 감사합니다. 귀인족들이나 알베르트를 비롯한 히로인들의 활약을 소설뿐만이 아니라 만화로도 만들고 싶다고 생각하고 있으니, 지인이나 친구에게 추천해 주신다면 기쁘겠습니다! 노려라! 야한 만화화!

2022년 6월 말일

신교 가쿠

이세계 최강인 아내입니다만,
밤의 전투는 내가 더 강한 모양입니다 1

2023년 9월 15일 1판 1쇄 발행

저　　　자 신교 가쿠
일 러 스 트 온
옮 긴 이 주승현
발 행 인 유재옥
본 부 장 조병권
담당편집 정영길
편 집 1 팀 김준균 김혜연
편 집 2 팀 정영길 조찬희 박치우 정지원
편 집 3 팀 오준영 이해빈 이소의
편 집 4 팀 전태영 박소연
미　　　술 김보라 박민솔
라이츠담당 김정미 맹미영 이윤서
디 지 털 박상섭 김지연 윤희진
발 행 처 ㈜소미미디어
인쇄제작처 코리아피앤피
등　　　록 제2015-000008호
주　　　소 서울 마포구 토정로 222, 403호(신수동, 한국출판콘텐츠센터)
판　　　매 ㈜소미미디어
마 케 팅 박종욱 최원석 최정연 박수진
물　　　류 허석용
전　　　화 편집부 (070)4164-3962, 3963 기획실 (02)567-3388
　　　　　 판매 및 마케팅 (070)4165-6888, Fax (02)322-7665

ISBN 979-11-384-2140-9 04830
ISBN 979-11-384-2139-3 (세트)